4
小林湖底
illust：りいちゅ
Hikikomari
the Vampire Countess
no
Monmon
家裡蹲吸血姬的鬱悶
U0028959

家裡蹲吸血姬的鬱悶
4
Hikikomari the Vampire Countess no Monmon
© riichu

「迦流羅——……」

「崗德森布萊德小姐。
這樣可以嗎？」
© nichu

大神的儀式
開戰!!
天照樂土 五劍帝
天津・迦流羅
姆爾納特帝國 七紅天將軍
黛拉可瑪莉・
崗德森布萊德

決定下一任
天舞祭
天照樂土 五劍帝
玲霓花梨
花梨門下食客
芙亞歐
白極聯邦 六棟梁
普洛海莉亞・
茲塔茲塔斯基
© riichu

烈核解放【逆卷之玉響】

烈核解放
【孤紅之恤】
「──迦流羅。
我們要奪回夢想。」
© riichu

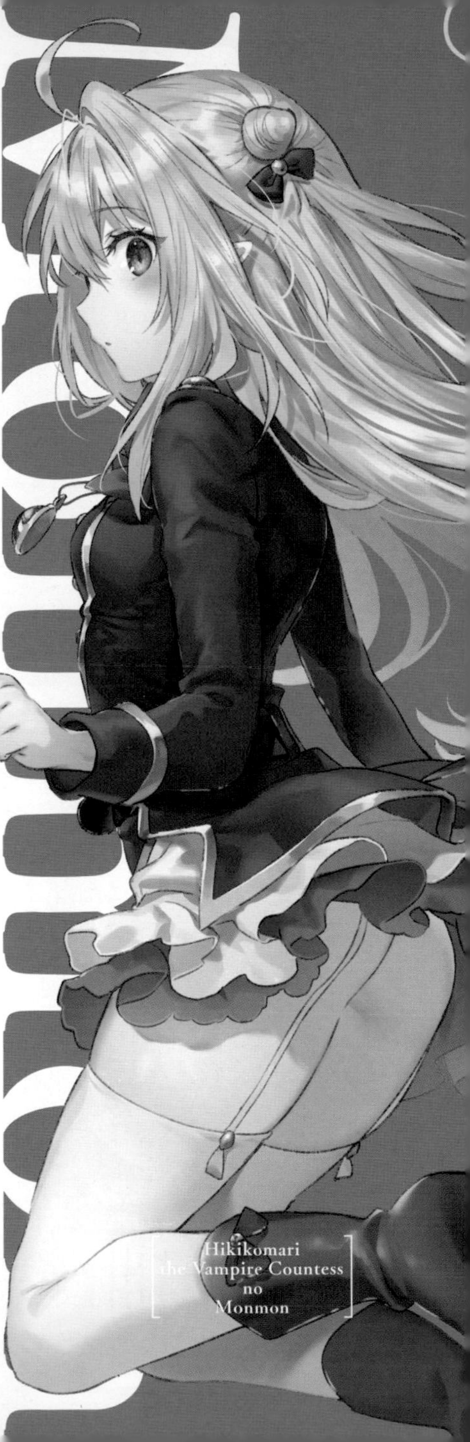

[Hikikomari the Vampire Countess no Monmon]

[0] 序章

讀書之秋。藝術之秋。食欲之秋。

好像還有個說法是運動之秋，但那跟我是一點點關係都沒有。總之秋天是適合當家裡蹲的季節。夏天會有一大堆形形色色的活動，秋天才正適合發揮家裡蹲的精髓。

「窗戶搞定。門也沒問題。都已經確實鎖好了。」

這樣就不會有人來妨礙。

趁著變態女僕跑去上洗手間的空檔，我將我的房間弄得像要塞一樣。還有為了以防萬一，我有在門板上貼了一張紙，上面寫了一道命令「今天不用繼續工作去外面玩吧」。

確定可以放心外加安全無虞後，我從書架上拿出「安德羅諾斯戰記」最新的集數，整個人「砰！」地飛撲到床鋪上。這是前幾天才剛發售的續集，而且聽說這本書的作者還是七紅天芙蕾・瑪斯卡雷爾的姊姊。如果去拜託芙蕾，是不是還能拿到簽名……不對，光是去跟她講話就會被殺掉吧。還是放棄好了。

「很好——！已經把薇兒關在外面了，今天就不用再工作了吧，我要盡情享樂！」

「不好意思。我人還在這邊，今天也還有工作要做，不能盡情享樂。」

「喔哇啊啊啊啊啊!?」

聽見不可能出現在這的聲音，我從床鋪上跌了下來。

這是幻聽嗎？還是我太累了——想到這邊，我害怕地看看床鋪上頭。

奇怪的是那個變態女僕正將海豚抱枕（第二代）推開，人就躺在我的床鋪上。

「妳……妳怎麼在這!?沒有看到貼的那張紙嗎!?」

「我決定當作沒看見。」

「那不就看了！」

「看了也沒義務遵守。」

「……」

她的回答未免也太直接了，聽了馬上放棄的我真沒用。這傢伙真的是我的女僕嗎？該不會和跟蹤狂搞錯了吧。應該沒弄錯吧。

我盯著一臉淡然的薇兒看，撿起掉落在地上的書本。

「……退個一百步說，妳入侵的事情就不跟妳計較了。反正在我內心深處也覺得『那傢伙一定會闖進來吧』。但妳是怎麼進來的？應該不是把門破壞吧？上一次妳把門弄壞，害我被爸爸罵。」

「請您不用擔心。這次我是挖穿下方樓層的天花板入侵的。」

「妳在幹麼啦啦啦啦——————!?」

不知道是什麼時候的事，地上已經出現跟下水道口一樣大的空洞了。底下的樓層看得一清二楚。往那邊看還會發現洞上面搭著梯子。有夠糟糕的。

「妳這樣做明顯更惡質吧！爸爸又會罵我！而且不小心踩空會很危險耶，妳要怎麼收拾！」

「請您放心。我有蓋上布條。」

「那不就跟陷阱沒兩樣了——！」

我嘴裡吐出大大的嘆息。這根本是在威脅我，就像在說「若是妳要當家裡蹲，不管使出怎樣的手段都要入侵」。最近這個女僕很想把我帶出去，都已經超過必要程度了。

我在洞口四周放上書本，弄出一個「禁止入侵區域」，同時瞪著薇兒。

「妳為什麼要糾纏我到這種地步？我很想有個人的獨處時間啊。」

「人生苦短，不去外面等同在虛度光陰。」

「時間這種東西多到都快爛掉了。而且對我來說，當家裡蹲看看書寫寫字，那才是更有意義的消磨時光方式。」

「為了天下萬民工作，這才叫有意義。所以說我把工作帶過來了。」

「我不要！工作這種東西都炸光好了！」

「其實也沒什麼大不了的。請您看這個。」

話說到這邊，薇兒將一張信交給我。我看八成又是大猩猩發來的宣戰書吧——不抱期待的我將紙張打開來一看，一段意想不到的文字竄進眼簾。

〈派對開辦通知〉

「……我只覺得有不好的預感。」

「關於這次的事情，真的沒有任何危險性。因為這次的派對目的是要促成和平友好關係。主辦人是天照樂土的大神。」

「我可不會被騙。若是去了一定會發生麻煩事。」

「不會發生——可瑪莉大小姐應該還對上個月的六國大戰記憶猶新吧？為了不讓這樣的悲劇再次發生，各國都傾向於和其他國家和平共處。若是六國要締結同盟，這次派對就形同是上一階段吧。」

「好吧……聽妳那麼說，這次的派對或許真的很正常……」

那高潮迭起的八月已經過去了，光陰似箭，如今來到十月中旬。

那場戰爭為這個世界帶來重大創傷——其中受到影響最深的莫過於戰爭發起者蓋拉·阿爾卡共和國。

該國總統馬特哈德人間蒸發，國家的名字也趁機改成「阿爾卡共和國」。新聞又說為了慶祝國家重新出發，首都那邊連日來熱熱鬧鬧的，好像在辦慶典一樣。而且大約是上禮拜的事情，他們舉辦總統大選來選出下一任領導人，納莉亞·克寧格姆贏得了總統職位。就連我都受到招待，能夠參加下個月的就任大典，我打算過去一趟。

沒錯——就是納莉亞。

她沒問題嗎？納莉亞的確很強。擁有的戰鬥能力不是我比得上的，而且很有領導者風範。可是她跟我年紀相仿。才十五歲就成為一國的領袖，照常理來看實在太不可思議了。

我就是不由得會擔心。她有沒有好好吃飯呢？

或許是因為她曾經被母親教導過，才讓我覺得自己跟她之間莫名有種親近感。會不會是因為我們曾經一起到核領域冒險，才有那樣的革命情感？或是互相交換血液帶來這種一體同心的感覺？還有在上個月的戰爭中，最後納莉亞說「算了，今天就先這樣吧。」在我們即將正面對決之前，她願意以平手收場。雖然換來觀眾一片噓聲就是了。

「可瑪莉大小姐，若是擔心克寧格姆大人，那您就應該去參加派對。」

薇兒在說話的時候還把臉埋進我的枕頭中，嗅聞那些味道。

我趕緊把枕頭搶回來，真是不能大意。

「……納莉亞也會來參加派對嗎？」

「是，除了各國的要人都會來，『六戰姬』據說也會全員到場。」

「那是什麼啊。」

「是最近紅極一時的六名少女——有阿爾卡共和國的納莉亞・克寧格姆，天照樂土的天津・迦流羅，夭仙鄉的艾蘭・林斯，拉貝利克王國的莉歐娜・弗拉特，白極聯邦的普洛海莉亞・茲塔茲塔斯基，以及姆爾納特帝國的黛拉可瑪莉・崗德森布萊德。」

「拜託不要把我當成那種野蠻團體的一員。」

「您不覺得若是要挑釁他人，這是個好機會嗎？」

「去挑釁人家要幹麼!?」

在吐槽薇兒的時候，我同時也在思考。

冷靜下來想想，我有預感會出事——但這次的目的既然是促進友好關係維持和平，應該不至於發展成「那好吧我們來互相廝殺」。而且拿參加派對當藉口，搞不好還可以把別國將軍發來的宣戰通告推掉。再說我也想跟納莉亞見面。

「……好吧沒辦法。既然妳都那麼說了，去也沒什麼不好的。」

「明白了。那我們趕快來去物色派對洋裝吧。」

「為什麼啊？」

「雖然穿制服出席也可以，但那樣就太糟蹋一億年來難得一見的美少女了。我們去買新的吧。」

「嗯……說、說得也是。我可是一億年來難得一見的美少女。」

「是，讓我們選出讓會場內所有人都會看得目不轉睛的洋裝吧，也可以找人訂做。到時就不只是一億年而已，還會升級成十億年來難得一見的美少女。」

「不對等等，還不至於吧。」

「可是天照樂土的天津・迦流羅大人據說被人們稱作『一兆年來難得一見的美少女』。為了跟她對抗，可瑪莉大小姐也要——」

「去比這個做什麼，很丟臉耶。」

「事到如今說出去也不怕人見笑了。妳們二位在戰鬥能力誇大上可是有得拚了，簡直就像小孩子一樣。」

關於這檔事，那是因為有生命危險才不得不那樣。

這點姑且不談，迦流羅的事情也讓人在意。

她說起來也算是跟我志同道合，都想維護和平。自從在核領域的監牢跟她分別後，都沒有再見過她，希望在派對會場上可以跟她好好聊一聊。

「那我們走吧。來去尋找襯托一億年之美的服飾。」

「嗯。」

腦子裡還在想那些事情的我被女僕用力拉住手，就這樣走掉了。

在這個時候，我完全沒料想到。之後會被人脫掉衣服，直接徒手測量身體各部分的尺寸，接下來那五個小時都變得像換裝娃娃一樣任人擺布。

※

「——這樣根本就像洋娃娃一樣！算什麼『五劍帝』！」

走在長長的走廊上，天津・迦流羅氣呼呼的。

這裡是天照樂土東都——佇立在中央地帶的一座大宅邸。

也是天津的本家。

難得一個星期天，她想要過得有意義卻被人家叫過來。

而且還是當家把她叫來的。迦流羅原本就是容易隨波逐流的性格，她怎麼可能違抗對方，再加上對方還說「來得太慢就殺了妳」，於是她不敢大白天睡懶覺了，只能匆匆忙忙跑過來參見。

可是她口中卻陸陸續續吐出無限大的怨言。

居然這樣強人所難，她對天津本家很是不滿。

「再說了。五劍帝可是身負守護國家的重責大任，原本應該要讓兼具實力和輝煌戰績的人來當才對！卻讓我這樣的人空坐在位置上，簡直是讓國家蒙羞嘛!?」

「同意，迦流羅大人就跟骯髒的泥巴沒兩樣。」

有個穿著忍者服飾的少女跟在迦流羅後頭。她是世代服侍天津家的忍者集團「鬼道眾」之長——小春。平日裡都在保護迦流羅，對她而言是很重要的左膀右臂。

「那不是軟爛廢柴迦流羅大人能做的工作。」

明明是人家的左膀右臂，這個忍者面對主人卻也非常毒舌。

「沒錯，那不是我能勝任的工作！真不知道大神大人和奶奶在想些什麼。讓我像個擺在女兒節看壇上的人偶，這樣一點意義都沒有。那兩位大人應該也很清楚這點才對。」

「妳知道他們為什麼要把妳找出來嗎？」

「不曉得，但恐怕是要對我說『多跟人戰爭』吧。」

「這也是原因之一，但我覺得主要還是為了甜品鋪。」

「對喔……」

最近迦流羅在京城那邊經營一個叫做「風前亭」的日式糕點鋪。當然身為將軍的天津・迦流羅在當店長這件事是個祕密。可是這個糕點鋪在市面上頗受歡迎，就連東都的雜誌社都曾經來採訪過。想要打造成京城第一的日式糕點鋪，這樣的夢想越來越有可能實現。

「……若是被人發現風前亭的存在，可能會被要求『把店收掉』。」

「要不要在下通牒前先收掉？」

「那樣根本是本末倒置！」迦流羅轉頭看小春，手還握成拳頭狀。

「——對，今天一定要跟他們說清楚。看了納莉亞小姐和黛拉可瑪莉，我覺得自己要跟她們學習。應該要貫徹自己的意志！這樣的人才會受到神明眷顧！」

「去跟他們攤牌吧，迦流羅大人。」

「我會說的！」

「那來練習吧。『我才不想當將軍』！」

「咦？可、可是……」

「迦流羅大人那麼懦弱，需要事先演練一下。已經能夠想見您碰到奶奶後，會變成只知道點頭的紅牛玩偶。來吧重複一遍。『我才不想當將軍』！」

「我、我才不想當將軍！」

© riichu
ぐっ

「再大聲一點──『我要改行當糕點師傅』！」

「我要改行當糕點師傅！」

「很好──『我不會再聽從家裡的安排』！」

「我不會再聽從家裡的安排！」

「『奶奶去吃屎吧』！」

「奶奶去吃屎吧!!──呼～～～我覺得好像可以喔。只要帶著這份果敢的心去跟奶奶訴願，到時一定能──」

「──妳叫誰吃屎？」

她聽見死神的聲音了。迦流羅就好像密合度不是很好的木板門在開啟那般，「嘰嘰嘰」地轉過頭。

不知道是什麼時候的事情，奶奶已經站在背後了。

那目光銳利得宛如刀刃，眉宇之間堆著皺紋，這兩點令人印象深刻，她就是天津家的大當家。照理說都已經年近七十了，往年那讓人聞風喪膽的將軍「地獄風車」依然寶刀未老，前些日子有侍從不小心打翻味噌湯，據說她直接赤手空拳戳穿對方的額頭，讓他「腦味噌」四濺。而且這號人物還是十年前在當天照樂土國主「大神」的豪傑。

迦流羅被奶奶盯著看的時候，連動都不敢動。

只要跟這個人面對面，身體就會發抖，沒辦法好好說話。迦流羅滿臉蒼白，轉頭看追隨她的忍者。

「……我說小春!?既然祖母大人在這邊，妳就該告訴我啊！」

只見小春稍微「嗯——」地想了一會兒，之後面向奶奶那邊。

「因為妳沒有任何存在感，所以我都沒發現——迦流羅大人曾經說過這種話喔，老夫人。」

「小春求求妳了，拜託妳快住口，我會給妳點心吃。」

「沒存在感真是抱歉啊。我想說妳怎麼那麼晚就過來迎接，看看妳這是什麼樣子？光顧著說別人的壞話。妳還有身為將軍的自覺嗎？」

那些尖銳的話語刺中迦流羅的心。她轉頭看奶奶，乖乖低頭認錯。

「……對不起。」

「妳背負著王國的命運，是應該為天照樂土帶來繁榮的天津家女子。可是妳卻說『不想當將軍』，簡直太荒謬了。看來妳對於自己所處的定位毫無自覺。」

「…………」

「這樣下去不行。天照樂土總有一天要成為領導六國的霸主國，妳不振作一點怎麼行？必須孜孜不倦的努力。」

這個家帶給她的咒縛真的好煩人。

從很久以前開始，奶奶就強迫迦流羅成為「下一任領導者」。

可是——她怎麼能夠在這個節骨眼上灰心喪志。閒散度日也是一種辦法，但她若是真的想要實現心願，做好相應的覺悟也是很重要的。

「祖母大人。」

迦流羅這時帶著誓不退讓的決心定睛望著奶奶。

「您能不能准許我當糕點師傅？」

「我們這一族世世代代都要守護王國，妳身上背負著使命。」

「那請您吃吃看這個吧。」

迦流羅從懷中取出一個包裹。若是要說服奶奶，只能這麼做了——就是要讓她見識自己的實力，讓奶奶無話可說。奶奶換上狐疑的眼神，迦流羅當著她的面拆開包裹。

「這個是我做的水果羊羹。口感吃起來很有彈性，裡頭放了桃子和蘋果，吃起來多汁又爽口。是我的最高傑作……應該會是。您要不要品嘗看看？若是認可我的實力，請准許我辭退將軍之位。」

她的手被人用力打了一下，發出「啪」的一聲。

迦流羅精心製作出來的羊羹畫著美麗弧度飛了出去。

啪噠——伴隨這個聲音，羊羹即將掉到中庭的踏腳石上，都還沒有將這一幕看完，一道威猛的雷電就劈了過來。

「妳說要辭職不當將軍!?妳怎麼說得出這種話，啊!?」

看到奶奶的凶狠樣，迦流羅差點哭出來。但她的手緊握成拳，一雙眼盯著奶奶看。

「——太、太過分了！竟然這樣浪費食物，真是不敢相信！」

「既然妳那麼認為，就用烈核解放試試。如果是妳，應該能夠讓一切恢復原狀吧。」

「簡直莫名其妙！只有像納莉亞小姐或黛拉可瑪莉那種特別的人，才能做到這麼厲害的事情！祖母大人太看好我了！也太強人所難了！都不會想多多體諒您的孫女嗎!?」

「都怪妳太散漫，我才逼不得已對妳這麼嚴厲！聽說妳最近還擅自在京城賣起日式點心是吧！是誰允許妳這麼做的!?」

「祖母大人憑什麼對我說三道四！朝廷都已經頒給我營業許可證了！對不對小春!?」

「抱歉迦流羅大人。我忘記去申請許可證了。」

「沒有許可證!?那不就變成非法營業了!?」

「我不會忘記報警，放心吧。」

「拜託不要在這種事情上能幹啦!!妳也太脫線了吧～!!」

「蠢的人是妳才對!!」

「咕欸！」

迦流羅胸口的衣服被人一把抓住。按照常理來看，天底下有哪個奶奶會對孫女這麼做，但是迦流羅還記得從前曾經被打過好幾次，因此事到如今也不覺得訝異了。自從奶奶以身體欠佳為由辭去大神一職後，接下來這十年──迦流羅的奶奶依然是位很有攻擊性的激進人物。

這下要被殺掉了。迦流羅在心裡想著。

「天津家是為國家賣命的『武士』，都已經跟妳說過好幾次了吧。」

「我、我明白。明白是明白……」

「哼，既然妳這麼不想當將軍，我就給妳辭退的機會。」

「咦？咦咦？」

「這是大神下達的指令。」

迦流羅突然被人粗魯地放開，緊接著對方就用強大的力道將一張紙按到她胸前。

奶奶正用宛如惡鬼的眼神不屑地看著她。

「妳應該知道天照樂土對六國廣發邀約，準備舉辦宴會吧？」

「知、知道。」手裡拿著那張信紙，迦流羅點點頭。

「大神那傢伙似乎會當場宣布召開『天舞祭』。詳細事項都寫在那張紙上了，等一下妳自己看吧。今天跟妳講這些，我已經累了。」

接著奶奶說了一句「妳也差不多該做出覺悟了」，說完就走了。

迦流羅完全搞不清楚狀況。在她旁邊的小春鼓著腮幫子，一臉憤慨樣。

「明明是她把我們叫過來的，真沒禮貌。」

「算了……祖母大人就是這樣。」

「連個招待用的配茶點心都沒有……」

「原來妳在意的是這個。」

「沒辦法了，來吃迦流羅大人的點心好了。」

小春開始去撿掉落在地面上的羊羹，迦流羅趕緊抓住她的手制止她。

「別吃了，會吃壞肚子喔。」

「但這個是迦流羅大人拚命做出來的……」

話說到這邊，小春臉上浮現「糟糕」的表情，並將嘴閉上。

迦流羅不由得笑了。

「等我們回家，我隨時都可以做給妳吃。」

「……我是覺得這樣太浪費那個點心了，所以才吃的，並不是想吃迦流羅大人做的點心。」

「是這樣啊。但那個東西還是別吃了吧。」

「嗯……先不管那個了，來看信件吧。」

對方回答的時候一副很不給面子的樣子，迦流羅看了不禁苦笑。這女孩也不夠直率呢——這讓她心中覺得暖洋洋的，同時打開信件看起那些秀逸的文字。

「……啊？」

她看完心臟一口氣凍結。

迦流羅變得渾身僵硬，在一旁的小春偷瞄信件內容。

「寫了什麼啊。『開辦天舞祭：候選人乃天津迦流羅與玲霓花梨』——啊，原來可以不當將軍指的是這個。太好了呢，迦流羅大人。」

「——嗚。」

「嗚？」

「嗚——嗚——！嗚嗚嗚嗚————！」

迦流羅放掉手中的信件，開始在那呻吟起來。

天舞祭。這是決定天照樂土未來的重大活動，千載難逢。她萬萬沒想到自己會成為參加者之一。天底下竟然有這麼扯的事情。

「怎麼會……怎麼會舉辦天舞祭……」

「上面寫說這都是為了替王國帶來變革，還有要對抗恐怖分子。」

「恐怖分子在哪——！天照樂土不是很和平嗎～！」

迦流羅的呻吟聲被秋風帶走，消散在東都的天空中。

既然她身為天照樂土五劍帝，那就不能違背大神的決定。一旦違背了，她就會被炸死。就算會把這整個世界搞得天翻地覆，她也不願碰上那種事。

如今想想，自己總是在按照別人的命令行事。

不用再為這些事情苦惱、夢想得以實現，這天真的有機會到來嗎——邊收拾掉落在地面上的羊羹殘骸，迦流羅邊在腦海中想著這些事情。

※

其實恐怖分子近在身邊。

發出金色光芒的下弦月高掛在夜空中。

在天照樂土東都——那個被稱為「花京」的風雅街道受夜色籠罩，人們都在睡覺，變得靜悄悄的。人們都沒有發現自己的國度正受到恐怖分子威脅，仍在睡夢之中。

「——這裡未免也太和平了吧。」

身為國主的大神就居住在櫻翠宮之中，有個人影站在宮殿的屋頂上。

那是一個腰上配有刀劍的嬌小少女。她向下眺望著東都的風貌，取出原本放在懷裡的通訊用礦石。每當到了三更半夜，那個囉哩吧唆的上司一定會聯絡她確認情況。

『情況怎麼樣了？沒什麼問題吧？』

另一頭傳來男子平穩的聲音。少女在回答的時候顯得有點不快。

「若是現在就出問題，情況也未免太絕望了吧。黛拉可瑪莉・崗德森布萊德都還沒來呢。」

『要多加留意。這次的敵人都是擁有烈核解放的怪物。』

「用不著擔心。管他是烈核解放或其他的，我都會解決掉。」

礦石另一頭似乎有人在嘆氣。

『……妳千萬別忘了。我們的目的不是殘殺，而是獲得天照樂土的魔核。若是能夠完成這個任務，想必公主大人也會很開心吧。』

「公主大人啊……」

那個「弒神之惡」不時會說──「死亡乃生者的本懷」。

因此恐怖組織「逆月」才會企圖破壞能夠賦予人們無限生命的魔核。專挑這種苦差事──想歸想，那少女想起自己的胸口上也透過契約魔法刻上了逆月的紋章。

這個圖騰呈現月亮形狀，看起來令人發毛。

月亮是吸血鬼王國的標誌。

而這個組織要完全朝向「相逆」的方向行事——逆月就是這樣的存在。

『但拜託不要讓天津覺明發現。這樣事情會變得很麻煩。』

「是因為派系鬥爭嗎？明明一樣都是『朔月』，真是辛苦你了呢。拜託不要把我拖下水，跟這種煩人的事牽扯在一起。」

少女用魔法讓通訊用礦石浮在半空中，雙手在胸前交叉。

東都已經進入秋天了，夜晚有些許涼意。但這正好用來讓她冷卻在心口中盤根糾結的殺意。

「——我可以照自己的意思做吧？」

『要請妳先遵照我們的安排。前半段的重點是要按照計畫行事。』

「我先說清楚，你的計畫漏洞百出。如果是真的想要殺掉對手，那就應該毫不猶豫用上任何手段才對。太在意一些形式上的東西導致失敗，那樣太慘不忍睹了。」

『因為自尊心的關係作繭自縛，這樣的妳有資格說這種話？』

「哼，反正就讓我照自己的意思做吧。」

『拜託妳別太逞能——』

通訊用礦石被人扔在屋頂上破壞掉了。

根本不需要和對方聯繫報備。這名少女該做的事情，唯有達成最終目標。不管經歷怎樣的過程，只要能拿出成果，上頭就不會有話說了吧。

涼風撫過少女的髮絲。

佇立在東都且樹齡高達八百年的櫻花樹發出葉子摩擦聲。

明明已經來到秋天了，這裡卻盛放著櫻花色。這棵樹正是併設在櫻翠宮的「天託神宮」主神，是整年都會開花的魔法櫻花樹。真是一點風情都沒有。

「……好冷。」

少女的身體不由得抖了一下。

閱讀之秋。運動之秋。食欲之秋——人們賦予了各式各樣的說法，但對少女而言，這些形容都是錯誤的。最適合秋天的還是藝術。

要用血液和慘叫為這個世界增添色彩，引發革命。

「——追求強大就跟藝術很相似。想必妳也清楚吧，黛拉可瑪莉・崗德森布萊德。」

由天照樂土主辦的宴會在核領域上展開。

透過【轉移】魔法，我被帶到某個都市中，然後薇兒就拉著我的手，帶我來到一座巨大的宮殿前方。四周有身穿豪華服飾的各國政要來來往往。還看見一些人在偷看我，偷偷說些話，不曉得為什麼。

「——可瑪莉還是那麼受歡迎呢！為了避免妳被登徒子盯上，朕必須好好保護妳。來吧跟我牽手，我們可以將手臂勾在一起。去那邊的樹下談心吧。」

「住手啦別碰我！妳這個登徒子——！」

將那個硬要黏過來的金髮美少女推回去，我開始觀察周遭的情況。

姆爾納特帝國那邊派來參加的人大概有三十人左右吧。我認識的人有——皇帝、薇兒、佐久奈。再來就是不怎麼熟悉的政府高官和皇帝護衛。

「……其他的七紅天沒有被招待過來嗎？就只有我跟佐久奈？」

「貝特蘿絲也在呀。她先跑去會場那邊吃東西了吧。」

「是第一部隊的隊長嗎……話說都還沒有見過她呢。」

「妳應該有見過才對。不過有被指名邀請的七紅天，就只有可瑪莉妳。其他都是朕隨意挑選出來的。若是能跟佐久奈待在一起，妳也會比較自在吧？」

沒想到這個皇帝還懂得體貼人。我稍微轉頭看向背後，接著看見跟在後頭的銀白色少女——佐久奈·梅墨瓦，她臉上帶著笑容，還在輕輕揮手。真可愛。話說那不是重點。

「指名邀請……那是什麼意思？為什麼是我？」

「天照樂土的大人物似乎想要見見可瑪莉妳。畢竟妳是很受世人歡迎的七紅天大將軍，這樣也很正常。」

「比起我，他們更應該約芙蕾或海德沃斯才對……」

「芙蕾她本來也很想來。但是帶更多的七紅天過來，對國家的防衛工作會有負面影響，於是朕就對她說『妳要代替可瑪莉留守』。」

咦？那表示我回去會被殺掉吧？這個皇帝果然沒有在體貼我的？——於是我就開始發抖了，這時一旁的薇兒笑著說「請您放心」。

「我已經在出發前去跟芙蕾·瑪斯卡雷爾確實打過招呼了。」

「妳應該沒有做些多餘的事挑釁對方吧。」

「『妳活該』，我對她說了這個。」

「根本就做了超無謂的挑釁行為啊——!!」

這個女僕就只會做些不必要的事情。我看我以後就等著被人刺成串燒吧。

話說芙蕾那傢伙，自從蓋拉・阿爾卡騷動事件結束後，她的樣子就變得怪怪的。不像之前那樣，單純只是看不起人而已，不對，她還是一樣看不起我，但感覺變得更微妙了，一方面看不起我，一方面又在警戒。實在很可怕，我還是盡量不要靠近她好了。

一面感受周遭其他人投注在我身上的視線，我抬腳邁進宮殿內部。

在那個壯麗的大廳裡，有個類似服務臺的地方。看來他們好像採用讓參加人簽名的管理系統。我用拿不習慣的毛筆寫下「可瑪莉」，已經把名字簽完的皇帝從我背後揉捏我的肩膀，還過來磨蹭臉頰。

「抱歉啦，朕接下來要去做別的事情。有人拜託朕辦點事。」

「有工作？在這種日子？——喂放手啦。這樣我沒辦法好好寫字。」

「有熟人拜託朕去偵查。若是朕不在，妳會很寂寞吧，但要多多忍耐。」

「我又不會寂寞。」

「就是說啊，陛下。可瑪莉大小姐身邊還有我跟著。」

「住手啦別抱我！啊啊『可瑪莉』變成『小可瑪莉』了！」

我把皇帝和變態女僕拉開，同時嘴裡還在大喊。這兩個人還是一樣，都不懂得看場合。這時在身後的佐久奈突然開口說「我、我也跟在她身邊」，過來抓住我的衣服。拜託住手。若是跟這兩個人較勁，妳也會變成變態啊。

「——總之，事情就是這樣，朕要先失陪了。妳們不用顧忌太多，在宴會上盡情享樂吧。難得天照樂土那幫人盛情款待。」

「話說陛下。您要去哪？」

「用不著擔心，薇兒海絲。只要沒有引發問題就不會造成任何問題。」

接著皇帝說了句「那晚點見」，呵呵大笑地走人。看起來好像很閒，其實她是個大忙人呢——腦子裡還在胡思亂想，我不經意發現櫃檯桌子後方站著的人一直盯著我的臉看。

那是個穿著和服的少女。

頭上那個虹色的髮飾特別醒目，是個和魂種，不過——嗯？咦？好像在哪邊見過，但又好像沒見過——

「妳就是黛拉可瑪莉．崗德森布萊德小姐對吧？」

對方突然叫出我的名字，害我手中的筆差點掉下去。

「是、是沒錯。請問您是哪位？」

「失禮了。我叫做玲霓花梨，是天照樂土的五劍帝。」

那充滿英氣的聲音聽起來很銳利，如同刀刃一般。是說她實際上也配備了一把好長的刀。天照樂土那邊好像有「武士」這樣的階級，不曉得她是不是也有那樣的身分？

話說回來，她的名字叫做「玲霓花梨」。

這個名字似乎有聽過，可是我想不起來。若是在這種時候隨隨便便說句「初次見面！」然後對方回說「我們不是有見過嗎？」那我就準備切腹了。妳是誰？是誰——我拚命挖掘記憶，那位玲霓花梨臉上浮現有點遺憾的笑容。

「之前在費爾防衛戰中，我也是『防禦小組』的參加人之一。因為沒什麼活躍的表現，妳不記得我也是正常的……」

「啊、啊啊！」

我總算想起來了。當時發生了莫名其妙的事件，我被女僕連人帶床搬到別的地方。有一些將軍圍繞在我四周，印象中這位少女就是其中一人。

我趕緊跟她道歉。

「抱歉，竟然不記得一起作戰的夥伴長什麼樣子，實在太失禮了。」

「不，這沒什麼好在意的。跟崗德森布萊德小姐英勇的表現比起來，我的存在感就小到和露水沒兩樣吧。話說——歡迎妳的到來。今天會舉辦這場宴會都是希望六國能夠太平，主要訴求就是為了謀求和平。若是妳能夠忘了那些紛爭舒心以對，我們會很高興的。」

「說、說得也是！我可以把戰爭的事情都拋到腦後對吧。」

「是，全都忘了才好。」

接著玲霓・花梨就露出大器的微笑。

嘴裡說著「全都忘了才好」，身上卻確實裝備武器，那就當作沒看見吧。將軍之類的人物通常都很頑固又很危險。我已經習慣了。

「話說我很佩服崗德森布萊德小姐。」

「咦？佩服什麼？」

「妳擁有將阿爾卡樂園部隊一掃而空的黃金烈核解放。」

又要說那個啊。

我身上散發金色的魔力大幹一場，所有人好像都對這個假情報有共識了。剛開始還以為是薇兒在亂講話——不對，其實我現在也這麼想——可是那麼多人都在說「好厲害」不然就是「很尊敬妳」，害我不由得有點反感。可是為了生存下去，就連這種不舒服的感覺也得拿來利用一下。

「就是啊，很厲害喔。其實那次我也只拿出六分之一的實力而已。」

「呵呵呵——真羡慕。有才能的人就是那麼耀眼呢。我身邊有太多天才，讓我不禁覺得自己沒什麼施展空間。對吧，芙亞歐。」

這時玲霓・花梨的視線轉向身旁。

我直到這時才察覺的那裡還有「人」在。

而且對方還很吸引我的目光。因為她的臀部那邊長出大大的金色尾巴，看起來毛茸茸的，毛茸茸的。那個毛茸茸的物體飄忽不定地左搖右擺。好想摸，好想揉揉看。

「——芙亞歐，跟客人打個招呼吧。」

玲霓・花梨在說這話的時候，語氣是帶刺的。那個被稱作芙亞歐的狐狸耳朵少女——就好像剛從午睡中醒來一樣，用緩慢的動作伸出右手。

沒想到——

滋嗡。

好像有什麼東西在那瞬間轉換了。

「——初次見面，我是芙亞歐・梅特歐萊德！是五劍帝玲霓・花梨門下的食客！請多多指教！」

「咦？喔、喔喔。」

對方的表現顯得莫名激動，害我有點嚇到。

「我是黛拉可瑪莉，也請妳多多指教。」

「好的請多多指教！能夠見到妳是我的榮幸，黛拉可瑪莉大人！」

由於對方伸出左手，我就用左手回握她的手。

她的手好硬。是因為平日裡都在揮刀才會變成這樣吧。

芙亞歐臉上笑咪咪的。那個笑容實在太無邪了，害我心跳加速。

話說這好像是我第一次跟獸人正式接觸。之前一天到晚被大猩猩和長頸鹿索命。不對，還有貝里烏斯喔。話說他算是狼嗎？還是狗？——胡思亂想之際，還在跟人握手的我，手腕突然被人用力一拉。

芙亞歐那端整的笑容出現在眼前。

她吐出的甜蜜氣息噴在臉頰上。

「黛拉可瑪莉大人！妳還是小心一點比較好喔。」

狐狸耳朵動了幾下，好想摸。

「玲霓・花梨大人並不像表面上看起來那麼和善！」

「咦？」

「若是跟天照樂土牽扯太深，妳是不會有好下場的！大神大人好像也在謀劃什麼！若是沒有做好送死的心理準備，不要隨隨便便涉入，這樣才是明智之舉。」

「——芙亞歐，妳在偷偷摸摸說些什麼？」

「沒有沒有！沒有說什麼啊，花梨大人！」

對方當下立刻把我的手放開。我沒聽懂。至於我為什麼沒聽懂，那都是因為我

© riichu

沒有把話聽進去。我的注意力都被那個左搖右晃的金色尾巴吸引了，晚點再問她可不可以摸好了。

我將這種心癢的感覺壓抑下來，這時玲霓・花梨笑咪咪地開口。

「我家的狐狸多有得罪——那麼就請妳好好享受這場宴會，一定能夠玩得非常盡興。」

☆

會場可以說是極其奢華。

這裡的人都來自上流社會，一舉手一投足都洋溢著高雅的氣息。四處擺放的桌子上密密麻麻擺滿豪華料理。從後方鋼琴那流淌出來的旋律似乎是最近在白極聯邦很流行的古典樂。總之這個宴會活脫脫就是一場「貴族盛宴」。

我很不會應付人多的場合，這樣的活動並不適合我。

而且周遭那些人一看到我就在交頭接耳說些八卦，害我當下只想回去，可是薇兒握住我的手，阻斷我的退路。

「放手。」

「可不能讓您迷路。」

「誰會迷路啊！——而且事到如今我也沒有逃跑的打算。是我自己決定過來這邊的。今天就老老實實待在這邊，好好享受這場宴會吧。」

「那我們一起跳舞吧，我來當護花使者。」

「那樣很丟人，我不要。」

「那麼可瑪莉小姐。妳要不要吃糰子？」

「我要吃。」

佐久奈叫我「啊——」地張嘴，於是我就大口一張咬住糰子。好甜好有彈性，真好吃。說我來參加這場宴會是為了吃這個，一點都不過分。

為了禮尚往來，我也從桌子上拿起包了餡料的糰子，遞給佐久奈。結果佐久奈害羞地說「我要開動了……」，打算將糰子吃掉，就在那瞬間——薇兒突然出現，接著就咬住那串糰子，從中橫刀奪愛。

「啊啊啊！薇兒海絲小姐！妳太狡猾了！」

薇兒還咬一咬吞下去。

「是梅墨瓦大人先從我手中搶走可瑪莉大小姐的。我接下來本來想用花言巧語洗腦……說服她跟我一起跳舞。」

「可瑪莉小姐已經說『不要』了，強迫她是不對的。」

「沒想到梅墨瓦大人連這個都不懂。可瑪莉大小姐很好騙，只要跟她說『會讓您休假』，她就會讓我予取予求。」

「我怎麼可能被這種粗淺的計謀騙去。」

「就是說啊，可瑪莉小姐可是稀世賢者。」

「這麼說也對……話說可瑪莉大小姐。抱歉突然跟您報備，但聽說皇帝陛下要賜給您一週左右的休假。」

「咦？為什麼……？」

「因為最近要改革勞動制度。針對可瑪莉大小姐的出勤時間做過精密調查後，他們發現您好像有點過勞。」

「用不著做精密調查也知道，這根本是超級黑心企業吧。」

「所以不讓您休假一個禮拜，這樣就會違法。」

「是那樣嗎!?」

「這樣您就可以休假了。是不是很開心？」

「嗯！」

「因為您太開心了，就會很想跳舞對吧？」

「嗯！」

「我明白了。那麼恕我僭越，本人薇兒海絲會負責領舞。」

「嗯！」

「可瑪莉小姐妳被騙了啊!?改革勞動制度根本連聽都沒聽過，而且可瑪莉小姐的勞動時間跟其他七紅天相比，甚至還比較少呢！薇兒海絲小姐太會說謊了！」

「嘖……就差那麼一點點……」

「妳這傢伙又騙我了吧——————！」

我衝向薇兒，開始咚咚咚地毆打她。

這個女僕還是一樣滿口胡言，害我空歡喜一場——！

正當我大發雷霆，碰巧就在這時——

「——可瑪莉！好久不見了。」

我突然聽見別人叫我的名字，那讓我轉過頭。

出現在那的人是——將桃色頭髮綁成雙馬尾的少女。

她就是阿爾卡共和國的總統納莉亞·克寧格姆。她後方還有神情扭曲，一臉「嘔噁……」樣的凱特蘿·雷因史瓦斯。

「納莉亞！好久不——」

就在我舉起右手準備打招呼時，事情就發生在那瞬間。

那個帶著滿面笑容靠近的「月桃姬」居然直接過來將我緊緊抱住。事情來得太突然了，讓我來不及閃避。薇兒和佐久奈、凱特蘿都發出像鳥類的悲鳴。

「妳過得好嗎?我過得很好喔。」

「這、這樣喔，那很好啊。話說能不能把我放開啊？」

「若是妳願意當我的女僕，我就放手。雖然變成女僕之後，我再也不會放手就是了。」

「又在說這種話。我怎麼有辦法勝任女僕的工作。」

「就是說啊，納莉亞大人！若是黛拉可瑪莉成為我們這邊的女僕，一定一天到晚耍笨闖禍！一天會打破五個盤子喔！」

真沒禮貌。我好歹還是會洗盤子啊，雖然沒做過。

沒想到這個時候納莉亞在耳邊說「開玩笑的」，輕聲說完就放開我。薇兒和佐久奈跑到我身旁兩側坐鎮，用充滿警戒的目光看著納莉亞。

「哎呀？表情不用那麼恐怖啦。我跟可瑪莉都已經是互相分享血液的關係了。」

「請您不要說些有的沒的，克寧格姆大人。雖然按照間接證據來看，不能否認可瑪莉大小姐真的喝過您的血，但您要拿什麼證明可瑪莉大小姐讓您喝過她的血液？基本上身為翦劉種的您去喝其他種族的血液，這件事情本身就不具備正當性。」

「那是事實啊。為了跟可瑪莉進一步加深關係，才會那麼做。」

薇兒接著聳起肩膀，「唉～」地嘆了一口氣。

「跟您說不通呢。若是對這樣的人置之不理，事情會很麻煩喔，可瑪莉大小姐。簡單來講就形同『遭到陌生人擅自登記結婚，在不知不覺間跟人成婚了。』克寧格姆大人這是在由外而內逐步收網啊。」

「不，她說的是真的啊。」

「!?」

在場其他人都出現震驚反應。雖然不知道她們為什麼會那樣，但我決定來補充一下。

「事情發生在夢想樂園地底。納莉亞說她沒什麼自信，所以我才……中間發生了一些事情，之後我決定跟她交換血液。反正我跟她原本就很像姊妹。啊，雖然說是姊妹，但我們並沒有血緣關係喔。是因為她曾經被媽媽教過。」

「我明白了，可瑪莉大小姐。請您現在也讓我立刻喝您的血液，否則我會因為戒斷症狀發作馬上將頭伸進可瑪莉大小姐的裙子裡。」

「為、為什麼要那樣啊——!?」

薇兒開始要做些光怪陸離的奇怪舉動。在她後方的佐久奈換上絕望表情，嘴裡說著「原來妳真的讓她喝了……」。納莉亞則是「啊、哈、哈！」地笑著，一把抓住我的手。

「妳真的很受歡迎呢。但還是要學著多體諒周遭其他人的心情，那樣會比較好。」

「咦？」

「或許我沒立場說這種話，但對自己若是有了錯誤的評價，有的時候會引發麻煩事。其實妳比妳自己想的還要優秀喔。」

「好吧我也算是一億年來難得一見的美少女，就這點來看或許是那樣吧。」

「妳的錯判實在錯太大了。」

「咦……我弄錯了？」

「也不是那樣啦──妳幹麼一副快要哭出來的樣子啊!?不是不是！可瑪莉很可愛啦！是一億年來難得一見的美少女！好乖好乖──」

不知道為什麼，納莉亞在摸我的頭。

這傢伙在說些什麼。只是有人否認，覺得我並非一億年來難得一見的美少女，我怎麼可能為這種事情哭。把我當小孩子看待。我只是有那麼一瞬間受到打擊而已。

這時納莉亞又說「總之先不講這個了」，硬是把話題拉到別的地方。

「我們別管美少女的事情了，來盡情享受這場宴會吧。那裡還有妳喜歡吃的布丁喔，我們去吃些甜點提振心情吧。」

「我又沒有心情不好？但我還是要吃布丁。」

納莉亞拉住我的手，帶我走進人群之中。

這種時候別想太多，就順其自然吧。既然來都來了，不想瘦一下是種損失。

「話說總統的工作做得怎樣了？」

邊吃著抹茶口味的布丁，我用輕鬆的心情提問。

原本還在吃焦糖布丁的納莉亞回了句「我想想喔」，在移動湯匙的手跟著停擺。

「說辛苦是辛苦。因為目前的阿爾卡政府依然還有很多缺陷——要先著手重建才行，而且人才極度不足。害我逼不得已採用馬特哈德政權時代的中樞人員。」

「那樣沒問題嗎？那些人做過很過分的事情吧。」

「我會先從危險度比較低的人開始復用。若是有人意圖謀反，我會立刻給他們下馬威，不會有問題的。」

「好有自信啊。」

「我可是擁有極高支持率的總統，跟我作對就等同忤逆民意。若是想要靠武力造反，到時候會有什麼下場，他們自己應該也很清楚，就算私底下有些企圖，應該也不敢輕舉妄動。」

感覺跟之前遇到她的時候相比，納莉亞又變得更成熟了。不對——更正確的說法應該是越來越有架勢了吧。真不愧是總統。話說阿爾卡的國名會不會變成「納莉亞‧阿爾卡共和國」。如果真的變成那樣就有趣了。

一直在旁邊聽我們說話的凱特蘿笑著說「沒問題的！」。

「若是有人要跟納莉亞大人作對，我會把他們全都收拾掉！」

「呵呵——我很期待喔。畢竟妳可是新生阿爾卡共和國的頭號八英將。」

「是，雖然說到這個八英將，目前也只有我一個人……」

「那個阿貝克隆比或許能夠採用。不然就讓可瑪莉來當我國的將軍吧？同時擔任七紅天和八英將，這樣的事情前所未聞，我想應該會很有趣。」

「一點都不有趣！我光是要當七紅天都快累死了。」

納莉亞接著笑了一下，嘴裡說著「哎呀好可惜」。說真的，我現在就想辭職不當七紅天。說到適合我的職業，不是小說家就是哲學家。

「總之我的近況大概就像剛才說的那樣。馬特哈德沒有好好交接就人間蒸發了，害我們手忙腳亂，全都亂糟糟。忙到連辦茶會的時間都沒有。」

「是喔，聽起來好辛苦。」

「您也不能置身事外啊，可瑪莉大小姐。」

在旁邊吃餛飩的薇兒當場插嘴。

「總有一天可瑪莉大小姐也會成為姆爾納特帝國的皇帝。要將克寧格姆大人的辛苦經歷當作借鏡，先做好心理準備才是對的。」

「這些話妳聽聽就算了，納莉亞。這個女僕最擅長的就是胡言亂語。」

「薇兒海絲說的和胡言亂語差遠了。」

納莉亞這時壞心地笑了一下，我好像有不祥的預感。

「我說可瑪莉，妳知道所謂的『六戰姬』吧？」

「有是有……薇兒有說過。」

「好像是某個新聞社弄出來的說法。簡單講似乎就是『最近表現特別亮眼的六名少女』──那換句話說，這不就等同『各國繼任國家元首的最強候選人』？而且可瑪莉還是其中的一分子喔。」

「就算被算進去，我也不可能因此當上皇帝吧。」

「這麼說也是──話說那所謂的六戰姬好像都來參加這次的宴會了。不覺得為了今後著想，先觀察和分析會更有意義？」

「我覺得一直盯著人家看不是很好……」

「不要緊不要緊。」

不知道為什麼，納莉亞看起來一臉開心樣。

話說回來，最近六國新聞好像有寫到「克寧格姆總統的興趣是觀察他人」。會在街上大搖大擺閒晃，若是發現優秀的人才就直接網羅，還有這樣的傳聞。而且聽說在總統府工作的女僕人數增加到馬特哈德時代的六倍──也太可怕了。不過消息來源是六國新聞，我想那些都是假的。

「首先，那個團體來自拉貝利克王國。名列六戰姬的是莉歐娜・弗拉特四聖獸大將軍。」

順著納莉亞的視線看過去，會看到一組獸人集團。

在正中央的是一名少女，臉上有著快活的笑容。頭上還長著貓耳，屁股那邊有貓尾巴，毛皮是漂亮的咖啡色。

「……我有點好奇。」

「什麼？」

「那邊的某些人，好比是大猩猩和長頸鹿，全都是完完全全的動物姿態，但有些女孩子卻只長了動物的耳朵和尾巴不是嗎？這是什麼邏輯？」

「那就是生命神祕的地方。」

未免也太神祕了。雖然覺得莫名其妙，還是忽略好了。

將焦糖布丁的最後一口吃進口中，納莉亞繼續說接下來這番話。

「基本上拉貝利克王國是會隨自身慾望行動的野獸集團。可是莉歐娜不一樣。她還滿好溝通的，正努力讓拉貝利克變成更加理性的王國。而且她還有個別名，就是『自然界中唯一的吐槽者』。」

「我不是很懂。」

「我也不太懂。總之我們可以跟莉歐娜多多親近。她不只是觀念正確，還很強大。人人都說她一定會成為下一任國王。」

我開始目不轉睛觀察那個莉歐娜。

她正瞇起雙眼鼓著臉頰品嘗酸乳牛肉，一副吃得很美味的樣子。

這時突然有水豚男三人組臉色大變地跑向她。

「莉歐娜大人。大事不好了。」

「嗯？怎麼了？」

「到處都找不到香蕉。」

「香蕉？只是少了這點東西，你們就忍一忍吧。來吧，這裡還有肉喔。」

「可是都招待拉貝利克王國來參加宴會卻沒有準備香蕉，這種事情前所未聞。這等同在對我國宣戰，這麼說一點都不為過吧。」

「沒錯沒錯！」「把香蕉交出來！」「天照樂土是有多無禮！」——

「你、你們冷靜點！今天辦這場宴會的目的是要讓大家和平共處！」

「先擾亂和平的是他們，我們可是有正當理由。」

「沒有啦——！你們看，這裡還有葡萄和蘋果。如果想吃小點心，你們就換吃別的啊。」

「香蕉可不是小點心！是主菜！」

「這不是在遠足好不好！喂快住手，不准詠唱魔法！」

「我們要去占領廚房，莉歐娜大人請在這邊等待。」

「給我站住——！都怪你們是這副德行，人們才說我們是『搞笑時空王國』——！」

…………………

……………

……總覺得有種親近感，這上司和部下的互動給人強烈既視感。

貓耳少女開始追趕那些水豚。

周遭其他人都用有點受不了的眼神看那邊，彷彿在說「又是拉貝利克啊？」

「一天到晚吵吵鬧鬧」。將整段過程盡收眼底的薇兒說了句「真受不了」，還聳聳肩膀——

「獸人頂多就這點程度，都是些立刻訴諸暴力的無腦分子。」

「我們拿這種話說人家，根本是在打自己的臉吧？」

不管怎麼說，我覺得我好像可以跟莉歐娜友好相處，晚點再找她說說話吧。

「那些人還是老樣子，都那麼奇怪。不過那個貓耳女孩若是真的成為國王，拉貝利克可能會變得更有意思。在國際社會上的分量也會隨之增加吧？」

「我是覺得總比大猩猩當國王好。」

「——啊，可瑪莉妳快看，那邊有一些仙人。」

「仙人……？喔喔。」

當我朝反方向看，這次看到的是一群穿著東方服飾的人群。來自先前都跟我們沒什麼交集的南方極樂淨土「夭仙鄉」，屬於神仙種。在這之中最吸引目光的，莫過於那位穿著輕柔服飾的少女，服裝樣式很有孔雀感。

我們兩個不經意對上眼。

對方那讀不出感情的視線射向我。這讓我不自覺尷尬起來，於是我就堆出客套的笑容，先揮了揮手。那名少女也面無表情對著我揮手。

「……那個女孩也是六戰姬之一？」

「對啊，不僅是夭仙鄉的下一位天子，還是三龍星大將軍艾蘭・林斯。聽說實力強到光是跟人對上眼就能讓敵人的心臟炸掉，因此名揚四海。」

「哈、哈、哈，我看我去上一下洗手間好了。」

「妳不用那麼緊張啦。林斯生來就是和平主義者，這件事也廣為人知。她不會沒頭沒腦攻擊人。」

「原來是這樣……？」

「是啊，而且夭仙鄉的君主都是採取世襲制度，因此下一任天子一定是她。我們最好趁現在打好關係，送她一套女僕裝好了。」

「若是真的做出那種事情，還沒打好關係就會先惹人厭了吧。」

除了要納莉亞打消念頭，我還再次看向艾蘭・林斯。

有個陌生男子要跟她說話。

那個男子——並不是跟林斯一樣的神仙種。特徵是一身純白的衣服配上純白的頭髮，是身高滿高的蒼玉種。咦？這是誰。好像在新聞上看過——

「他們是白極聯邦的吧。在跟艾蘭・林斯說話的人就是書記長。」

「書記長？」

「白極聯邦書記長。簡單講就是地位相當於皇帝或總統的國主。」

這讓我嚇了一跳，轉眼凝視他的樣貌。

聽人這麼一說，我才覺得他有氣勢。不過那跟姆爾納特的皇帝不一樣，並沒有太多的霸氣。可能是柔和的笑容給人這種感覺吧——想著想著，在我身旁如忠犬般待命的佐久奈於我耳邊說起悄悄話。

「請妳要多加小心，可瑪莉小姐。那個人是壞蛋，之前還想跟蓋拉・阿爾卡共和國聯手毀掉姆爾納特。」

「咦？是那樣嗎？」

「梅墨瓦大人說得沒錯。」這次換薇兒對著另一邊的耳朵吹氣。「說到這個白極聯邦的書記長，最有名的就是他熱愛戰爭。而且還跟馬特哈德不一樣，是會面不改色玩弄汙穢策略的蠢蛋。光看都會弄髒雙眼，請您還是別看了。」

「不對吧，跟人家是第一次見面，不用說得那麼難聽吧……」

面對那個被人中傷的書記長，我除了同情還把視線拉回來。

之後書記長就發出一聲「哎呀？」還注意到我。在他跟艾蘭・林斯告別後，對方面帶笑容走向這邊。

「哎呀，這位不就是黛拉可瑪莉・崗德森布萊德閣下嗎？能夠見到傳聞中的深紅吸血姬，看來我運氣還不差。」

「咦？啊，我、我也是。」

「看妳也如此抬舉我，實在太讓人開心了。我是白極聯邦的共產黨書記長。有幸見到妳，實在太讓人歡喜了，崗德森布萊德閣下。」

除了面帶笑容，對方還朝我伸出右手。

我變得有點緊張，因為對方是年輕男性——而且還是一國之君。若是在這個時候做出失禮的事情，我看一定會引發戰爭。為了讓事情和平落幕，我要來準備說些客套話。你的衣服好帥氣呢！——很好說這個就完美了。

「好，請多指教，書記長——」

「可否請您不要用髒手碰可瑪莉大小姐，這位書記長。」

啪唰。

這時薇兒從旁介入，將書記長的手拍開。

這讓我當場傻眼。書記長也傻眼了。這段無言的時光持續了大約一秒鐘——讓人不解的是，當下納莉亞「噗！」地噴笑出聲，我這才找回理智。

「妳——妳這人!?在做什麼啊!?」

「這個男人是有名的吃軟飯小白臉，絕對不能讓他碰可瑪莉大小姐。」

「問題不是那個吧！對方可是大國的大人物耶！如果道歉就能解決，那就不會引發戰爭啦！——對、對不起，書記長。之後我會確實對這個女僕處以搔癢之刑，請你原諒她。」

「啊哈哈哈哈哈哈！姆爾納特帝國還真有意思。」

只見書記長捧腹大笑。相對的薇兒單手拿著暗器，臉上表情變得很可怕。喂拜託妳別這樣好不好，別把問題鬧得更大。還有佐久奈，為什麼妳也拿著魔杖？妳們幾個警覺性會不會太強了？這個人真的有那麼差勁？

「哎呀看看。很可惜，我好像遭人厭惡了。妳們的心情，我也不是不懂。那麼為了緩解緊張氣氛，我們就來聊聊天吧。」

「也對喔。來聊布丁的事情吧。」

「布丁！聽起來不錯呢。其實我有一個部下也很喜歡布丁——那個女孩叫做普洛海莉亞，不知道妳認不認識？」

我頭上浮現問號，這時人在身旁的納莉亞開口了。

「是在說六凍梁的茲塔茲塔斯基將軍對吧。這個人我很熟悉。因為之前的大戰中，姆爾納特的城塞都市就是被她毀掉的。」

「真不愧是克寧格姆總統。就如妳所說，是前些日子把姆爾納特城塞都市費爾弄得坑坑疤疤的茲塔茲塔斯基將軍。那個女孩也很喜歡布丁。若是只看私人交情，她一定能夠跟崗德森布萊德閣下相處愉快吧。」

「是、是喔。那個叫做普洛海莉亞的人也有來這邊？」

「有啊，她就在那邊彈奏音樂喔。」

就在下一瞬間。

突然有個跟落雷有得拚的「咚鏘——！」聲響起。周遭其他人都嚇了一跳，轉頭看舞臺那邊。鋼琴前面站了一個一身白皙的女孩子。她身上穿著禦寒衣物，看起來很像要在寒冬中行軍。看樣子剛剛敲琴鍵的人就是她。

「——彈不下去了啦！為什麼我得為這些愚蠢的人民彈奏鋼琴！一直在這邊娛樂大家，那受邀來參加宴會還有什麼意義！我想吃布丁！」

「請您冷靜一點，茲塔茲塔斯基閣下。是書記長說他想聽人彈鋼琴……」

「拿這個琴譜過來的人是書記長!?原來是那個男人的興趣!?——這哪叫『月影之壺』。真正的『月影之壺』才不是這樣。整個調性都改變了，還加上莫名其妙的片段。這什麼鬼伴奏。在這邊讓節拍無意義加速是怎樣。更動得太大，原本的曲子都面目全非啦！白極聯邦爛就爛在試圖破壞傳統，全都濃縮在裡頭了！編曲編得那麼沒品，這是古典音樂的悲哀。那個男人實在是──」

「不好意思──閣下，書記長還在那邊聽呢……」

普洛海莉亞轉頭看這邊。

她完全沒有半點心虛的樣子，而是惡狠狠瞪著自家的國主。

「書記長！什麼時候才能放我自由。這樣下去手指會累到得肌腱炎，強制勞動違反人道主義呀。」

「那還真是抱歉啊，普洛海莉亞！可是參加派對的人都為妳彈奏出的美麗音色陶醉不已。這正是白極聯邦的藝術──我個人還想再多聽聽那美妙的演奏呢。」

「我才不想為你演奏。」

「那妳就為大家演奏吧。妳是人民的代表。」

「…………那就沒辦法了。既然書記長都這麼說了，也不是不能彈。只不過，能不能讓我按照自己的意思彈。」

「是要按照原曲來演奏對吧？我覺得那樣有點平淡。」

「我不會說『古典音樂之幸就是用古典的方式來演奏』，講那種食古不化的話。只是因為你的編曲破壞了原曲的美妙，我才會不爽。比起破壞，藝術更應該著重於創造。所以這個『月影之壺』就讓我來提升層次，彈得更可愛吧。」

普洛海莉亞說完這些話就接過部下拿來的布丁吃下一口，接著回到鋼琴前面坐好。

過沒多久，她開始演奏優雅又有力的古典樂。我在音樂方面的造詣不算太深，但那些技巧就連我看了都不由得感嘆，嘴裡發出一聲「哇啊——」。感覺那流暢的十六分音符連彈都已經深入骨髓裡了。雖然我不是很懂，但還是覺得很厲害。

「如何，覺得我們的王牌怎樣？」

「覺得怎樣啊……就覺得很厲害。各方面來說都是。」

「沒錯，從各方面來說都很厲害呢——普洛海莉亞就算跟崗德森布萊德閣下作戰，也不見得會吃敗仗吧。」

不知為何，薇兒和佐久奈突然擺出臨戰態勢。納莉亞則是覺得有趣，嘴角都笑彎了。話說已經變成空氣的凱特蘿，人還直立在那卻不停點頭打盹。喂。

這時書記長撇嘴一笑，還將雙手交疊在胸前。

「話說妳已經跟天津・迦流羅閣下和玲霓・花梨閣下見過了？」

「咦？喔喔……這次來還沒見到迦流羅，但是剛剛有見過玲霓・花梨小姐了。」

「是嗎是嗎？那麼崗德森布萊德閣下那麼厲害，應該也察覺到了吧。」

我什麼都沒有察覺到。在說什麼？

「這場宴會不過是個開端。就連之後的慶典也只是開場而已。白極聯邦和姆爾納特帝國——不知道能夠稱霸的是哪個國家，值得期待。」

我越聽越糊塗。為什麼高高在上的人都喜歡講話繞來繞去。總之薇兒妳先把暗器收起來，現在根本不需要對書記長那麼有敵意吧。

「啊哈哈哈哈！」書記長在這之後豪爽地笑了。

「用不著露出那麼可怕的表情。那是在開玩笑，說這些只是玩票性質。」

說完這句話，書記長便轉身揮揮手離去。這次他好像要去找來自拉貝利克王國的那群人。那個人好愛社交。

納莉亞此時接著開口，手裡還在捲義大利麵。

「他肯定在打什麼歪主意，還是小心一點比較好。」

「明白了。那我就拿披薩朝那傢伙的後腦勺扔過去吧。」

「住手啦！不准浪費食物！」

「不過要注意的對象不只是書記長。雖然這次舉辦宴會的目的是要促成友好關係，大家和平共處，但不知道有多少人是真的把這件事情放在心上。來吧可瑪莉，妳要把那些重要人物的長相記住。像那邊那個就是拉貝利克的——」

「哎唷不用了。我是很想記啦，可是新加入的人太多，我的腦袋都快當機了。」

現在想想，我明明才剛到會場，這裡卻出現很多不認識的人。

有武士少女玲霓・花梨，還有她的部下芙亞歐・梅特歐萊德。貓耳將軍莉歐娜・弗拉特。來自夭仙鄉的艾蘭・林斯。還有白極聯邦的書記長跟普洛海莉亞・茲塔茲塔斯基。即便我是稀世賢者，一次就能記住的臉跟名字還是有限。

總之跟人家聊天覺得好累，我也來吃義大利麵好了。

想著想著，我的視線放到桌子那邊——這時不經意看見一張熟悉的臉龐。

那個和風少女有著一頭烏黑油亮又美麗的秀髮。她就是天津・迦流羅。

可是給人的感覺好像和第一次見面不太一樣。她待在會場角落紅著臉，正在跟一個忍者女孩滔滔不絕說些什麼。從她的樣子看來，感覺很像被逼急了。總之那模樣很拚命就對了。

照這氣氛來看不是很尋常呢，是不是遇到麻煩了？

我單手拿著義大利麵的盤子，同時走向她。本人並沒有要蹚渾水的意思，只是想過去打聲招呼罷了。然而——

『各國來賓。今日歡迎各位蒞臨此地。』

現場突然出現一道英氣凜然的聲音。

周遭頓時變得靜悄悄的。連鋼琴彈奏聲都沒了。不知道是什麼時候的事情，有位穿著和服的女性已經站到舞臺上了。就是她透過擴音魔法在說話。

『我是天照樂土的大神。我一直很期盼能跟各位像這樣在宴會上見面，可謂望穿秋水。今天辦這場宴會是希望我們能夠締造和平友好關係，請各位放寬心好好享受一番。』

那名女性——天照樂土的大神在氣勢上確實很有一國之君的風範。

她穿的衣服是高級和服。在那水亮的黑髮上插著簪子，是做成太陽樣式的。說話語氣平穩，儀態優雅，讓人看了不禁覺得心曠神怡——但有一點很奇怪（說奇怪好像滿失禮的），那就是她臉上貼著一張像是巨大符咒的東西，把她的真面目隱藏起來。

那是什麼啊。新的潮流裝扮嗎？話說夭仙鄉那邊好像有長得像這樣的妖怪，名字叫做殭……什麼的，想不起來。算了就別管了吧。

這時會場裡的和魂種突然間送上如雷掌聲和喝彩聲，嘴裡喊著「大神大人萬歲！」「大神大人萬歲！」。

只見大神面帶笑容制止那些騷動起來的和魂種，嘴裡繼續說著。

「冒昧說句話，近年來六國說是危機四伏也不為過。前些日子發生的六國大戰只是冰山一角，間諜活動越來越活躍，像暴力事件之類的犯罪案件也變多了。加上恐怖分子的勢力日益增長。我們必須互助合作共同面對——』

她開始說些艱澀難懂的話了。

我邊吃義大利麵邊聽，但完全是有聽沒有懂。

© riichu

反正都聽不懂了，接下來去拿些點心好了。我東張西望一陣子後發現有個桌子上放了一大堆日式點心。既然有這個機會來到天照樂土主辦的宴會上，不吃點日式點心就等同白來了吧。

於是我決定伸手去拿羊羹——可是伸過去的手突然被人抓住。

我發現身旁多了一個忍者女孩站著。

她還一直盯著我看。

「啊，妳是……迦流羅身邊的人吧？」

「嗯，我是天照樂土第五部隊『鬼道眾』隊長，峰永小春。」

「我叫黛拉可瑪莉。請多指教。」

「請多指教。」

對方用力握了握我的手，這女孩身上的氣息好獨特。

「黛拉可瑪莉，拜託妳來一下。迦流羅大人遇到難題了。」

「嗯？好。但我可不可以先吃羊羹？」

「那就請妳收下吧，收進胃裡。」

小春她遞給我被牙籤插著的一口大小羊羹。我張口將那個羊羹吃下肚，接著就尾隨負責帶路的忍者女孩離去。應該是說我被她拉走才對。為什麼要這麼趕，我實在不懂。

那時的迦流羅站在牆壁旁邊，整個人慌慌張張的。

一發現我靠近，她嘴裡就發出一聲「啊！」，還裝出威風凜凜的態度。

咦？剛才那慌亂的樣子是我看錯了？

「哎呀，崗德森布萊德小姐。這是我們在六國大戰結束後第一次碰面呢。」

「好像是喔。妳過得好嗎？」

「當然好，我可是元氣百倍。話說有件事情想問妳——崗德森布萊德小姐，其實妳很喜歡殺人對吧？」

這讓我一時間語塞。那問題問得太唐突，而且有點踩線了。

但我立刻切換成「將軍大人模式」。

「妳說對了！在這天底下，我大概是最渴求鮮血的猛將了。」

「原、原來如此！但我也跟妳差不多就是了。對了對了，我還想再多問一個問題。」

「什麼？」

「妳最近有空嗎？」

「咦？」

問題怎麼問得那麼亂——才剛想到這，耳邊就聽見大神強而有力的聲音。

『——為了解決這類問題，天照樂土一直以來都鞠躬盡瘁。然而我國的體制僵化，不容人隨意撼動。身為國主的我說這種話未免有失體面，但天照樂土已經是個夕陽國家，被老舊的風俗習慣絆住，必須為我國帶來新風貌。因此我希望將這個國家的未來託付給下一任領導人。』

「……下一任領導人？迦流羅，那個人在說什麼啊？」

「快、快回答我！妳有空嗎!?看能不能挪出一星期左右的空檔！」

「咦咦!?我是希望自己能夠有空閒時間啦，可是女僕害我變得很忙碌，這也是事實——」

『簡而言之，我最近想要辭去大神之位。因此必須選出繼承者。換句話說——我將在此宣布，要召開選定次任大神的「天舞祭」！』

此時會場內一片譁然，還爆出歡呼聲。

……嗯？剛才那個人說要「辭職」？為什麼？怎麼會這樣？——這情況讓我有看沒有懂，正在那邊當木頭人，迦流羅就用力握住我的手。

「就像剛才說的那樣！接下來要召開決定下一任大神的祭典！所以——所以我想懇請黛拉可瑪莉小姐協助我！」

「先等一下，這些事情我毫無頭緒啊——咦？迦流羅妳也是候選人嗎？」

『候選人都已經決定了。分別是五劍帝玲霓・花梨和五劍帝天津・迦流羅。她們都是我國的代表性將軍——請兩位上臺。』

遵從大神的吩咐，身上配備刀劍的武士少女走到臺上去。

是剛才在櫃檯那邊跟我說過話的和魂種——玲霓．花梨。

她充滿自信地環顧會場，一隻手拿著擴音器，大聲說出下面這番話。

「我是五劍帝玲霓．花梨！既然成了大神候選人，我將會嘔心瀝血努力。為了天照樂土——也為了六國和平！」

唔喔喔喔喔！花梨大人萬歲！——當下有人邊歡呼邊喊出這句話。

像是在回應這陣歡呼，花梨笑著揮揮手。

『想必各位都知道，所謂的「天舞祭」是用來選出大神的神聖儀式，同時也是全國性娛樂活動。在祭典的最後一日，候選人會互相廝殺，到時也請六國來賓與我們一起同樂——花梨小姐，請妳表明決心。』

「我會將天津．迦流羅候選人一刀斬殺！」

唔喔喔喔喔喔喔喔喔！花梨大人萬歲！——歡呼聲再度響起。

我問迦流羅「妳不用過去嗎？」。

迦流羅對我說「不用過去」。

「不行，一定要去。」

「不要啊————！小春妳別拉我！若是我過去那邊，到時就一定要參賽！我會被殺掉！這是絕對——」

「雖然我不是很懂，但迦流羅妳不是最強的嗎？」

「——我絕對要將玲霓・花梨砍個稀巴爛做成蕎麥粉！來我們走吧小春！崗德森布萊德小姐！」

「咦？為什麼連我都——喂！」

結果我被迦流羅又拖又拉硬拖過去。說真的我碰到這情況完全無法理解啊。到底發生什麼事了？我是不是又要遇上麻煩事？——我腦中的危機警報器正在警鈴大作，可是迦流羅的力量讓我無法違抗她。

轉眼間我已經被人帶上舞臺了。

表情好像在說「總算來啦」的玲霓・花梨就站在眼前。

話說都沒看到芙亞歐，但說真的這檔事根本不重要。

「迦流羅，我們總算要分個高下了。」

「說、說得對！但會成為大神的人是我！」

由於迦流羅撂狠話，會場內的熱度也逐步升高。不只是天照樂土這邊——來自六國的人們都在一旁觀望事態發展，一副很感興趣的樣子。

啊，薇兒那傢伙居然沒把我當一回事，在那吃瓠瓜壽司卷！搞什麼鬼！

『看來迦流羅也鬥志滿滿，這次的活動會很有看頭。』

我感覺那符咒的後方好像多了抹笑容。

黛拉可瑪莉妳要冷靜，來把狀況整理一下。

目前已經知道天照樂土大神打算選出繼承人。為了選出繼承人，他們要召開「天舞祭」。還有我也已經看懂了，知道那個天舞祭其實是很野蠻的活動，最後好像要互相廝殺，用這種方式分高下。

不過——我怎麼會在這？

這不是迦流羅和花梨自己的問題嗎？

『那麼，候選人都到齊了。不過天舞祭一方面也是娛樂活動。勞煩來自世界各地的諸位參與此次活動，就這樣結束未免太沒情調。』

我有不好的預感，還轉頭看迦流羅的臉。

她回我一個僵硬的笑容。

『我認為六國應該要朝向融合之路邁進，預計要讓這次的天舞祭成為與全世界同樂的慶典。我想消息應該都已經傳達到各國國主那邊了——每個國家將會推派一名將軍，分別加入天津・迦流羅或玲霓・花梨的陣營。』

這下不好的預感成真了。

我向下望著人還在會場內的薇兒。那傢伙對我面無表情地豎起大拇指。看來這次又瞞著我把事情敲定。好想回去，想要當家裡蹲。

『那麼有請加入玲霓・花梨陣營的兩位將軍上臺。』

就在下一瞬間——一陣宛如電光雷閃的「噹啷啷啷啷啷！」滑琴鍵聲爆出。不知道發生什麼事的我頓時睜大雙眼。一名少女飛越鋼琴來個大跳躍，用輕巧臺步降落在舞臺上站好。那身白色的魔力形成一股冷氣，挾著寒意襲捲四周。

對方身上穿著一看就很熱的軍裝，她就是蒼玉種——普洛海莉亞・茲塔茲塔斯基。

「哇哈哈哈哈哈！白極聯邦最強的六凍梁普洛海莉亞・茲塔茲塔斯基閣下駕到！能夠創造價值的戰爭，簡直就和藝術活動沒兩樣！這次的天舞祭是為了開創新時代——就像演奏音樂一樣，這樣的活動讓人心情雀躍啊！那好吧！我可以為你們這些愚蠢的人民舉槍！」

這傢伙在說什麼啊。

可是會場內的蒼玉種卻興高采烈吆喝「普洛海莉亞大人～！」

留在這邊會沒命吧。還是先逃再說——沒想到這個時候有人從眼前呼嘯而過，發出「咻啪！」一聲還差點一屁股跌坐在地。

那個人在舞臺上一蹦一跳地前進，接著來到普洛海莉亞身旁「咚！」地站定，整個人站得直挺挺。

「——我是拉貝利克王國的莉歐娜・弗拉特！會努力讓大家認識獸人這個種族！若是以為我們這個種族都要給香蕉才願意辦事，那就大錯特錯了。假如有人心生這種奇怪的誤解，我會讓他們再也無法呼吸！」

這個貓耳少女擺出帥氣姿勢，放話要大開殺戒。像是在呼應她，那群野獸開始吠叫。至於那些興奮的水豚，他們開始在會場內失控暴衝。

看來敵方陣營的人馬陸陸續續到齊了。

不不，說什麼「敵方陣營」，我又沒有要跟花梨作戰，根本就不用分敵人還是我方啊。這些事情跟我沒關係，我還是展開找尋蛋包飯的旅程好了。

「等等，黛拉可瑪莉。」

這時忍者小春阻斷我的去路。

「迦流羅大人會很困擾的。」

「抱歉，我想要吃蛋包飯……」

「求求妳。」

那個女孩抬眼望著我，眼眶溼潤地拜託我。

別這樣，不要用那麼純真的眼神看我。我最近才發現，本人在性格上是一旦被人懇求就難以拒絕的類型。可是這個問題攸關生死，雖然這樣於心不忍，但我還是只能變成鐵石心腸！——想到這邊，我正打算使出全力跑掉，結果當下——

「等等，可瑪莉大小姐。」

那個女僕薇兒擋住我的去路。

……啊？這傢伙是怎樣？

「迦流羅大人很困擾。」

「她才不困擾。」

「求求妳。」

「就算眼眶泛淚仰望求我也沒用！好了啦別抱住我！話說妳為什麼沒有跟我說啊！妳肯定知道有天舞祭這鬼東西吧！」

「若是真的說了，可瑪莉大小姐八成就不想來了吧。」

「妳還真了解我！就算我說不想來，妳也會強行把我帶過來！」

咦？那這樣想來從一開始就避不了啊。

『看樣子玲霓・花梨陣營的人馬都已經到齊了。反觀天津・迦流羅的陣營——迦流羅，妳那邊進展如何？應該已經發信給夭仙鄉和姆爾納特帝國了吧？』

「是，雖然有寄信過去，但是艾蘭・林斯小姐說她剛好抽不開身。其他幾位三龍星好像也很忙碌。」

正當我試圖從薇兒的拘束中逃離——這個時候突然聞到一股輕柔的杏仁香味。不知不覺間，那個艾蘭・林斯已經來到我身旁了。

只見她一臉歉疚，縮著身子開口。

「我還要為婚禮做準備……」

婚禮？

這個女孩要結婚了？

「……事情似乎是這樣，大神大人。也就是說夭仙鄉不會參加這次的活動。」

『是這樣啊。那就沒辦法了——話說阿爾卡共和國打從一開始就不打算參加對吧？納莉亞・克寧格姆總統。』

「對，我們國內的事情就已經忙不完了。很抱歉，這次就先不參加了。」

只見納莉亞優雅地做出回應，手裡還在搖晃酒杯。

糟糕，早知道應該接受納莉亞的邀約，先成為八英將才對。話說這傢伙也知道內情吧。那就該跟我說啊。

『我明白了——那麼姆爾納特帝國這邊呢？』

會場內眾人的目光全都轉向我。

迦流羅臉上笑咪咪地，挪動腳步朝我靠近。

然後將手輕輕放在我的肩膀上。

就近就能聽見鈴鐺發出的「噹啷」聲。

緊接著那名和風將軍就如預料中所想，投下一顆震撼彈。

「剛才已經得到回覆了！黛拉可瑪莉・崗德森布萊德七紅天大將軍似乎要加入我方陣營！」

就在下一刻。

唔喔喔喔喔喔喔喔喔喔喔喔喔喔喔喔喔喔喔喔喔喔喔喔喔喔喔!!——整座會場都沸騰起來。真希望會沸騰的只有熱水。這也不用我多做解釋了，我不記得自己有答應。而且印象中迦流羅也沒有針對天舞祭跟我做過正式說明。

周遭那些人的反應各不相同。

「哦……」玲霓・花梨瞇起眼睛。

「對不起。」不知道為什麼，艾蘭・林斯在道歉。

「這個對手很夠格！」普洛海莉亞一副信心十足的樣子。

「一定要贏！」莉歐娜雙眼發光，還發下豪語。

至於我——

「——等、等等！我也有事情要辦。」

『有事情是嗎？什麼樣的事情。』

「就是……那個……其實是……我、我要結婚！」

會場頓時安靜下來。我心想這下糟了，但已經無法回頭了。若是對未來的事情設想太多，我等一下一定會死翹翹，不能停下腳步。

「我跟艾蘭・林斯小姐一樣，之後預計要跟人結婚。所以沒辦法參加。」

「您在說什麼啊，可瑪莉大小姐。明明就沒有對象。」

「對象就是……想到了！就是妳！我要跟薇兒結婚！」

「什麼？我還沒有跟人結婚的打算。」

「啊啊啊啊啊啊啊啊啊啊啊啊啊啊啊!?」

這傢伙——平常一天到晚說要跟我結婚！現在碰到這種緊要關頭卻要背叛我是嗎!?開什麼玩笑……我好受傷！我這一生都不會跟妳結婚的！不對，從一開始就完全沒那個打算！

『那麼天津‧迦流羅陣營這邊就決定是崗德森布萊德將軍了。雖然人數上偏低，但實力方面是無庸置疑的。』

「唔，這話什麼意思，大神。」

『失禮了，茲塔茲塔斯基閣下。為了公平起見，崗德森布萊德將軍將被賦予尋找幫手的權利——崗德森布萊德將軍，這樣可以吧？』

最好是可以。

我使盡力氣擺脫薇兒的拘束，拉著迦流羅的手跑到會場牆邊，然後來個壁咚。奇怪的是迦流羅模樣非常慌亂，嘴裡還說著「嗚哇哇」。

「迦流羅！這是什麼情形啊!?」

「對不起不要殺我，我還不想變成番茄醬！」

「聽不懂啦！是說我怎麼變成參加者了!?」

「這、這是因為……我覺得我需要崗德森布萊德小姐的力量。」

不知為何，迦流羅臉上的表情顯得很脆弱。

「不！其實單就實力來看，就算我一個人上也沒問題。可是花梨小姐那邊有兩個人幫忙，我這邊卻連一個人都沒有，這樣有點……」

「因為迦流羅大人都沒有朋友。」

「等等小春！別說那種話！──這也是沒辦法的事情！納莉亞小姐好像很忙碌。夭仙鄉的艾蘭．林斯小姐也回絕了……我能夠拜託的只剩下崗德森布萊德小姐。」

我好像窺見了意外的一面。既然她都那麼說了，會讓我很想幫助她啊。但這次的戰鬥要賭上性命，我實在沒辦法輕易答應。

「我請妳幫忙也不是白請的。」

這時迦流羅神情突然變得很嚴肅，一雙眼直視著我。

「若是能夠在天舞祭上生還，我可以替崗德森布萊德小姐實現心願。」

「就算妳說能替我實現心願──」

「舉個例子──妳覺得出版《黃昏三角戀》如何？」

「!?」

當下我感受到一陣衝擊，好像被雷打到一樣。

《黃昏三角戀》。那是我寫的小說標題。這陣子因為那個變態女僕做些無謂的事情，那本小說就被迦流羅看到了。

「我家也有在經營出版社。只要跟社長稍微說一聲，我想書籍化也不是什麼難事——不好意思。若是妳有別的心願，也可以告訴我。」

「先等等。真的……可以出書？」

「是的沒錯。而且照那些內容看來，也許出版社那邊看了會興致勃勃說『來出這本吧！』」

「…………」

這事情來得還真是突然。

同時那也是決定我命運的人生最大分歧點。

若是答應了，我就可以出道當作家；可是參加天舞祭會死。當然我不想死。可是——放過這樣的好機會行嗎？

「可瑪莉大小姐，沒什麼好煩惱的。」

「唔哇!?」

不知道是什麼時候的事情，薇兒已經來到我身旁了。妳不要突然跑出來啦。

「天津・迦流羅大人是能夠破壞整個宇宙的大將軍。之所以會拉可瑪莉大小姐加入自家陣營，理由單純只是『這邊一個人都沒有好寂寞』。」

「那又怎樣。到頭來還不是要跟人廝殺。」

「話是這麼說沒錯，但對方也不期待我們能發揮戰力。」

「……嗯？意思是說？」

「意思是說都交給天津大人的話，您就不會死了。」

「…………」

原來如此。

原來呀原來。

聽她那麼一說，我馬上就明白了。就算要在那個什麼天舞祭上戰鬥，我也沒必要出戰。迦流羅會發揮宇宙第一的戰鬥能力，將那些敵人全部擺平。

換句話說，我是萬萬不可能迎來死亡的命運。

既然知道是這樣，那我要做的選擇就只有一個。

「——那好我知道了！條件就是替我出書，我來幫妳吧！」

「真、真的嗎!?謝謝妳!!」

我拉著迦流羅的手回到舞臺上。

一臉狐疑的幾位將軍都在看這邊。可是現在沒什麼好怕的。因為我們這邊可是有全宇宙最強的天津．迦流羅大將軍。

「讓各位久等了！」

我開啟許久未曾發功的火力全開將軍模式。

「本人黛拉可瑪莉・崗德森布萊德會加入天津・迦流羅的陣營，參加天舞祭！既然我表明要參戰，迦流羅這下就贏定了！來吧，為恐懼發顫吧，玲霓・花梨陣營的將軍們！看我用一根小拇指將妳們宰個稀巴爛，弄成蛋包飯的材料分給大家吃！若是不想死，現在就立刻投降！」

頓了一拍後——

唔喔喔喔喔喔喔喔喔喔喔喔喔喔喔喔喔喔喔喔喔喔!!——

整座會場再度沸騰起來。這次不管有多麼沸騰，我都無所謂了。因為我必定會贏得勝利！不管遇到什麼樣的敵人，迦流羅都能夠用一根小拇指擺平他們！

……就在這個時候，我還一無所知。

不知道「天舞祭」並非單純只是一場戰爭。

還有——在熱熱鬧鬧的慶典背後，某些不法分子正大動作暗中行事。

☆

「唉，到頭來我還是參加了……」

這裡是宮殿的中庭。坐在涼亭下的椅子上，天津・迦流羅嘴裡吐出嘆息。

在天舞祭舉辦的消息對外公布後，宴會仍繼續。現在會場那邊應該在舉辦盛大的舞會吧，她現在處在生死關頭上，根本沒心思悠悠哉哉跳舞。

「這都已經是既定事項了。迦流羅大人不可能逃得出老夫人的手掌心。」

有人淡淡地說出這句話，她就是鬼道眾隊長小春。正在津津有味享用從會場那邊摸來的日式點心。她的主人都碰壁了，還這麼老神在在。

迦流羅再度發出大大的嘆息，嘴裡說了些話。

「大神大人也不知道是怎麼了。我這種人根本不可能成為那位大人的後繼者。」

「若是打倒玲霓・花梨，就算您不想當還是得當。」

「真是太遺憾了！為什麼繼承人爭奪戰會是一場直接到不能再直接的殺戮大戰!?是從什麼時候開始，天照樂土變成像姆爾納特帝國那樣的野蠻國家了!?」

「聽說從以前就是這樣。」

「亂講！我聽說現在這位大神大人接受奶奶讓位，還是和平禪讓！」

「那是因為沒有人出來對抗。」

「咦？是那樣嗎？」

「而且現在的大神大人就任的時候，也沒有舉辦天舞祭。」

「這樣太不公平了吧？為什麼我就得對抗花梨小姐？」

「沒問題的，迦流羅大人。黛拉可瑪莉已經跟我們聯手了。」

「……好吧。這麼說也對。」

大約一星期之前。那時公布了天舞祭的規則——

其實迦流羅陣營和花梨陣營已經在事前做過人事安排了。

簡單講就是抽籤決定「哪個陣營去邀請哪個國家的將軍」。

迦流羅陣營因此獲得了對阿爾卡共和國、夭仙鄉、姆爾納特帝國發出邀約的權利。可是阿爾卡那邊用直截了當的理由「我們很忙」回絕，夭仙鄉也用很正當的理由回絕，就是「我們要為婚禮做準備」，姆爾納特帝國這邊則是給出模稜兩可的回應，說他們會「先去問問可瑪莉大人」，後來不了了之。

另一方面，花梨陣營那邊陸陸續續得到良好回應。

這下迦流羅急了，覺得自己會完蛋。直到今天才總算（強行）收買黛拉可瑪莉，這點值得慶幸，但若是被她拒絕，迦流羅就得孤身一人跟那些怪物對戰。

這樣想來，黛拉可瑪莉真的就像救世主一樣。

她讓阿爾卡的領土變成冰凍大地——還讓部分核領域搖身一變成了黃金之地，是位超乎常理的吸血姬。

若是她認真起來，玲霓・花梨根本不是對手吧。

搞不好靠一根小拇指就能獲勝。

因為黛拉可瑪莉是全宇宙第一的最強將軍。

「……感覺我好像比較有喘息空間了。」

「超有的。」

「對啊，只要交給黛拉可瑪莉，輕輕鬆鬆就能獲勝！」

帶著充滿希望的表情，迦流羅握緊拳頭。

然而她並不知道。

被自己當成救命稻草的黛拉可瑪莉也想依靠她，她們已經陷入絕望的循環。

這時收在和服內側的通訊用礦石突然間發光。

那是能夠跟大神直接聯繫的東西。兩個人同樣都在會場，明明直接找她說話就可以了——即便心中浮現小小的疑問，迦流羅還是注入魔力接通通訊。

「是，我是迦流羅。請問怎麼了嗎？」

『該做的事已經做完了，想來跟妳問候一下。』

「是在說宣布天舞祭開辦的事情嗎？多虧有您，這下事情變得更麻煩了。」

『這麼說也是。不過我之前有跟在會場徘徊的恐怖分子稍微接觸過。』

「恐怖分子……？」迦流羅聽了不由得睜大雙眼。「您還好嗎？」

『無需擔憂。多虧姆爾納特皇帝陛下從旁協助，一切都按照計畫進行。但是對方突然砍過來，還以為會沒命。』

「被砍了!?真的沒事嗎!?」

『雖然被砍到，但都已經治好了，沒事的。』

「…………」

迦流羅這下連話都說不出來了。這個宴會會場的警備機制是怎麼了？

但既然這個人都說沒事了，應該真的沒事吧。若是接下來她下令要自己「擊退恐怖分子」，對她而言也是種困擾，迦流羅決定不要繼續追問下去。

這時大神說了一句「對了」，將話題拉向別的地方。

『看來妳終於決定要參加天舞祭了。多謝。』

「對啊……反正想躲也躲不掉。」

迦流羅彷彿看見奶奶露出邪惡的笑容。

事情都按照那個人的盤算，那讓迦流羅有點不愉快。

『如果是迦流羅，應該沒什麼好擔心的吧。話說花梨小姐也頗有實力呢。不管交棒給誰都合情合理，請妳多加小心。』

「大神大人是站在誰那邊的？」

『我支持能夠為天照樂土帶來光明未來的人——話說有件事情想拜託迦流羅。』

「什麼事情？我可不願意做野蠻的事喔。」

『是很簡單的事——開辦天舞祭的這段期間，我會變得很忙碌，沒什麼空搭理妳。敬請諒解。』

「好……」

『還有就算看到我，也請不要隨意跟我說話。否則會有性命危險。』

「……什麼？」

「說那些話好像很會妄想的思春期年輕人。聽不下去了。」

「等等，小春妳在說什麼啊!?」

『只要確實遵守這些，之後應該不會有事。也請妳跟黛拉可瑪莉・崗德森布萊德小姐好好相處。迦流羅一定可以做到的。』

「我不認為自己能做到。」

『按照妳個人的感覺，或許是那樣吧。可是周遭其他人都很期待妳有活躍表現。就算我不在了，妳也要好好堅持下去——告辭。』

通話被人啪嚓一聲切斷。

好莫名。雖然很莫名，但迦流羅多少能理解對方想說的。意思就是這次大神不會出手相助。上次六國大戰的時候，她有透過「耳目」來從大神那邊獲取各式各樣的建議，但這次大神要她一個人努力。

「總之應該不會有事，畢竟我們這邊還有黛拉可瑪莉在。」

「我們還是要多多討好黛拉可瑪莉，像是逐一獻上點心禮盒之類的。」

「說得也是——對了小春，妳從剛才到現在已經吃太多點心了。」

這樣晚飯不就吃不下了嗎？

想到這邊，迦流羅從小春手中搶走銅鑼燒。

那個忍者少女鼓起雙頰。

「……因為這比迦流羅大人做的點心還要好吃。」

「是這樣嗎？話說在這次的宴會上，我也有以廚師的身分提供一些料理。那些排放在桌子上的日式點心全部都是我做的。」

「…………」

小春此時站了起來。

她背對著迦流羅，臉都紅到耳根子去了。

迦流羅不由得想笑，但她在腹部那邊用力，硬是憋住了。

「先不管這些了，我們要來想些作戰計畫，才能夠在天舞祭中生還。」

「迦流羅大人也知道吧，我這個人口是心非。」

「我們現在該想的是『如何投降』，只要在被攻擊之前下跪——」

「我說的『好吃』是『不好吃』，『不好吃』才是『好吃』。」

「……那平常說『不好吃』也是代表『好吃』的意思吧。」

「…………」

「我都特地要把這件事帶過了，妳能不能別自掘墳墓？」

這時小春嘴裡咒罵「迦流羅大人好囉嗦」，拔腿跑向宮殿那邊。

望著她的背影，迦流羅大大地嘆了一口氣。

現在令人擔心的，是接下來等著她們的戰鬥。

雖然黛拉可瑪莉成為夥伴，但苦惱的根源並未完全消除。從小玲霓・花梨這個少女動不動就把迦流羅當成對手看待。外表上好像很忠義的武士，但意外地會使些小手段，千萬不能大意。

「總之我就努力保住性命吧。」

因為死了會很痛。

立下消極的目標後，迦流羅「嗯～」地伸伸懶腰，抬頭仰望天空。

從那高聳無垠的天空裡，可以感覺得到秋意。

魔核的效用範圍意外地曖昧。

例如姆爾納特的魔核就囊括姆爾納特帝國全境和所有的核領域。但其實在鄰國拉貝利克王國和白極聯邦的領土上，吸血鬼來到某些地區也可以復活。不過「複數魔核並不會互相抵銷效果」正是魔核的特性，像這樣的「重疊地帶」出現在國境周遭也無可厚非。

可是這次卻不能期待有那樣的「重疊地帶」。

那是因為國家的中央都市一般而言都建在領土中心地帶。

例如姆爾納特帝國的帝都是吸血鬼大本營，拉貝利克王國的王都是獸人大本營，白極聯邦的總府是蒼玉種大本營，阿爾卡共和國的首都是翦劉種大本營，夭仙鄉的京師是夭仙大本營——

至於天照樂土的東都，這個俗稱「花京」的東洋風古都，正是和魂種為了和魂種打造出來的大都市。

至於事到如今為何又對這點有了體認——

「……我說薇兒。」

「怎麼了？」

「我原本應該是躺在自己房間的床鋪上。但為什麼到了早上，我會在榻榻米上的鋪墊迎接早晨。不覺得這樣很奇怪嗎？我是不是在作夢？」

「這不是在作夢。可瑪莉大小姐睡覺的期間，我把可瑪莉大小姐直接搬到天照樂土東都了。」

「果然是這樣嗎！」

「我沒有把床鋪帶過來，您可以放心。」

「不是床鋪不床鋪的問題啦!!真是的～～～～～～～～～～～～～～～！」

十月十六日。

之前那場宴會結束後，又過了三天。

若是要把發生在我身上的事情簡單說明一遍，那就是「睜開眼睛就來到另外一個世界」。榻榻米、拉門和日式小屋，這些對我來說都是另一個世界才會有的物件。太莫名其妙了。

「之前就跟妳說過，別趁我睡覺擅自把我搬動到別的地方！那不就變成誘拐案了嗎！若是我去報警，妳馬上就會被警察抓起來！」

「我有辦法擺脫追捕，沒問題。」

「很好多加上逃跑這條罪行——！若是抓了一定要送進監獄！」

然而薇兒一臉滿不在乎的樣子。她很清楚我不會去報警。既然這樣，我就只能鞏固防禦。下次在床鋪周圍擺上會產生靜電的鐵欄杆——不對不行。若是我不小心碰到會被電到很痛，還會醒過來。

「先別說這個了，這裡可是天照樂土。這是我們第一次在國外長期滯留呢。」

「唔——對、對喔！那該怎麼辦啊!?這裡是沒辦法靠姆爾納特魔核復活的危險地帶吧!?假如被殺掉，死了就死了耶！」

「可瑪莉大小姐會由我來守護。這些都不重要，我要替您換衣服，請把衣服脫下來。」

「不要隨便脫別人的衣服啦！」

我跟薇兒拉開一段距離。這才發現自己身上穿了浴衣（？），當下心中一陣絕望。這個睡衣是怎樣，又是變態女僕幫我換的……？

算了，總之先來確認狀況再說。

邊要自己保持心靈平靜，我邊盯著薇兒看。

「……我想說的話有一大堆，但我知道說了也沒用。所以妳把事情的來龍去脈解釋一遍。這裡真的是天照樂土？」

「是，說得更正確點，這裡其實位於天照樂土東都中央地帶，是天津本家的其中一個房間。」

「天津本家？那是什麼。」

「就是天津．迦流羅大人的老家。接下來這一個禮拜，可瑪莉大小姐都要在這邊住宿生活——請用這個。」

薇兒把換穿的衣物交給我。雖然變態女僕在看，但現在去在意那個也沒意義了。

我用光速脫下浴衣，再用光速換上平常會穿的軍服。

「是說我為什麼會被綁架來東都？都沒跟我說一聲。」

「因為要召開天舞祭。可瑪莉大小姐也知道這件事吧？」

「知道……」

那個好像是用來選出天照樂土領導人的熱鬧慶典。話說我已經以迦流羅陣營的友軍身分參加這場慶典了，去跟薇兒抱怨好像不太對。畢竟我是自作主張決定要幫忙迦流羅的。

「……那天舞祭上具體來說都要做些什麼？我對相關情形一點都不了解。」

「那就有請這位人士來做說明吧。」

「這位人士？是在說誰……」

我順著薇兒看的方向看過去——看了心臟差點沒爆掉。

在我躺的被褥旁，還鋪了另一套被褥。

有個令人眼熟的少女就睡在上頭。

那個面熟的五劍帝大將軍正在睡夢中囈語。

……啊？怎麼會？這個房間應該是專門分給我用了吧？

「她就是天津．迦流羅大人。由於人還在休息，我就把她強行帶過來了。」

「算我求妳了，要綁票拜託只綁我一個啦——！」

「該起床了，天津大人。已經早上了喔。」

「咦～～～？小春——？再讓我睡一下……睡五小時就好嗯嗯……」

「我說薇兒，別去拉她的臉頰！會被殺掉！啊。」

這時迦流羅的眼皮突然間掀開。

那對黑色眼眸跟我視線交錯。她好像以為自己在作夢吧，維持呆愣的狀態好一下子，當她望著我的臉龐，越看似乎越能進入狀況，接著才無預警起身，力道大到都快把被褥「咕啪！」地掀翻。

「黛黛黛、黛拉可瑪莉!?怎麼會這樣!?這裡應該是我的房間啊！」

「這裡是可瑪莉大小姐的房間。她命令我把妳綁架過來，我就綁了。」

「快住口別撒謊啦。」

「綁架!?難道是要把我殺了!?是不是要弄成味噌湯的配料!?」

「這怎麼可能！——不對抱歉啊是我不對，我跟妳道歉！所以妳用不著逃跑啦！我想要跟迦流羅好好相處！」

迦流羅正想逃進壁櫥之中，我拚命遊說並阻止她。

是說她好像很快就恢復冷靜了。

平常會有的那身英氣又回來了，嘴裡還「咳」了一聲清清喉嚨。

「——我作惡夢了。剛才好像誤把現實當成惡夢的延續。會那樣並不是我害怕崗德森布萊德小姐的關係。我可是最強的。」

「是、是嗎？」

「一直穿著睡衣實在太難看了，我換個衣服。有事情晚點再說吧。」

說完這句話，迦流羅就離開房間。

我覺得自己好像做了對不起她的事情。

薇兒當下將手放到下巴上，嘴裡還發出一聲「唔嗯」。

「……連在睡覺的時候都沒有拔下來呢。」

「咦？」

「天津大人手上戴著鈴鐺，那個是神具。我有試著拉拉看，還是拿不下來。真不可思議。」

這傢伙在說些什麼啊。

總之還是準備跟迦流羅誠心誠意謝罪吧。

等了一下子，迦流羅回來了。

她換成平常的和服打扮，嘴裡還說「早餐已經準備好了，到那邊再談」。於是我就移動到客廳（？），在那邊吃飯。

在這個房間裡，準備了三人份的飯菜。

我跟薇兒並排坐著，迦流羅就坐在我們對面。

「咦？那個忍者女孩沒有要跟我們一起吃嗎？」

「小春嗎？按照這個家的規矩，我們不能跟忍者一起同桌用餐。尤其這裡還是本家……若是被祖母大人看見了，會遭到嚴厲斥責。」

這個規矩好莫名其妙。好吧不管了。

擺放在眼前的菜色都是和風料理，很有天照樂土的風格。有白米飯和海菜味噌湯。再來就是烤魚、高湯拌菜、日式泡菜。在吃飯前先說了句「我要開動了」，接著我就動起筷子。

好好吃。是熱呼呼的飯～

……不對，我在這悠悠哉哉品嘗什麼啊我。

突然被綁架到陌生的地方（而且還在魔核的效果範圍外），現在卻悠悠閒閒吃早餐，這根本不是正常人會做的事情。習慣還真是可怕。我真希望自己不要開始習慣被人綁架。

「那接下來，這次妳願意在天舞祭中成為我的『協助者』，真的很感謝。多虧有崗德森布萊德小姐，我才能夠安心作戰。」

這時迦流羅正經八百地說了那麼一句話。

但我馬上看見她嘴邊黏著飯粒。身上散發的氣質明明是深閨千金才會有的，卻在各種關鍵點上表現出脫線的一面，這是為什麼啊。不過這女孩依然還是很了不起的人物就是了……但她的這種特質不免讓我覺得很有親切感。

「天津大人，可以跟我們說說天舞祭的詳細情況嗎？因為好像很有趣的樣子，才硬是讓可瑪莉大小姐參加，但我們對於詳細情況可以說是一點都不了解。」

「『感覺好像很有趣』？這妳最好解釋清楚，薇兒。」

「這個嘛——天舞祭正確說來比較像是『選舉』。」

都沒人在聽我說話。

「您是說選舉？不是跟人廝殺？」

「廝殺只是其中一項活動。在開辦天舞祭的期間，也就是大概一個禮拜左右，候選人可以對外演講或是跟人辯論，來測試國民對他的信任度。然後最後一天會展開廝殺——這部分的結果也會加計進去，最終再讓國民投票。」

「原來如此。那跟人廝殺就不是那麼重要了吧。」

「不，很重要。雖然跟其他國家比起來，天照樂土算是比較和平的國家，但人們對武力的信仰依然根深柢固。放眼過去的天舞祭，在最終日決戰中獲勝的人會直接就任成為大神，這樣的例子還不少。」

「但是迦流羅妳應該沒問題吧。因為妳是最強的。」

「…………………」

咦？怎麼陷入沉默呢？

「……這個是營運委員會拿過來的行程表，請確認一下。」

迦流羅拿了一張和紙給我。

上面的確寫著「辯論會」和「演講」之類的。當然最後那天也有「死鬥」這個危險到不行的項目，這下我知道這場慶典不是只有跟人殺來殺去而已。

但就算真的要跟人賭上性命決鬥，我們這邊還有迦流羅在。

等到對決展開，她一定會在那瞬間用超強的光速炮把敵人炸飛。

「嗯？這個我有點在意……最後的生死格鬥是要在東都舉辦嗎？」

「不，由於還有來自其他國家的參加者，因此這個最終決戰將會在核領域舉行吧。」

「是喔，這樣比較妥當。」

「就看妳的了，崗德森布萊德小姐。是說光靠我一個，戰力也十分足夠了。」

「我才要多多仰賴妳，迦流羅。不過這邊有我在，我會用小拇指把所有人全都一擊虐殺。」

哇哈哈哈哈。

呵呵呵呵呵。

我們兩個都笑了。薇兒則是輕聲自言自語「總覺得有不好的預感」，在那說些不吉利的話。拜託謹慎發言，別說那種會擾亂我心思的話。妳是能夠看見未來的超能力者，這可不是在開玩笑。

「……可是除了最後的決戰，其他時候我要做些什麼呢？要出來演講幫忙造勢嗎？」

「說到這個。基本上若是能提供援助，是會有幫助沒錯……但適可而止就好。總之妳只需要在戰鬥中努力，等我存活下來……」

「嗯？妳說什麼來著？」

「沒什麼。總之崗德森布萊德小姐已經是天津・迦流羅陣營的人馬了，要在天照樂土這邊待一個星期左右。當然我並沒有把小說的事情忘記，請妳千萬、千萬……千萬！別在途中跑回姆爾納特帝國。」

「我、我知道啦！我們都已經講好了。」

我千盼萬盼就是希望能夠出書。只要沒有遇到太危險的事情，我就不會在這場交易中違約——事情就是這樣，我的心情變得雀躍起來，這時——

「哎呀，這不是崗德森布萊德家的女兒嗎？歡迎妳來。」

現場氣氛突然間變得很緊張。

我轉過頭。發現在敞開的門邊，有個老婆婆站在那。

她是誰？——正感到疑惑，那個婆婆就大搖大擺走進屋內，居高臨下望著我們，投過來的目光有如利刃。

「妳總算願意參加大神舉辦的活動，迦流羅就拜託妳了。」

「是、是……那個……迦流羅，這位女士是誰？」

我小聲問迦流羅，迦流羅也小聲回答我。

「是我的奶奶，也是管理天津本家的大當家。」

「原來是那樣，那我要好好跟她打聲招呼才行。」

「我曾經聽說過，您似乎是十年前擔任大神的人吧。」

「對，我是上一任大神。」

「咦？那不就非常偉大了。」

「在當大神之前，我還聽說您是位叱吒風雲的五劍帝。只要稍微揮揮手中的刀子，人們的腦袋就會跟身體分家。」

「妳很清楚嘛……她往年的稱號就是『地獄風車』。若是行為不夠端莊，這可不是在打比方，也不是在開玩笑，到時候真的會被揍，請妳們要小心。我從小到大被打過好幾次。」

「是這樣喔!?那我要小心別做出失禮的事……」

「那我們應該先想辦法討她歡心才對。天津大人，請您告知您奶奶的興趣和嗜好。只要隨便說句『您真會點茶』，他們的心情就會很好，老人家都是這樣。」

「妳這樣不會太瞧不起人嗎？」

「不會，只要隨便找些話來誇我祖父，他就會給我一大堆零用錢。」

「我看妳根本就把對方當白痴吧，要好好珍惜家人啦。」

「我有珍惜呀，而且拿到的零用錢都有確實進貢給可瑪莉大人，並沒有浪費在無謂的地方。像是可瑪莉大小姐的泳裝和洋裝，購置費用的來源都是我祖父。」

「別這樣！我之後會全部還回去！」

這樣的金流糟糕透頂。接著變得面無表情的薇兒轉頭看迦流羅。

「先談談別的，天津大人。您祖母的興趣是什麼？」

「我想想……奶奶她有涉獵和歌和茶道，是很有文化素養的人，最近特別熱衷於蒐集古董。像這個家裡面有很多擺設都是奶奶買的窯燒品。舉例來說——」

迦流羅說完用手指指著客廳的角落。

「像那邊那個壺據說就出自戰國時代的名匠干柿衛門，要價百億日圓。」

「哦──」

我神情認真地眺望那個壺。

不知道為什麼，我心中沒來由浮現一股不祥的預感，希望是我想太多。

「──妳們幾個在講什麼？」

「沒有！沒講什麼，祖母大人！」

迦流羅嚇到全身發抖，連背都挺得好直。

這時她的奶奶從鼻子裡「哼」了一聲。

「天舞祭那邊都準備妥當了嗎？要是輸給玲霓家的小丫頭，到時可別怪我無情。小心我讓妳再也進不了家門。」

「沒、沒問題的！我們這邊有崗德森布萊德小姐在。」

「啊？這是什麼意思？」

銳利的目光掃射過來。

迦流羅繼續狼狽地開口。

「就是……我們這邊不是只有我，還有崗德森布萊德小姐在……所以說、我覺得應該不會那麼容易輸給玲霓小姐……」

「別老想著倚靠外人！」

有人的肩膀用力抖了一下。那就是我和迦流羅——還有薇兒。對方散發出來的魄力就是這麼強大。但事情發生得太突然了，害我的腦筋一時間轉不過來。

「妳是要獨當一面背負整個國家的領導者，別說那種沒用的話。」

「對……對不起……」

緊接著不知道為什麼，迦流羅朝我偷看一眼。

她的眼中滿是悲愴，還蘊藏決心，並用堅定的眼神仰望自己的奶奶。

「很抱歉！這次的天舞祭是組隊作戰！崗德森布萊德小姐是我的夥伴！去依靠夥伴有什麼不對——」

就在當時，我親眼目睹這世間令人難以置信的一幕。

有一把薙刀以肉眼都難以捕捉的速度飛過來，就刺在迦流羅背後的欄杆上。

在場所有人都說不出話來了，薇兒還嚇到把味噌湯打翻在榻榻米上。

迦流羅嘴裡「咦？」了一聲，喘了口氣並轉過頭——當她明白剛才發生什麼了，臉瞬間變得慘白一片，還轉頭看奶奶。

「這、這是在做什麼！若是射中我會出人命的！」

「死了也會復活！別在那找藉口，先為天舞祭做準備吧！」

「唔……」

剛才真是太驚險了。這下我不說句話不行。於是我想都沒想就站了起來——

「您、您是她的奶奶！用不著做到那種地步吧！迦流羅她也是——」

「啊啊？小心我揍妳，小ㄚ頭。」

然後我就坐下了。

迦流羅嘴巴緊緊地閉著，眼眶開始泛淚。

這不管是誰遇到都會想哭。

「祖、祖、祖母大人……您的興趣難道是用薙刀毀掉自己的房子嗎……！」

「那怎麼可能。」迦流羅的奶奶一副很無言的樣子，嘴裡發出嘆息。看來她似乎變得比較冷靜了。「——迦流羅，妳應該也意識到自己的力量了吧。應該成為大神的人是妳。拜託妳了，妳要乖一點。放棄妳的夢想，看清現實。」

「我當然有關注現實面！我就是靠很現實的手段成為糕點師傅的！」

「妳就是這樣才讓我頭疼。既然妳一生下來就是天津的『武士』……那妳就無法從天照樂土的咒縛中逃脫。妳只要閉上嘴巴，為這個國家賣命就好。」

我覺得說這種話實在太殘酷了。

之後我看看迦流羅。她雙手握成拳頭狀，渾身發抖似乎在隱忍些什麼——最後目眶溼潤並回瞪她的奶奶。

「嗚……祖母大人、祖母大人是笨蛋～～～～～～～～～！」

接下來的動作宛如脫兔一般。

她流著亮晶晶的淚水，飛奔出那個房間。

「啊啊啊啊啊～～～～」那陣尖叫逐漸消失在遠方。

這樣的發展來得太突然，害我不知道該怎麼反應。現場只剩下我、薇兒和迦流羅的奶奶。這樣實在太尷尬了，害我連去收拾打翻的味噌湯都不敢。

「……抱歉弄出這場騷動。」

這時迦流羅的奶奶突然跟我們低頭道歉。

我趕緊站起來。

「不、不會。雖然……我是不打算插手你們的家庭方針……但我覺得妳或許可以稍微聽聽迦流羅的意見。還有把薙刀丟過去好像怪怪的。」

「我知道這麼做很落伍。但不管跟那孩子說什麼，她都聽不進去。所以我才想稍微嚇嚇她。」

「應該是有什麼隱情吧。剛才她還提到『糕點師傅』……」

薇兒說完憑空變出溼抹布，開始在榻榻米上用力擦來擦去。雖然我不是很清楚，但這樣的打掃方式應該不對吧？

會留下汙漬吧？

迦流羅的奶奶則是吐出深深的嘆息，在現場找個位子坐下。

「……她實在太任性了。那孩子說她不想當將軍，要去當糕點師傅。詳細狀況還要再問問本人。」

「這麼說來……」

——又不是所有人當將軍都是因為喜歡才當的。

第一次見面的時候，迦流羅說過這句話，如今那些從記憶深處湧現。照那個樣子看來，不管是將軍還是大神，她肯定都不想當。

先前會做做樣子放話說「我的目標是成為大神」，是不是因為害怕眼前這位奶奶才說的。我好像稍微能夠理解了。

既然事情是這樣，那我又該怎麼做才好？

應該支持迦流羅的夢想嗎？還是要照當初說好的那樣，為迦流羅的選舉提供助力？——正當我為這些陷入兩難，迦流羅的奶奶突然換上很慎重的態度，一直盯著我的臉看。

「——崗德森布萊德家的小姑娘，有點事情想拜託妳。」

「什、什麼事？」

「妳可不可以幫助迦流羅贏得戰局？」

我屏住呼吸，因為對方的眼神很認真。

「雖然那孩子實在很不像樣，但她是當君主的料。光看資質，她想必不輸歷代的大神。能夠領導這個國家的，不會是玲霓家的小丫頭，而是我們家的迦流羅才對。」

「就算妳這麼說……」

「迦流羅心地善良，但是卻很不可靠。因此我希望妳能夠提供助力，想要多少謝禮都行。」

「那麼就當作是讓天津大人當上大神的交換條件，對於我把楊楊米弄壞的事情，能不能大人不記小人過？」

「薇兒，妳在說什麼。」

「契約成立。迦流羅就拜託妳了。」

「不對！這個女僕只是自己在那邊亂講，剛才那個不算數！——應該要先跟迦流羅談談才對吧，我不想踐踏她的心情。」

「心情重要，但是世界和平也很重要。若是迦流羅不當大神，這個世界會出大事。妳已經加入迦流羅陣營了，希望妳可以幫幫她。就這一小段期間就好——能不能幫忙看顧那孩子？」

「…………」

對方用真摯的眼神望著我。我的個性是一旦被人拜託就很難拒絕。我自己說這種話好像怪怪的，但比起威脅，真心誠意拜託我會更有效。

最終我還是屈服了。

「……好啦。但我還是會跟迦流羅談過再決定。」

這時迦流羅的奶奶面露微笑。

「那就好。但妳若是拒絕相助，我就會對全世界公開妳的祕密。」

「咦？在說什麼？」

「在說會跟全世界昭告妳『其實很弱』。」

「…………………………」

這個威脅來得好突然好具衝擊性，害我整個人僵在那邊。

碰巧就在這時。

一陣「啊啊啊啊啊〰〰〰〰〰！」的尖叫聲逐漸靠近這邊。

有個人從走廊深處咚咚咚地跑了過來。

是忍者小春。不知為何抱著迦流羅，還用超猛的速度跑向這邊。

「等等小春！把我放開！」

「老夫人！大事不好了！」

「大事不好的是我才對！這個是扛米袋的姿勢吧!?」

「那就放下來。」

「咕呸！」

迦流羅被扔到榻榻米上。感覺她的臉會很痛。

沒把主人當一回事，小春來到迦流羅奶奶面前，彎起單膝跪地。

「有事稟報。玲霓‧花梨似乎馬上就到街上演講了。」

「是嗎？隨她去吧。」

「不只這樣。她還一直說天津家的壞話。詳細內容我不是很清楚，但她好像提到『天照樂土若交給天津家會滅亡』……」

「妳說什麼……？」

迦流羅的奶奶頓時臉色大變。快步走向仍躺在榻榻米上的迦流羅，一把抓住她的頭——

「——迦流羅！妳現在就過去回擊他們的說法！一直任由玲霓他們當笨蛋耍，我們的面子全沒了！妳去給那個小丫頭好看！」

「我不要！花梨小姐的臉好恐怖，我不想去！——等等，快住手，不要突然把我扛起來，小春！這樣好像貨物！」

「說得對。迦流羅大人就是貨物，所以才要把妳扛過去。」

「把貨物扛過去要做什麼！一定會被殺掉——！」

「——看來事情有可能變那樣。我們也過去吧，可瑪莉大小姐。」

「要去嗎!?話說剛才那句威脅是怎樣!?她的奶奶是不是看穿我的實力了!?先等

等啊——」

我毫無招架之力，就這樣被人拉走。

初次目睹的「花京」風景簡直就像來自另一個世界。

在修建完善的巨型大街兩側，有成排的東洋風木造建築。

就在天津家對面的方位上，有個看起來很像巨大城堡的東西。我在新聞報紙的照片中看過——那應該就是大神居住的宮殿「櫻翠宮」吧。從這邊都能看見那棵樹齡超過八百年的有名櫻樹。不像這個季節會有的櫻花色好漂亮。

我的手被薇兒拉著，在熱鬧不已的街道上奔馳。

街道的路樹上吊著紙片，成群的人穿著和服。沿路有著櫛比鱗次的攤位，都是在賣東西的——這樣繁雜的氛圍是姆爾納特沒有的。我還看見賣棉花糖的店，晚點去看看好了。

「就在那邊。玲霓・花梨中拿著擴音器演講。」

負責帶頭的小春用手指指向某處。

廣場那邊聚集了好多人。

那位武士少女就待在中心處。旁邊還有狐狸少女芙亞歐・梅特歐萊德在撒紙片，來突顯花梨的存在。

『──────、──────、──────我一定會為天照樂土帶來繁榮！不能夠交給天津・迦流羅。像她那種只想和平度日的人，只會讓這個國家走向滅亡！』

耳邊能夠聽見演講的內容。

看來她說了一堆迦流羅的壞話。選舉不是應該用來突顯自己的優點嗎？光顧著講對手的壞話是怎樣。

「我說迦流羅，這樣扔著不管行嗎？」

「當、當然不行！──夠了！花梨小姐！光顧著講別人的壞話，小心會遭受懲罰！」

『哎呀！各位請看。天津・迦流羅似乎已經來了呢。』

人們不約而同看向這邊。

花梨將擴音器扔掉，從容不迫地靠向這邊。

她的表情充滿自信，完全把迦流羅看扁了。

「妳總算來了，迦流羅。雖然來得有點晚。」

「妳這是在做什麼！說我會讓國家滅亡？要詆毀別人也該有個限度！」

「選舉就是這樣。若是要把對手踢掉，就要不擇手段。」

「做這種醜陋的事情，這樣的人怎麼可以當大神！我會阻止妳的！」

「呵！」的一聲，花梨冷冷地笑了。

「這就是所謂的人望吧?」

「嗯?什麼意思啊。」

「明明就沒什麼實力,卻因為被周遭其他人吹捧,就在那邊沾沾自喜。還真是自以為是啊。」

迦流羅的動作在瞬間停了一下。

「妳、妳在說什麼?那種事情……」

「害我不由得感到嫉妒。不對,這不是嫉妒。是憤怒。明明就沒做出什麼像樣的成績,大神卻非常信任妳——真讓人火大。以背負王國命運的武士來說,妳的自覺還不夠。像妳這種粗心大意的人一旦成了大神,天照樂土八成會滅亡吧。」

「唔……」

「不可原諒,絕對不能允許那種事情發生。我之所以會參加天舞祭,都是為了透過正面對決擊垮妳。因此不管用怎樣的手段,我都要打倒妳。」

玲霓・花梨的眼神是認真的。

有著對迦流羅的憎恨,還有為天照樂土擔憂,不折不扣的愛國情操。

我好像窺見這個玲霓・花梨真正的面貌了。

這名武士少女——跟那個青色的恐怖分子有相同氣息。

「妳還要悠哉到什麼時候,天津・迦流羅。我這次是真的想殺了妳。」

「請、請先等等。我……」

「——賺飽飽！賺飽飽！荷包會賺飽飽喔！來吧來吧，請各位惠賜乾淨的一票，投給玲霓．花梨！若是花梨大人成為大神，天照樂土會成為世界第一的大國！」

這個時候有著狐狸耳朵的少女——芙亞歐突然大聲喊出這句話。

這下我才發現一件事，那就是她在撒的東西根本就不是紙片。

那些是紙幣，說穿了就是錢。

看見這種的情景，迦流羅驚訝地望著花梨。

「這、這是什麼!?對有投票權的人賄賂是違法的啊!?」

「那其實不算違法喔！」

只見芙亞歐笑容滿面地靠近迦流羅。

她手上還拿著一張紙。雖然看不見細部——卻能看出上面寫著「許可證」。

「這是大神大人下的恩赦！准許玲霓．花梨陣營賄賂！」

「還有這樣的!?大神大人究竟在想什麼……」

「想必大神大人也覺得我更適合當繼承人吧。但那些都不重要。就算已經被大神大人認可了，我還是不會住手——直到打倒妳為止！」

「咻——！」的一聲，一道刺眼的閃光劃過。

過沒多久突然有狂風颳起。

動態視力爛到不行的我根本看不出發生什麼事。神不知鬼不覺間，花梨已經做了將刀收入刀鞘的動作。我這才發現迦流羅一屁股跌坐在地上。

「咦……」

她的臉頰上出現紅色痕跡，流出來的血液沿著肌膚滑落。這下我總算看懂了，是剛才花梨拔刀砍傷迦流羅的臉頰。

「妳、妳做什麼——」

「花梨，我不會放過妳的。」

有個忍者少女怒氣騰騰地衝了出去，手上還拿著銳利的忍者暗器。這個武器以肉眼看不到的速度揮起，鎖定花梨的脖子。

「鏗！」——當下一個高亢的聲音響起。

小春手中的暗器被打飛了。

那個忍者驚訝到渾身僵硬，一把刀的刀背就這樣沒入她胸口。

「咦——咕噗！」

「可不能對花梨大人無禮喔！」

就在花梨和小春之間，芙亞歐竄了進來。被強烈攻擊紮紮實實打中的小春，整個人飛往背後——在危急之際被薇兒接住。

我光顧著做出目瞪口呆的反應。

突然過來攻擊人，這樣未免太沒禮貌了吧。

「——沒想到連這點程度的攻擊都抵擋不了，果然不能讓天津家主宰國政。」

「妳、妳怎麼突然做這種事！快跟小春道歉！」

「才不要呢，迦流羅大人！是妳那邊的忍者先出手攻擊花梨大人喔？話說還真是沒用呢。鬼道眾就別提了，連天津・迦流羅大人本人也那麼不中用。從來沒有人親眼看過妳發揮真正的實力——但大家都恐懼妳的才能，然而在現實中卻無法傷花梨大人分毫。這大概是所謂的疑心生暗鬼吧。」

「那種……事情……」

周遭其他人都用詫異的表情望著迦流羅。

「迦流羅大人為什麼沒有抵抗？」「該不會真的毫無招架之力吧。」「這樣的人可以當大神嗎？」「她至少能反駁一下啊」——這樣的聲音開始浮現。

但我卻覺得不自然。

感覺那些負面反應都是被人刻意操弄出來的。

「——看來他們都被收買了。」

邊照顧小春，薇兒口中小聲說了那麼一句。

「對於天津大人碰上玲霓・花梨毫無招架之力的事，那些人刻意用誇張的方式造謠吧。應該是被人強迫這麼做的。」

這讓我吃驚地看向花梨。

她低頭看著跌坐在地面上的迦流羅，對她露出充斥惡意又充滿嘲諷意味的笑容。

「我很期待跟妳對戰的那天。妳的首級，我就收下了——我們走，芙亞歐。」

「好的好的——花梨大人。」

爭奪君主之位，不管在哪個國家，往往都會是一場陰鬱的對決。

在那場鬥爭中，人們會想辦法將競爭對手踢掉。或許來到天照樂土也沒有例外。花梨過度貶損迦流羅，這麼做或許也有她的道理。

只不過，我不是很喜歡這個武士少女的作風。

「——嗯？這位不是崗德森布萊德閣下嗎？」

不知道是什麼時候的事，花梨已經來到我眼前了。

有別於剛才對待迦流羅的態度，她臉上的表情變得友善起來，還跟我行禮。

「真是辛苦妳了，還要負責保護那種空心蘿蔔。若是不嫌棄，要不要現在轉換陣營，來加入玲霓·花梨這邊？我個人可是非常歡迎。」

「很抱歉，我拒絕。」

當下花梨的肩膀震了一下。

「——為何？」

「因為我覺得迦流羅更適合當大神。」

「…………」

奇怪的是，花梨看似恐懼地後退一步。

其實我嘴裡都在說些什麼，連我自己也不是很清楚。

但是——我只是將心底的想法自然而然說出來罷了。

這時花梨「啊哈哈哈哈」地笑了起來，像是要掩飾什麼。

「看來崗德森布萊德小姐的雙眼也被蒙蔽了。哪個人比較適合當大神，等天舞祭的結果出來就會定案。妳就努力替迦流羅造勢吧——那麼先失陪了。」

☆

「——真是差勁！什麼叫做『我要取下妳的項上人頭』！這下我總算明白了，果然這個國家放眼望去全都是喜歡生鮮頭顱的狂戰士！」

「迦流羅大人您冷靜點。」

「這樣要人怎麼冷靜！小春妳也被人弄傷了耶!?若是對那種危險分子坐視不管，不管我有幾條命都不夠用！等下次碰面——」

、「黛拉可瑪莉還在看。」

「等下次碰面，看我用煌級魔法將她炸到腦袋開花！」

迦流羅對著我做出危險的宣言。

然後她又尷尬地轉移視線，同時「咳咳」地乾咳幾聲。

這裡是位於東都外環的——甜點鋪「風前亭」。

跟花梨分道揚鑣後，我們除了要開作戰會議，還決定休息一下。再加上早上被人帶出來的時候，根本沒吃什麼早餐，現在肚子很餓。

於是我們就在店鋪內挑張桌子坐下，吃起羊羹。

用來代替早餐，選擇吃點心，感覺好罪惡。

「——那麼，天津大人，我們接下來該如何行事？」

轉頭在店內張望一陣，同一時間薇兒開口詢問。迦流羅嘴裡回道「那還用說」，志氣高昂地接話。

「這下我們不跟花梨小姐對抗也不行了。首先明天會遇到辯論會，到時我要強調自己有多麼適合當大神，來博取國民的信任——」

「那些都是假的吧。」

我一口吃下羊羹。好好吃。雖然好吃——但這個味道似曾相識，好像最近才剛在哪吃過。

「假的——這是什麼意思呢？」

「您的奶奶都跟我們說了。天津大人想要辭退不當五劍帝，改當糕點師傅對吧。也許對這次的天舞祭也不是那麼熱衷？」

啊，我想起來了，這跟前陣子在宴會上吃過的羊羹一模一樣——心中有股感慨一閃而過，結果迦流羅突然「咚！」地站了起來。

「沒、沒那回事！我會為了天照樂土——」

「那意思是您的奶奶給我們假情報？」

「對、對啊，畢竟祖母大人年紀也大了。可能是她會錯意了吧。我從來沒說過自己想當糕點師傅。」

「迦流羅大人嘴上這麼說，實際上這間『風前亭』卻是迦流羅大人在經營的糕點鋪。」

「妳幹麼洩我的底!?」

那讓我下意識抬起臉龐。

咦？原來這間店是迦流羅在經營的？——感到納悶的我歪過頭，接著忍者小春就微微嘆了一口氣，抬眼看著迦流羅。

「迦流羅大人，其實您很想解釋一番吧。」

「沒、沒有……」

「那為什麼帶她們來風前亭。」

「…………」

有那麼一陣子，迦流羅臉上的表情就好像吃到酸梅乾一樣。可是她馬上又一臉無奈地坐了下來，看起來很沒勁，人都變得軟趴趴的。然後她一直在偷看我，臉還變得紅紅的，一副很害羞的樣子，最後用細到像蚊子嗡嗡聲的聲音說著：

「……沒錯，其實我比較想當糕點師傅。」

「原、原來是真的啊，那這間店真的是妳……」

「是我最近開始經營的店鋪。雖然是違法營業。」

「原來是違法營業嗎!?」

只見迦流羅無力地「呵呵呵」一笑。背後好像有什麼內情，還是不要深入探究好了。

話說回來——沒想到迦流羅身上藏了這樣的祕密。她朝著夢想努力的態度值得我學習，雖然我不想搞到變成違法行為就是了。

「從前……祖母大人曾經教我製作荻餅，當時被兄長誇獎過。後來我就開始製作糕點，曾幾何時成為專業糕點師傅就成了我的夢想了。」

「原來迦流羅還有哥哥啊？」

「正確來說應該是堂兄。」迦流羅含糊地回應。「總而言之我從小就想成為糕點師傅，可是我們家的家規卻不允許我那麼做。既然妳們是從祖母大人那邊聽說消息的，那關於這部分，應該已經或多或少察覺一些了。」

「算是啦，多少能看出一點……」

換句話說，跟崗德森布萊德家很像就對了？

「天津是『武士』一族，也是歷代五劍帝和大神輩出的名門世家。」

她本人明明不想當，卻被周遭其他人吹捧，被迫成為將軍。這樣的遭遇令我感同身受。可是迦流羅她碰上的可不只是當將軍而已。在那個恐怖祖母的逼迫下，她還得以下一任大神候選人的身分作戰。

不能做真正想做的事情，因此感到難受。

迦流羅的心情，我很能體會。讓我很想替她加油打氣。

「可是迦流羅好厲害呢，能夠打造這樣的店鋪。」

「已經被祖母大人發現了，很可能會被毀掉。」

「不用等到那個時候，這間店是違法的，朝廷會先出手毀掉。」

「晚點妳要去申請許可證！——總之只要我還在當將軍，要繼續經營下去八成就不是那麼容易。因為我只能在星期六和星期日開張，所以營收上幾乎都是虧損的。」

「還有這個羊羹也是迦流羅大人做的。」

「哦——」

我將切成方塊狀的水羊羹吃下。

那股淡雅的甜味在口中瀰漫開來。好好吃。

「這味道很溫和呢，或許能反映出製作人的心性。」

「咦……」

迦流羅似乎沒料到我會那麼說，一雙眼睛跟著睜大。冷靜下來想了想，其實我自己也不知道自己在說什麼。但羊羹的味道確實是那樣。

「抱歉，意思是說這個羊羹非常美味。」

「謝……謝謝……崗德森布萊德小姐喜歡吃糕點嗎？」

「喜歡啊，我喜歡吃也喜歡做。」

「咦，原來崗德森布萊德小姐也會製作啊？」

當下迦流羅的雙眼綻放光芒，我趕緊搖搖頭。

「只是做些小東西而已，像是餅乾或布丁之類的。不過完全比不上迦流羅啦。迦流羅做的感覺很專業……話說之前那場宴會上，是不是也有擺出迦流羅製作的糕點？感覺味道很相似。」

「妳、妳說對了！是我偷偷製作的。妳居然吃得出來。」

「因為很好吃，所以我會記得啊。話說為了將軍的工作沒辦法製作糕點，這樣好可惜喔。我覺得迦流羅在這方面肯定很有才華──」

耳邊傳來一聲「咯噹！」，是迦流羅站起來了。

不知道發生什麼事的我抬起臉龐。這才看見她渾身發抖，眼角還浮現淚水。我是不是說了什麼失禮的話──沒將我的不安看在眼裡，這位和風少女連椅子都打翻了，人衝到店鋪後方，然後抱著不知名的箱子快步返回。

「這、這個羊羹只是牛刀小試！我這邊還有很多其他的作品。」

「迦流羅大人，那個是要賣的……」

「崗德森布萊德小姐是很重要的客人！不覺得好好招待客人是理所當然的事情嗎!?──來吧崗德森布萊德小姐，這邊這些都是我親手製作的傑作。若是妳不嫌棄，可以吃吃看……」

「真的嗎？謝謝……哇──！看起來好好吃喔！」

「這個是七色糰子。以前被小春說過『難吃』，但我覺得崗德森布萊德小姐一定能吃出它的好。素材挑選上也很講究，是究極的一流作品──請妳品嘗看看。啊──」

「啊──……………………咕欸!?」

「呀啊!?」

我突然連人帶椅一起被人拉往背後。嚇一大跳的我馬上轉頭看，結果看見前方站著鼓起臉頰的薇兒。這傢伙是怎麼了？這樣很危險吧。

「跟其他國家的將軍有非必要的親密接觸不太好。」

「又沒關係，迦流羅是我的夥伴啊。」

「——其實這些只是表面話，我只是不能忍受可瑪莉大小姐被其他人拿誘餌釣走。無法克制心中的衝動，現在就想立刻回家，製作美味的蛋包飯給可瑪莉大小姐吃。」

「咦？可以回家了？」

「我說錯了。是無法克制將可瑪莉大小姐監禁起來，餵您吃蛋包飯的衝動。」

「那是在犯罪吧——！」

老是說些莫名其妙的話。

等到我把目光拉回來，發現迦流羅陣營那邊也出現大騷動。

「等等小春!?請別妨礙我！崗德森布萊德小姐是唯一懂我糕點作品的人！等一下——啊哈哈哈哈哈！不要對我搔癢啦～！」

「吃太多迦流羅大人做的糕點，小心吃壞肚子。所以小春先把這些收起來。」

「啊，妳等等！小春～妳真是的！」

小春拿著箱子進到店鋪後面了。

這個忍者還真能幹。看到人家要免費將販賣的商品拿給別人吃，她就會出面嚴格把關。雖然我個人覺得很可惜，沒能吃到糕點，但這次為了風前亭好，就先忍住吧。

這時薇兒用凝重的語調開口說了句「先不管那個了」，起頭切入別的話題。

「如今已經知道天津大人有怎樣的苦衷。照這個樣子看來，參加天舞祭也不是您自己願意的吧。」

「的確是，真的很想推辭。不過我知道實際上是沒辦法推掉的……啊，希望剛才說的這些話不要跟祖母大人和大神大人說。」

「我明白。是說要推辭也是很有難度的吧。您的奶奶不會允許，跟您對抗的玲霓・花梨也不會准許這種事情發生吧。」

那個武士少女的臉在我腦中浮現。

她的所作所為都像是打從心底憎恨迦流羅，這點令人印象深刻。

「迦流羅跟那個人關係不好嗎？是不是吵架了？」

「並不是我們關係不好。而是花梨小姐的老家——玲霓家族跟天津家族是互相對立的名門世家，歷年來的大神必定出自這兩個家族。」

「上一代大神好像是天津大人的奶奶對吧？那如今的大神是玲霓家族的人？」

「不，好像是天津分家那邊的人。詳細情況不是很清楚……」

氣氛變得好微妙。此時迦流羅說了一句「總而言之」，將話題拉回來。

「為了在天照樂土中爭奪霸權，天津家和玲霓家爭鬥了好幾百年。在這種時候若是同一世代中出現才華特別出眾的，自然而然就會互相對立了吧。其實我不太想跟花梨小姐計較，可以讓給她的東西都願意讓出去。」

「可是玲霓・花梨好像很嫉妒天津大人呢。或者該說自知比不上妳，這樣的形容方式也許比較貼切。畢竟天津大人是名列『六戰姬』的最強將軍……她會出現這樣的情緒反應也合情合理吧。」

「我身上有哪一點值得別人嫉妒的……」

「嫉妒和自卑感是很可怕的東西。就算您對那個武士少女說『我棄權』，她也一定不會認可吧。」

「確實有可能，總覺得她的生存意義就是打倒我。還有根據天舞祭的規則來看，若是要棄權的話，需要對方許可。」

「別說是獲得許可了，一個沒弄好還可能被殺……」

不對，用不著擔心那個吧。因為迦流羅在實力上遠遠超越玲霓・花梨——沒想到眼前這個和風少女不知為何慌亂地靠近忍者女孩，嘴裡還說「怎麼辦啊，小春～！」。迦流羅的舉動真是讓人有看沒有懂。

「天津大人之後有何打算？」

「有何打算啊……也只能努力看看了……」

「沒錯，您也只能努力了。」

迦流羅和小春聽完，頭頂上浮現問號。但我卻覺得身上有股惡寒。每次薇兒這傢伙開始熱烈表態，最後拚死拚活的都會是我。

「像那種人若是沒有將她教訓得體無完膚，她不可能改過自新。因此無論如何都要讓天津・迦流羅大人在天舞祭中贏得勝利。」

「可是我比較想成為糕點師傅……」

「到時候再辭掉就好了啊？」

「什麼？」

「等到您當上大神就直接辭職，那樣就不會有任何問題，我的意思是這個。」

「……原、原來如此！」

緊接著迦流羅一副恍然大悟的樣子，人還站了起來。

咦？她接受了？這麼簡陋的作戰計畫沒問題嗎？

「根據我蒐集的情報指出，現任大神是因為上一任大神讓位，才會就任的。換句話說，不需要透過天舞祭，依然可以繼承大神的地位，或是另外獲取。」

「有道理。印象中在『大神大綱』這個用來規範君主的法典裡，有提到讓位是合法的。但聽說若是要這麼做，必須確實選定繼承人——」

迦流羅還朝著小春瞄了一眼。

小春趕緊搖搖頭。

「按照慣例，能夠成為大神的人不是來自天津家就是玲霓家。」

「小春，我之前都瞞著妳，其實妳是我的妹妹。」

「我才不要這種姊姊。」

「反正繼任者的事情，之後再想也可以。我們要做的事情從一開始就沒有任何改變。為了讓天津大人獲勝，我們可瑪莉小隊會全力提供協助。」

「是、是真的嗎！雖然只有我一個人也沒問題，但還是感謝妳們！」

「喂喂喂，給我等等，薇兒！」

我將變態女僕拉到牆壁旁邊。

這傢伙又一臉淡然的樣子，好像在說「有什麼問題嗎？」。

「這次妳又有什麼企圖？要聲援迦流羅是可以，可是妳的行為讓人有點不安喔。若是到時在迦流羅之後接棒的人真的變成我，那可就笑不出來了。」

「說這種話會讓人誤會的。我平常做任何事情都是為了可瑪莉大小姐著想。就連這次也不例外，若是天津大人可以贏得勝利，那可瑪莉大小姐就能實現夢想，因此我才會設想各種對策。」

「我的夢想……？該不會是——」

「就是要成為小說家的夢想——您還記得嗎？天津大人之所以會看到《黃昏三角戀》，都是因為我把原稿交給她的關係。沒錯，一切都按照計畫進行。我從一開始就料想到會有這一天，才為了可瑪莉大小姐採取行動。一切是為了可瑪莉大小姐！」

「薇兒，原來妳……！」

我好像誤會人家了。

原本還當這個女僕是會逼我過度勞動的黑心女僕，原來同時也是為了幫助我實現夢想而四處奔走的善良女僕。我要對妳另眼相看了，薇兒……！

「沒、沒想到妳設想這麼多。」

「不過我也另有打算。緊接在克寧格姆大人之後，若是天津大人可以成為君主，姆爾納特的友邦國家就會增加。那樣可瑪莉大小姐成為皇帝的日子也指日……」

「咦？妳剛才說什麼？」

「沒有，沒什麼。總而言之，能夠讓我們獲勝的招數都要盡可能使出來。即便天津大人是最強的，凡事依然會有萬一，為了避免可瑪莉大小姐受到可能性只有億萬分之一的損害，我們要多加細心注意。」

「不愧是薇兒，那樣我的野心就等同實現了。」

「晚點再請您給我獎賞——噢對了，還有別的事要說，就是來幫忙的人好像到了。」

「咦？來幫忙的人？」

「——閣下真不愧是閣下！」

我懷疑自己是不是聽錯了。還以為聽見幻聽。是說我真希望這是幻聽。

接著我害怕地轉頭，眼前出現令人懼怕的景象。有人用力掰開風前亭的拉門，朝裡頭入侵——是讓人眼熟得要死的四人組。

「太讓人佩服了，繼蓋拉·阿爾卡共和國之後，原來您還想協助天照樂土的君王上位。等到我們贏得勝利，這個國家就形同被第七部隊操控的傀儡王國了吧。」

走在最前面的吸血鬼有著枯樹一般的身軀，他就是卡歐斯戴勒·康特。

那模樣像是在擬定犯罪計畫的犯罪集團參謀。是說他根本就是。剛才你隨隨便便就說出不得了的計畫吧？是我聽錯了嗎？

「那、那個，請問您是哪位？今天這裡沒有營業……」

迦流羅在此時慌慌張張起身，靠近那群犯罪者。

好強。如果我今天是妳，根本沒辦法找這幫人講話。

「沒什麼好擔心的。我們只是過來殺害玲霓·花梨而已。」

擋在迦流羅前方的壯漢有著狗頭，這人就是貝里烏斯·以諾·凱爾貝洛。喂別那樣，不要瞪人家啦，迦流羅看起來很害怕耶，小春都進入備戰狀態了耶。

不僅如此，戴著太陽眼鏡的輕浮男子還從他旁邊跳出來。

「耶——！用凶惡眼神瞪人的狗頭男。是非不分的野獸。人家在怕你啦狗頭男。這你看得懂嗎？——咕呸！」

那個炸彈狂人梅拉康契被貝里烏斯揍到飛出去。飛出去的梅拉康契還用力撞上桌子和椅子，發出好大的「咚哐——！」聲。

笨蛋，這裡可沒有魔核保護，在做什麼啊！會受傷啊！——我在那裡不分場合擔心起來，可是迦流羅「呀啊啊啊啊啊！」地發出女孩子氣的尖叫聲，這才讓我回過神。

啊——啊——這下事情完全搞砸了啦。

這情況猛一看很像是黑道或討債集團跑來經營困難的店裡頭。

「這些人——是誰？」

小春用帶著譴責意味的目光望著我。

「這個——其實是——喂薇兒！怎麼沒聽說這幾個人要來!?」

「他們就是我要下的第一顆棋子。」

「這哪是在下棋，根本直接丟了會爆炸的岩石過來吧！剛開戰就毀了整盤棋是在幹麼!?」

「也許可瑪莉大小姐已經不記得了，但這是在維護公理。玲霓・花梨陣營那邊有白極聯邦和拉貝利克王國的人幫忙。相對的天津・迦流羅陣營這邊就只有姆爾納特帝國。為了縮短這一國之差，才會允許我們把部下叫過來。」

「他們好像有說過可以這麼做，但既然要叫應該就找更像樣的啊！」

「去哪找更像樣的？」

「…………」

真希望有思考回路正常的部下，到時候來募集好了。就用「蛋包飯吃到飽！」和「來這職場上班就像在家裡！」當噱頭宣傳，這樣可能會有人來吧。不對，不可以撒謊。

眼下卡歐斯戴勒浮現邪惡的微笑。

「閣下人也真壞。是不是沒有跟天津・迦流羅將軍說過我們的事情？」

「嗯、嗯嗯，是因為那樣啦。我想說當成驚喜好了。」

說了才想到，最有驚喜感的人其實就是我自己。

不管怎麼說，現在已經不能裝作不認識了。

我笑著面對進入警戒狀態的迦流羅和小春，嘴裡這麼說。

「他們是姆爾納特帝國軍第七部隊的人，也就是我率領的部隊幹部。外表和內在都一副不守法的樣子，但他們骨子裡算是善良的人，用不著擔心。」

「哎呀？閣下。今天您的霸氣好像稍嫌不足……」

「聽好了，迦流羅！這幾個人出自姆爾納特帝國軍，是血統純正的精英！一定會為天津．迦流羅陣營帶來勝利！」

迦流羅愣了一下。可是被小春戳戳背之後，嘴裡就發出一聲「啊！」。

「聽、聽起來很可靠呢！若是我跟崗德森布萊德小姐的部隊合力出擊，玲霓．花梨陣營三兩下就會被吹飛，像黃豆粉麻糬的黃豆粉那樣！」

「說得沒錯！這下迦流羅根本就形同已經當上大神啦！」

「啊哈哈哈哈哈！」

「哇哈哈哈哈哈！」

不行。事情肯定會複雜化。話說已經複雜化了。

喂，薇兒，到時候事情會圓滿落幕吧？若是這幫人脫離控制四處作亂，到時可就無可挽回了喔？若是像納莉亞那個時候那樣，演變成真正的戰爭，我可是會逃跑啊？

「您不用擔心，可瑪莉大小姐。東都對吸血鬼來說也算是危險地帶。若是死了就沒辦法復活，想來他們也沒笨到會在這種情況下亂來。」

「好吧也是。就算他們是殺人魔好了，應該還是會珍惜自己的生命——」

「喂黛拉可瑪莉！簡單講就是把玲霓．花梨那傢伙燒死就好了吧？」

有個人跟我說話，是金髮男約翰・海爾達。

這傢伙每次都會死，希望他這次可別死了。

「……差不多是那樣。只要在最後一戰中打倒花梨，迦流羅就會成為大神。」

「這種時候最重要的就是先發制人。首先我已經去玲霓・花梨的住處放火了。」

「啊？？」

我跟迦流羅不約而同出聲。

這傢伙說什麼來著？放火了？那是犯罪自白？還是我幻聽？

這個時候店外面突然間吵鬧起來。「失火了！」「玲霓的住家著火了！」「你們快點把救火隊叫過來！」「這是天津・迦流羅陣營的策略嗎!?」「實在太野蠻了。」——

「…………………」

「意料之外。沒想到海爾達中尉是這樣的笨蛋。」

我好想抱頭尖叫。

有預感告訴我要發生戰爭了。

天舞祭的舉辦期間大約一星期左右。

在這段期間內，天照樂土的東都總是熱熱鬧鬧的。大街上塞滿形形色色的露天商店。到了夜晚，會有人拉著大花車繞來繞去，煙火照亮黑暗的天空。自從上一代大神（天津・迦流羅的祖母）就任後，時隔三十年才迎來這次的天舞祭，慶典辦得熱熱鬧鬧。還有來自其他國家的觀光客大舉湧入，更顯得熱鬧非凡。不過——

「——吶吶普洛海莉亞，花梨有沒有跟妳說什麼？召開辯論會的日子好像越來越近了，我們不用互相幫忙嗎？」

「這不就是在幫忙了？只要我們像這樣，以玲霓人馬的身分在大街上慢條斯理巡邏，對敵方陣營就足以起到牽制作用。這也是很厲害的選舉策略喔。」

「還說是選舉策略……明明就只是在吃蕎麥麵。」

「因為我肚子餓了。」

在東都的蕎麥麵店裡，有兩名少女正面對著彼此。

正在用湯匙跟滑溜溜的蕎麥麵奮戰卻又陷入苦戰的人正是普洛海莉亞・茲塔茲塔斯基。她是白極聯邦六凍梁，也是玲霓・花梨陣營的援軍。

另一方面，坐在她對面的貓耳少女則是莉歐娜・弗拉特。她是拉貝利克王國的四聖獸。這人也是來幫玲霓・花梨的。

「話說我也要參加辯論會。玲霓・花梨有叫我去。」

「咦咦——!?都沒跟我說！為什麼花梨只把我排除在外!?」

「辯論會不是去跟人戰鬥。大概是她對我的聰明才智給予高度評價吧。」

「我也很會算數啊。」

「那還挺厲害的——話說回來，蕎麥麵這種東西還真難食用，要吃進嘴裡並不容易。」

「要不要跟我的咖哩交換？——桌面都變得溼答答的耶!?」

「哼，莉歐娜・弗拉特妳好笨啊。明明來蕎麥麵店卻點咖哩，未免太不風雅了吧。等到我攻克這份蕎麥麵，將能前往更高的境界。」

這讓莉歐娜不由得想嘆息。

就在昨日，她隻身前來天照樂土。為了提升拉貝利克王國的知名度，我要加油！——帶著滿腹鬥志，她跟玲霓・花梨見面，可是對方卻對她說「在最後決戰開始之前，妳可以先去觀光一下」，那擺明是要把她晾在一旁。

換句話說，除了戰鬥能力，對方對於其他的部分沒有半分期待。

好吧的確，即便對方要她去參加演講會或是辯論會，她也不知道該做些什麼。想到這邊就覺得除了戰鬥，普洛海莉亞似乎還有其他的才華，讓她好羨慕。

「……普洛海莉亞，妳為什麼會接受花梨的邀約？」

「因為書記長對我下令。我們白極聯邦不希望天津・迦流羅成為下一任大神，比較希望玲霓・花梨當上。」

「因為花梨比較適合當大神？」

「不——她反而更不適合。那個書記長滿肚子壞水，不是我能應付的。平心而論，他這個人的內在很腐敗。」

「嗯？什麼意思啊？」

「哎呀我說過頭了。這算是機密情報，妳要保密。」

「？」

莉歐娜聽不太懂。

普洛海莉亞將嘴巴貼在碗上，開始吸取那些蕎麥麵。她好像放棄用湯匙了。

嘴裡一面吃著咖哩，莉歐娜朝著普洛海莉亞背後——漫不經心地看著窗外風景。比起拉貝利克王國的王都，東都大街看上去似乎更加熱鬧。

「……這還是我第一次來到外國的國都。沒想到天照樂土是個大都會。我之前還以為拉貝利克的王都是最繁榮的。」

「拉貝利克的王都也很不錯啊，很有田園風味。」

「那是什麼意思啊？」

「不過綜合分析平日各國國都的熱鬧程度，最欣欣向榮的肯定是白極聯邦總統府。再來是姆爾納特的帝都、阿爾卡首都、天照樂土東都，還有夭仙鄉的京師。目前東都會熱鬧成這樣，是受到天舞祭的影響吧。」

「因為那對和魂種來說是很重要的慶典啊。」

「竟然找其他國家的將軍來參加這麼重要的慶典，這樣的政策令人難以理解。背後是不是有什麼古怪——還是和魂種的國民作風本來就是這樣？」

「國民作風啊。說到底，和魂種到底是什麼樣的種族呢？之前我跟天津・迦流羅對戰過，但卻被一個忍者偷襲，這才輸掉。」

嘴裡一面吃著蕎麥麵，普洛海莉亞轉眼看向莉歐娜，嘴角旁邊都是湯汁。

「呼魂種就速——」

「哇——！蕎麥麵都從嘴巴跑出來了！」

普洛海莉亞將那些麵「咕嚕」地吞下去。

「說起和魂種，他們其實是『一無所有的種族』。不像蒼玉種那樣，擁有強韌的肉體。也不像獸人，不具備野獸的特徵。不能像吸血鬼一樣吸血，又不像翦劉種，能夠操控刀劍。當然更不能像夭仙那樣長生。是有人說他們對『時間』的感受性特別敏銳，但不知道是真的還假的。」

「可是花梨和迦流羅都很厲害呢。」

「不過她們兩個並沒有將種族的強大之處表現出來吧。玲霓・花梨單純只是在用劍和魔法上特別優秀。至於天津・迦流羅，人們都在風傳她多麼驍勇善戰，但幾乎沒人看過她發揮真正的實力。照這樣推論起來，可能藏了什麼祕密。」

「唔——嗯……」

莉歐娜比較在意的是天津・迦流羅。

之前在娛樂性戰爭中，莉歐娜曾經輸給那個和風將軍。而且還是睡覺睡到一半被偽裝成部下的忍者偷襲，輸掉的方式令人傻眼。可以的話，希望可以跟對方單挑一下，讓她一雪前恥——只不過。

天津・迦流羅身邊有最強的吸血鬼跟著。

那就是黛拉可瑪莉・崗德森布萊德，在六國大戰中拯救世界的英雄。

不曉得普洛海莉亞是怎麼看待這個女孩的。

「——抱歉，我想跟部下通訊一下。」

「咦？啊，請便。」

「謝謝，還有我的通訊用礦石壞掉了。不知道為什麼，會擅自轉換成廣播模式。我們要談的是機密情報，就算聽見也拜託當作沒聽到。」

「買新的來換就好啦。」

「預算不夠。」

話說到這邊，普洛海莉亞開始朝著某處飛射魔力。馬上就有人接聽了。

『我是謝勒菲那。您找我有事嗎？普洛海莉亞大人。』

「對啦有事。東都那邊沒什麼異常動靜吧？」

「關於這點——』

一直在旁邊偷聽不是很好吧。

莉歐娜用雙手壓下貓耳，視線也從普洛海莉亞身上轉開。

接著她心想『話說回來——』。

話說回來，這個世界上的怪物未免也太多了。那個天津・迦流羅跟黛拉可瑪莉・崗德森布萊德的氣息和一般人有點不一樣。擅長用嗅覺魔法的莉歐娜聞得出來。若是跟她們正面對上，她不覺得自己有辦法獲勝。

可是，她還是要努力。

拉貝利克王國在國際間的發言影響力很低。政府重要官員幾乎都是野獸，光是要說出人話都會遭遇物理性困難。於是為了提升祖國的地位，莉歐娜才決定參加這次的天舞祭。也不曉得最後會變成怎樣——

「嗯？」

這時她突然感受到一絲異樣。

就在窗戶外。她看見一個金髮少年在熱熱鬧鬧的大街上走動。

外觀上明顯是吸血鬼。印象中——如果沒記錯的話，那個應該是黛拉可瑪莉・崗德森布萊德的直屬部下。

可是氣息卻不對，那氣息恐怕不是吸血鬼會有的。

「……就別管了吧。」

莉歐娜也沒有多想，繼續吃她的咖哩。

總之今天就先跟普洛海莉亞一起在東都觀光吧。來都來了。

☆

玲霓・花梨的目的是打倒天津・迦流羅。

然後就任成為大神，改革天照樂土。為了達成這個目的，她願意不擇手段。即便是離經叛道的狠辣手段也再所不惜。

「——妳算什麼東西！是不是恐怖分子!?還是玲霓・花梨的手下!?」

「你認不出我？」

「我怎麼知道啊，笨蛋！快把這個繩子解開！」

花梨嘴裡輕輕地嘆了一口氣。

就在東都的小巷子裡。那裡成了人煙罕至的陰溼空間。

在花梨腳邊，有個被防火石棉繩綁住的金髮吸血鬼正在掙扎著。他的名字叫做約翰・海爾達。是姆爾納特帝國軍的成員，也是黛拉可瑪莉・崗德森布萊德的手下。還替自己取了聽起來很有殺傷力的外號「獄炎殺戮者」，是能夠操控火炎的人。

可能是被抓的時候頭部遭到重毆，導致他反應鈍化。額頭那邊一直有鮮血流出來。

對於和魂種以外的種族來說，東都是危險地帶。受傷也沒辦法治好，一旦喪命就再也無法復活。看在花梨眼中，眼前這個男人就像被蜘蛛網黏住的昆蟲。

「你是黛拉可瑪莉・崗德森布萊德部隊的人吧？」

「唔！——臭女人！妳打算對黛拉可瑪莉出手是嗎!?我絕對不會讓妳——咕唔!?」

只見約翰發出一記悶哼。

那是因為他的腹部被花梨踢中。

「閉嘴，回答我的問題就好——黛拉可瑪莉・崗德森布萊德的弱點是什麼？烈核解放有什麼特性？除了結冰和黃金，還有其他幾種版本？」

「妳在……鬼扯什麼！」

「快點回答我。」

這次換他的臉被踢。約翰的身軀彈了一下。可是他那反抗的眼神並未消失。即便流著鼻血，依然散發激烈的恨意。

「我懂了……妳是玲霓・花梨的手下吧。很害怕黛拉可瑪莉對不對？才想抓她的部下來拷問是吧？妳這個玲霓・花梨的手下真是膚淺！」

「我就是玲霓・花梨本人！」

她一把抓住那些金髮，拉到眼前對著他怒吼。

心中只覺得很惱火。花梨好歹也是天照樂土的五劍帝。知名度確實不如天津・迦流羅，但有的時候新聞也會報導，之前在六國大戰中也曾在費爾防衛戰線上有些許貢獻。然而——然而這傢伙卻——

強壓下熊熊燃起的怒火，花梨惡狠狠地看著約翰。

「……把那個吸血鬼的情報都說出來。不然就把你殺了。」

「妳幹這種事難道不知道會有什麼下場？內情我不是很清楚啦——但這明顯違

反那個什麼天舞祭的規則吧。」

「規則隨時都可以改變。我擁有這樣的力量。」

「是這樣喔。那就告訴妳吧……其實黛拉可瑪莉超弱的。不用擬什麼對策也能輕鬆打倒她。五劍帝玲霓・花梨大人要戰勝她一點都不難。」

「不准侮辱我！」

花梨抓著約翰摔向地面。還用鞋子大力踩踏那顆長了金髮的頭顱。

「唔！」——這個吸血鬼都已經痛苦到神情扭曲了，花梨也完全無動於衷。如果不能從這傢伙口中套出消息，那把他抓來也沒意義。

「混帳——住手啦！開什麼玩笑！這裡沒有姆爾納特的魔核啊！」

「所以才要讓你受皮肉痛。我可不會手下留情——快說。若是不說出來，小心被拿去祭刀變刀上鐵鏽。」

花梨掛在腰間的刀子已自刀鞘口露出一截。

一看到刀身的寒光，約翰整張臉都發青了。因為他被防火繩綁住，再加上貼了「封魔符咒」，連魔法都沒辦法用了。眼下他的性命已經被花梨拿捏於股掌之間。這下那個可悲的吸血鬼總算發現眼前這個人是認真的。

「別、別這樣……若是那麼做——」

「——若是那麼做，你會死掉吧！」

花梨背後有聲音傳來。

她面不改色回頭。

站在那的，是身穿姆爾納特軍裝的少年。特徵是髮型像在燃燒的金髮，還有像小混混的調調，這個吸血鬼和倒在花梨腳邊的那個長得一模一樣。

「啊……？是我？怎麼會……？」

「為什麼呢——噢對了花梨大人，都安排好了喔！」

突然現身的第二名約翰露出很不約翰的天真笑容。

倒在腳邊的約翰驚訝到連話都說不出來。

「妳太慢了，芙亞歐。」

「抱歉囉！不過敵人那邊有多少戰力都已經大致上摸清楚了。」

「你——你是什麼玩意兒!?這是怎麼一回事!?」

第二個約翰邪惡地笑了一下。

這對他本人來說就像在作惡夢吧。可是這個少年——應該說是少女才對，一直以來都像這樣，趁花梨的宿敵還在作惡夢的時候，將他們全都處理掉。

「烈核解放【水鏡稻荷權現】。」

就在下一瞬間——「砰呼！」一聲，像煙霧一樣的東西頓時充斥四周。

第二個約翰的身影瞬間消失。

那些煙霧被風吹開，逐漸散去，站在煙霧之後的——是有著狐狸耳朵和尾巴的獸人。她就是玲霓・花梨的左右手，芙亞歐・梅特歐萊德。

芙亞歐慢慢靠近約翰。

不知道是什麼時候的事，她已經拔刀了。看到那銳利的刀刃，約翰血色盡失地大叫。

「那……那是什麼!?完全感應不到魔力呀!?怎麼會有這種事——」

「哎呀呀，看來他是真的很驚訝。感覺上應該不曉得烈核解放的事情。」

「這怎麼可能。這個男人可是黛拉可瑪莉・崗德森布萊德部隊裡的人。」

「也許她只對自己的心腹表明真實背景！我就近觀察崗德森布萊德後，有這樣的感覺。下次幻化成那個青髮女僕或許會更好吧？——總之約翰・海爾達已經沒用了。扮成這個男人可以做到的事都辦完了。」

外頭的大街突然變得吵鬧起來。

消防隊的鳴鐘聲傳遍四周。有人喊著「失火了失火了」，朝著西邊跑去。那邊應該是有著成排貴族宅邸的高級居住區——

此時花梨訝異地盯著芙亞歐的臉龐看。她臉上全都是笑容，嘴裡則那麼說。

「我放火了。」

「放火……？」

「風評也是很重要的。『天津・迦流羅陣營作風卑鄙，還去對手的宅邸放火！』──若是有人這樣報導，形勢就會逆轉。」

「什麼……芙亞歐！妳這個人實在是……！」

「敬請放心！我只燒掉玲霓家中沒有在使用的倉庫。也沒有留下會自亂陣腳的把柄！這是因為──我透過烈核解放變成約翰・海爾達，之後才做了那些。」

花梨在心中「嘖」了一聲。

不管怎麼調教這隻狐狸，她就是改不了擅自行動的毛病。

但冷靜下來想想，這是有效的策略。嫁禍給天津・迦流羅陣營，讓她們臭名遠播，這樣我方辦起事情會更方便。還可以裝成被害人彈劾對手。或是拿復仇當由頭，名正言順任意行事。雖然人們可能會發現她們是被冤枉的，要面臨這樣的風險──但動手的人畢竟是芙亞歐。她在這部分應該做得天衣無縫才對。

「──那接下來。約翰・海爾達先生。你已經做好覺悟了嗎？」

芙亞歐邊摸著刀邊提問。

被綁住的約翰面色蒼白，發出的聲音幾乎和悲鳴聲沒什麼兩樣。

「妳、妳說覺悟!?要做什麼覺悟……!?」

「當然是受死的覺悟。」

那把刀緩緩舉起。不管什麼時候看，她的動作都很漂亮──自從跟這個狐狸少女相遇後，她一直都是一流的戰士。即便花梨認真起來應戰，能否贏她也是未知數。

狐狸獸人用冷到骨子裡的音色問話。

乍看之下沒有任何意義，只是很公式化的確認。

「——來吧回答我，你已經做好受死的覺悟了嗎？」

「等等！等等啦！若是妳那麼做，我真的會死啊！別這樣——快住手！」

「這樣啊？那就可惜了。」

那把刀跟著揮下，速度快到肉眼無法捕捉。

小巷子內有慘叫聲在迴盪。

※

「話說花梨大人——」

芙亞歐先是從口中呼出一口氣，接著才開口詢問她的主子。

「為什麼您這麼敵視天津．迦流羅？比起那個人，我覺得花梨大人更加優秀呢。」

確認腳邊那個吸血鬼的動作已經完全停擺，芙亞歐將刀收回刀鞘中。

花梨除了發出一聲「嘖」，還開口回應。

「我這個人最討厭『不知天高地厚的人』。那傢伙不是當大神的料，甚至不是當將軍的料。因為她根本不具備戰鬥能力。」

「說可疑是滿可疑的啦。」

「可是——即便如此！周遭其他人還是無條件追捧那傢伙！實力和功績都不去管……只是因為外表看起來光鮮亮麗……」

「您就別跺腳了。鞋子會弄髒喔——那麼花梨大人想要如何處置天津・迦流羅？只是在最後一戰把她殺了，這樣好像還不足以做出了斷吧。」

「我要讓全世界都知道天津・迦流羅有多麼無能，讓周遭所有人都不再想追捧她，做得徹徹底底。這樣我才算在天舞祭中獲勝。」

「那麼勝利之後，天津・迦流羅要怎麼處理？」

「當然是把她趕出這個國家。」

「是有什麼理由讓您做到這種地步嗎？」

「有——妳有聽說過天津覺明這個男人嗎？」

「…………」

只見芙亞歐稍微思考了一下。

「好像是不久前還在當五劍帝的人吧。聽說他行蹤不明。」

「沒錯，聽說那個男人現在跑去當恐怖分子了。不過這只是傳聞，也沒辦法做出更多的結論。只有一點是確定的——我之所以把迦流羅當成眼中釘，不只是出於私人恩怨。」

芙亞歐瞇起眼睛說了聲「哦哦——」。

「原來是這麼一回事。那就一定要贏得勝利。不才芙亞歐・梅特歐萊德為了讓花梨大人成為大神，將會鼎力相助！」

「好，就麻煩妳。」

「包在我身上。最終天照樂土必定是屬於花梨大人。」

芙亞歐在心底暗自竊笑。

若是為了這個少女採取行動，應該不會有任何問題吧。

這都是為了得到天照樂土。只要她採取行動的出發點是這個的話——

☆

隔天。

整個東都都在沸沸揚揚談論天津・迦流羅陣營對玲霓家宅邸放火的事情。我想逃避現實，就跟薇兒說「那個應該是惡夢吧」，可是她卻把報紙無預警塞給我，害我被迫認清現實。

『玲霓家失火了！主謀是不是崗德森布萊德將軍!?』

這只能說是場惡夢。而且這還不是出自六國新聞，而是值得信賴的情報來源「東都新聞」。這下不能一口咬定那些都是捏造的，藉這種方式推掉。

「這下麻煩了。多了能夠讓對手在辯論會上攻擊的素材。」

「還說什麼辯論會，這是犯罪了吧！啊——真是的，又給人添麻煩了啦——！」

我雙手握著筷子大叫。

現在正在吃早餐。今天的菜色是煎蛋卷，好鬆軟好好吃。是跟蛋包飯很不一樣的美妙滋味——但現在並不適合在這邊悠哉享用餐點！

「崗德森布萊德小姐，請問這是怎麼一回事呢？」

坐在我對面的迦流羅靜靜地向我興師問罪。

糟糕，她這是氣炸了。我來準備下跪賠罪好了。

「請您稍安勿躁，天津大人。這是在作戰。」

「作戰!?突然跑去把對手的房子燒掉，這樣有什麼意義嗎!?」

「意義現在才要開始想——對了天津大人，可以跟您借一下茶杯嗎？」

「可、可以啊？可是這裡面還裝了茶。」

「謝謝。」

從迦流羅手中接過茶杯，薇兒那動作就像魔術師一樣，將杯子藏到自己的背後。大概花了三秒鐘動些小手腳，接著才說「還給您」，把杯子還給迦流羅。這傢伙在做什麼。

動手接過茶杯，迦流羅依然氣呼呼的。

「『現在才要開始想』，說這種話只會造成困擾。沒有鬧出人命是不幸中的大幸，但要是害玲霓家族的人被火燒傷，妳們要怎麼負責啊？天舞祭確實是很野蠻的活動，我們該做的卻是盡力避免衝突發生。」

「對、對不起……」

被人訓斥了。

部下闖禍，上司就該負起責任。這種時候就乖乖給她罵吧——想到這邊，一旁那個女僕卻看似不服氣地反駁，嘴裡說著「可是天津大人」。妳別反駁啦。

「有件事情讓我在意。那就是被燒掉的，真的是玲霓・花梨他們家的住宅嗎？」

「那當然，這點是不會錯的。」

嘴裡一面說著，迦流羅「嘶嘶」地喝著茶。

「——只是就連我都不知道玲霓・花梨的住家在哪。海爾達中尉才剛到東都，他怎麼會知道地點在哪呢？」

嗯？我不由得歪過頭。

聽薇兒這麼一說，是有點怪怪的——可是這點程度的謎題三兩下就能解開吧。例如他可以去跟人問路，或是事先調查。不對，不可能是後者吧。第七部隊頭腦簡單四肢發達，做事情不可能這麼有計畫性。

「總而言之，必須去問問海爾達中尉本人。」

「約翰那傢伙跑去哪了？從昨天就沒有看到他……」

「他好像失蹤了呢。」

不知道是什麼時候來的，卡歐斯戴勒已經站在走廊上了。貝里烏斯還在他旁邊。他們兩個一點都不客氣，一進到客廳就從上方望著我，身體還挺得很直。

「咦？你們也住在這啦？」

「是，已經跟忍者小春小姐借小屋來住了。」

貝里烏斯動手指向中庭。

那裡建了一間小小的狗屋。

啊？狗屋？這兩個人睡在那嗎？——感到疑惑的我轉頭看迦流羅，結果她慌慌張張地站了起來，還弄出「砰！」的一聲。

「很、很抱歉！小春她也真是的，居然對客人做出那麼失禮的事情！我現在就去準備房間，希望你們能夠原諒她……」

「沒關係沒關係，天津大人。我們的事情一點都不重要。比較重要的是約翰——那傢伙昨天一離開甜點店就說『我去上廁所』，之後就消失了。後來一直行蹤不明。」

「小春～！小春～！雖然客人是狗，但是準備狗屋也太過分了～！」

——眼裡目送面色發青的迦流羅離開客廳，我在胸前盤起雙手。

約翰跑去哪了呢？是一個人在東都中探索嗎？

話說他都沒有跟我報備就擅自行動啊？大概是吧，完全不值得信賴欸。

「……閣下，我認為這次的案件有必要多加調查。」

這時貝里烏斯盯著我看，雙手還交叉在胸前。

「不管那傢伙上廁所能上多久，都不可能花一整天吧。」

你在那用認真的表情鬼扯些什麼啊。這個人是不是有點少根筋。

「也是啦。總之約翰的事情令人擔心……這些姑且不談，要不要先坐下？還有你們吃早餐了嗎？如果沒吃早餐，會沒力氣喔。」

「這邊已經沒有坐墊了，來準備椅子吧。」

話說到這邊，薇兒把放在房間角落的壺拿過來。

「哎呀，多謝了。」

卡歐斯戴勒將那個壺翻過來，「嘿咻」一聲坐了上去。

……嗯？那個是價值百億日圓的壺吧？可以拿來當椅子嗎？

「至於凱爾貝洛中尉……」

「我不需要。先來談約翰的事情——我看他八成是被人暗算了。雖然那傢伙就像卑劣至極的罪犯，但也不至於在其他國家的國都隨便放火。也許玲霓・花梨陣營的人馬比我們想像中更加狠毒。」

「先等等，那個壺——」

「說得沒錯。這一定牽扯上某種陰謀。搞不好海爾達中尉被敵人偷襲。」

「妳說什麼!?可不能放過那幫人!!」

「喂，卡歐斯戴勒你別突然站起來！那個壺會倒下去——啊啊啊啊啊啊啊啊啊！」

「貝里烏斯！現在馬上展開調查吧！」

「要先去把約翰找出來，他可能知道發生什麼事了。」

「那我們兵分二路吧——閣下！我們一定會把玲霓・花梨做的壞事抖露出來！閣下您就悠悠閒閒吃早飯，等我們帶回好消息吧！告辭！」

卡歐斯戴勒和貝里烏斯急匆匆地跑走了。

在跑走的途中，原本倒在榻榻米上、價值百億日圓的壺還被人隨意踢飛。我發出慘叫，過去追趕那個壺。那個壺在地板上滾來滾去——滾到走廊上——滾到邊邊——然後「鏗！」地落在中庭的石板上。

我害怕地觀察那個壺。

上面出現裂痕了。

「壺啊啊啊啊啊啊啊啊啊——————！」

「可瑪莉大小姐，出大事了。」

「我知道啊！那個價值百億日圓耶!?就算把內臟全部拿去賣也付不出來！當那個壺被拿過來的時候，事情就不簡單了，明明可以完美預測最後的下場，我為什麼就是沒有及時防範，我這個笨蛋笨蛋笨蛋～～～～～～！」

「現在沒空管那個了，請看看我的眼睛。」

「就是要管這個啦！現在還有比壺更重要的事情嗎!?——————咦，妳的眼睛怎麼了。」

薇兒的眼睛變得紅通通的。

原本以為是眼睛充血，結果不是。這是那個吧。據說能夠看見未來的特殊能力。

「烈核解放【潘朵拉之毒】。我將血液放入天津大人的茶杯中。想說保險起見先看看好了，結果卻出大事。」

「我知道啊，妳看見我被她奶奶殺掉的未來吧。」

「不是，是我什麼都看不見。」

「啊？」

「這種事情還是第一次，可能是時空出現錯亂現象。」

「這樣的事態發展才叫錯亂。壺……壺……」

「不過是個壺而已，找個假的來放就沒問題了。更重要的是——照理說烈核解放是正常運作，應該看到的未來卻沒辦法成形。這下未來將變得一片黑暗。」

妳說得沒錯，我的未來變得一片黑暗了。

但不知道為什麼，薇兒的臉色比我的更凝重，還陷入沉思。

「是因為不存在未來？還是時間扭曲？這樣的事情……」

「抱歉薇兒，能不能花點心力想想要怎麼修理那個壺？」

「現在沒空談壺的事情。不管怎麼說，可瑪莉大人，今天預計會召開辯論會，我們要來想想對策。想對策的時候，一併把海爾達中尉的事情考量進去。」

「約翰那傢伙到底跑去哪了呢？」

「不知道。但希望事情不會變得更麻煩——總之在那之前先繼續吃早餐吧。是看起來很好吃的煎蛋卷喔。來，啊——」

我咬。我嚼。在咀嚼煎蛋卷的同時，我被絕望的漩渦吞噬。

約翰的事情令人擔憂，但我也同樣擔心壺的事情。

總之先想想能不能修理好了。

不，應該沒辦法吧。那可不是用黏著劑就能搞定的。

能不能來個讓時間回溯的超能力者啊。

☆

然而時間並沒有倒流，依然繼續流逝。

我一直在想要怎麼跟迦流羅的奶奶賠罪，想著想著，太陽也沉到山後面去了。繼續婆婆媽媽的也不是辦法，還是乖乖去道歉好了——去之前先洗個澡吧。轉換心情也是很重要的。

於是趁薇兒去上洗手間的空檔，我直接前往浴室。

那裡有著世間罕見的檜木澡盆，在姆爾納特不可能看見這樣的景象。帶著興奮的心情，我脫掉衣服清洗身體，然後打開澡盆的蓋子，進入水中浸泡到肩膀，在那瞬間發出「呼啊啊啊啊～～～」的嘆息聲，覺得自己超幸福。

疲勞的感覺一下子就消失了。

壺的事情也被拋到腦後。

……昨天我也用這個澡盆泡澡過，聽說木頭製造的澡盆很有放鬆效果，看來是真的。真希望我的房間也能裝一個。拿零用錢叫人家裝好了。

動手讓浮在澡盆裡的小鴨游泳，同時我開始想些事情。

這裡確實很舒服，但是不能久待。如果被變態女僕發現，她一定會發動突擊。為了確保我的人身安全，我要提醒自己像烏鴉那樣過一下水就好——只不過，這是——嗯，好想再悠閒泡一陣子。只是多泡一下應該沒關係吧。反正在房間那邊已經放了寫上假消息的留言紙條，上面寫著「我稍微去吹一下夜風」。

既然都決定好了，那我就要來好好放鬆一下。順便唱個歌好了。

「啦、啦啦、啦——♪裝作若無其事其實都是謊言　你知道的吧♪我心裡無時無刻都在想你♪就算在夢中也無法忘懷♪那就像粉紅色的隕石♪啦、啦啦、啦啦——♬」

「唱得真好。姆爾納特歌姬的稱號，可瑪莉大小姐當之無愧呢。」

「咦？是這樣嗎……我有點害羞耶。」

「沒什麼好害羞的。我還想聽後續，請您別客氣繼續唱。」

「說得也是喔——哇啊啊啊啊啊啊啊啊啊啊啊啊啊啊啊啊!?」

我邊慘叫邊跳了起來。全身赤裸的薇兒已經神不知鬼不覺站在我背後了。

這傢伙——未免也來太快了吧!?

© riichu

「妳沒看見我留的字條嗎!?我現在人可是在外面吹夜風啊！」

「我原本到外面找您，可是浴室窗戶這邊卻傳來可瑪莉大小姐可愛的歌聲，於是我就全力趕來這邊，馬力全開脫個精光。」

「啊啊啊啊啊啊啊啊啊啊啊啊啊啊啊啊啊啊啊啊啊啊！」

我要崩潰了。仔細看會發現窗戶是開的。那就是說聲音完全傳到外面去了!?這下不就慘了嗎——！那麼蠢的歌居然外流了……！

「喂！別過來！我打算一個人享受這個檜木澡堂啊！」

「沒聽說您有這種預定行程，我也要一起洗。」

「等等——」

變態女僕就這樣直接「唰噗——！」地跳進澡盆裡。

這傢伙有夠沒教養的！之後還是找個禮儀老師給她上上課好了——不對不對，現在那個根本不重要！

「喂，別靠過來！這樣很噁心！」

「有什麼關係，這是難得一次的旅行，而且聽說天照樂土這邊有句話叫做袓裎相見。我們這就來袓裎相見一番。」

「我覺得妳好像會錯意了！」

可是薇兒完全不打算從我身邊離開。不過這傢伙好像已經懂得在某種程度上拿捏尺度了。不會像之前那樣，毫無顧忌揉捏身體各處。只讓距離保持在肩膀會互相碰觸的程度，沒有進一步靠近。

……那好吧。反正這傢伙說得也沒錯，我們這次來很像是在旅行。

沒想到薇兒立刻就用色瞇瞇的眼神盯著我看。

「可瑪莉大小姐，您的胸部好像變得比較大了呢。」

「啊!?妳、妳妳、妳在看哪！不准對我性騷擾！我會生氣喔！」

「很抱歉，只是在開玩笑。」

「原來是開玩笑喔!?」

「先不說這個了，這裡很舒服呢。身上的疲勞感都被洗刷掉了。」

「……………………」

剛才還開那麼瘋的玩笑。算了，反正我也沒放在心上。因為妳一天到晚都在說謊。總之先忘了薇兒在這，來好好享受一下吧。難得有機會在檜木澡盆裡面泡澡。真的唱出聲音會很丟臉，就在心裡頭唱吧。啦、啦啦、啦啦——♪大小一點都不重要♪

於是我便忘卻俗世的煩憂，盡情享受這份溫暖。

這時待在身旁的變態突然用有點認真的語氣開口。

「——剛才我說看不見未來對吧。」

我轉頭看薇兒，她正雙手拿著小鴨擺弄遊玩。

「對……好像是說那個潘朵拉什麼的不管用？」

「【潘朵拉之毒】。碰到這種情況還是頭一遭。以下只是推測，不過——或許在未來，有人會發動干涉時間的能力。」

「我不是很懂耶。」

「我也不太清楚。但據說和魂種這個種族對時間的感受性特別敏銳，讓人不聯想在一起都難。」

「妳說的我完全聽不懂。」

「意思就是這次不要太仰賴我的能力。在東都這邊——至少在舉辦天舞祭的這段期間，不管遇到什麼樣的事情，我們都只能靠自己的力量開創未來。」

「……………」

由於薇兒的表情變得很認真，我才會悶不吭聲。

無法看見未來——這或許是件大事，但一般人也不會知道未來將發生哪些事情。畢竟世事難料，深入細想也沒什麼用吧。

在那之後的短暫時光中，我都呆呆地泡著澡。

變態女僕這次很不像變態女僕，將她的成熟特質都發揮出來，一雙眼都瞇了起來，看起來很舒服的樣子。老實說她現在完全疏於防範。害我覺得這樣好像少了什麼，是不是表示我已經中這傢伙的毒了。為了抒發平日的怨氣，我來發動搔癢攻擊好了——想到這邊，我正要伸出手。

——咚。

薇兒突然間靠了過來。

她好像睡著了，原來這傢伙也很疲勞，別吵醒她好了。沒想到薇兒的身體又往這邊倒，我趕緊撐住。可是她全身的體重都往我這邊壓過來，奇怪的是手還繞到我背上。不知不覺間，我已經被她抱住了。她好用力，我逃不了。喂等等，這個變態女僕該不會是——

「唔唔……我已經吃不下了……」

「妳是不是醒著!?」

不管要使出怎樣的手段，我都要把她拉開才行。

想到這邊，我的手開始用力，就在那瞬間浴室的門被人「咚乓——！」地推開。

「黛拉可瑪莉！辯論會就要開始了————咦！」

是小春。她毛毛躁躁地闖了進來。

對喔。這麼說來，辯論會就在今天。確切的時間是幾點，都沒人跟我說，於是一直忘了做準備，但這些不是重點。

小春臉上的表情彷彿看了什麼不該看的東西。

一對吸血鬼主僕就在澡堂中互相擁抱。

這樣的景象確實不能被人撞見。

忍者少女有點臉紅，還後退一步。

「抱、抱歉，打擾了……」

「先等等！」我慌慌張張地站了起來。薇兒則是倒栽蔥沉入熱水中，還弄出「唰噗！」的聲音。「沒打擾到！完全沒打擾！妳別帶著錯誤的解讀走掉！喂薇兒，妳別貼著我啦！其實妳醒著吧！」

「嘖……原本還想再這樣待一下子的。」

妳果然是清醒的。看來晚點要好好教訓妳——除了在想這些，我還在小春的催促下離開澡堂。照她的話聽來，辯論會好像十分鐘後就會展開。為什麼會搞到這麼緊迫啦！——我拿這句話質問薇兒。

「原本想來這邊叫可瑪莉大小姐過去，但您剛好在泡澡，我就忍無可忍一起泡了。」

這個女僕真是一點用都沒有。

於是我們被迫用盡全力衝向辯論會會場。

☆

可以的話，好希望再享受一下泡澡時光，但這種時候不能任性。

薇兒拉著我的手，我們來到設置在東都中央地帶的露天舞臺旁。

這是天舞祭的活動之一——辯論會。

我東張西望觀察會場樣貌。

周遭還真是人聲鼎沸。東都的和魂種全都蜂擁而至，圍繞著整座舞臺。人們不是拿著烤烏賊就是章魚燒，一副很希望候選人立刻登臺的樣子。我也想吃那些。

話說我待在設置於舞臺旁側的帳篷中。

在活動正式開始前，候選人要在這邊做準備，不過——

「——迦流羅大人，您的膝蓋在顫抖。」

「妳在說什麼啊。小春可能看不見，但我是在高速踏腳做熱身運動。」

「只是參加辯論會就這副德行，真糟糕。難道您想在最後那天爆炸？」

「因、因為！」迦流羅淚眼汪汪地巴著小春，嘴裡還說：「花梨小姐是會突然拔刀砍過來的人耶!?就算是辯論會，也無法保證她不會出手啊！還會因為有魔核在，想怎樣就怎樣！我受不了了啦～～～～～～！」

「人生中就是有些障壁要跨越。」

「碰到牆壁就右轉，這才是我的作風！現在開始也不遲！我們逃吧！」

「——要逃走？妳在說什麼啊。」

這時足以撼動大氣的低沉嗓音不經意傳入耳中。

不知道是什麼時候來的，迦流羅的祖母出現在帳篷內。有那麼一瞬間，迦流羅眼睛睜得好大，大到眼珠子都快掉出來，但她馬上露出虛假的笑容。

「哎、哎呀，原來是祖母大人。感謝您不辭辛勞出席。但這次的活動也沒多精采啊？西市那邊好像有辦講談會，您不如去那邊看看吧？」

「今天是妳的大日子，我怎麼可能不來看看——話說。」

迦流羅的祖母快步靠近孫女。

「妳一定要辯贏那個玲霓家的小丫頭，她似乎在策弄一些奸計。像那種人，不把他們狠狠揍一頓，是不可能改過自新的。」

「啊、啊哈哈哈……把他們狠狠揍一頓好像不是很好。」

「意思是要妳帶著這樣的氣魄上場。若是敢逃跑，到時就換我把妳痛扁一頓。」

「我會努力不要讓您痛扁的。」

「很好，還有崗德森布萊德家的小姑娘。」

對方惡狠狠地瞪過來，害我的背馬上挺得直直的。

我當下腦子裡想到的自然不用多說，鐵定是那個。都是壺的事情。迦流羅的祖母走起路來依然健步如飛，靠近我之後，她在我耳邊說些悄悄話。

「——妳們膽子挺大的嘛。」

「壺嗎!?在說壺的事情!?」

「啊？說什麼呢？我在說放火的事情。」

原來是那個啊。不對，這邊這個問題也很大。我一天到晚只會惹事呢。

「那麼做就像對天舞祭投下一個小石子，堪稱奇策。眼下妳的夥伴都遭人非議，妳也覺得不能這樣就算了吧？快把那個玲霓家的小丫頭揍飛。」

「咦……？難、難道妳知道什麼內情？」

「這可難說。話說壺的事情是哪樁？」

我的肚子開始痛了。

而且那個壺裂開的部分被我轉到後方，放到原本的位置上去。

我已經沒辦法再憋下去了，還是乖乖道歉吧——才剛下定決心。

「無妨，總之迦流羅的事情就拜託妳了。那孩子跟妳很相似。世上所有人都說她是『全宇宙最強的將軍』，但那是天大的謊言。那孩子的強大之處沒有那麼容易看出。」

我不懂。那個和風少女明明就是全宇宙最強的，這點沒什麼好懷疑的啊。

正感到納悶，迦流羅的奶奶又說了一句「那就拜託妳了。只要迦流羅能夠在天舞祭中獲勝，壺的事情就既往不咎。」她說完這句話就走了。

「咦，等等……!?」

「看來可瑪莉大小姐幹的壞事已經穿幫了。但這樣也不算太壞吧？她似乎覺得贏了就能原諒您喔？如果輸了，就算把內臟拿去賣也不夠貼。」

「這種比起人命更看重一個壺的世界是怎樣啦！」

不對等等。沒問題的。基本上天津・迦流羅陣營要在天舞祭中輸掉的機率連萬分之一都不到。她號稱「全宇宙最強」可不是喊假的。

我懷著膜拜神明的心情看向迦流羅。

兩人四目相對，可是對方馬上就把目光轉開了。

咦？沒問題嗎？——我心中閃過一抹不安，這時會場那邊傳來震耳欲聾的拍手聲和喝采聲。緊接著令人熟悉的聲音隨之響起。

『——來囉來囉，時間已經到了！這次的司儀就由玲霓・花梨陣營的芙亞歐・梅特歐萊德來擔任！沒事沒事，大家可以放心！我是不會偏袒玲霓陣營的！這一切都已經獲得大神大人許可了！』

「……為什麼這次的主持人是花梨的部下？」

「誰知道？總之我們用輕鬆的心情面對吧。又不會死掉。」

「那麼說也對。但是為了以防萬一，我們還是要鞏固防禦。軍服裡面是不是可以放鐵板之類的當內襯？那或許可以抵擋敵人的攻擊。」

「我們去跟賣炒麵的攤販借吧，還熱呼呼的喔。」

「那我的身體不就會變成炒麵了！」

結果薇兒回說「開玩笑的，根本不需要鐵板」，還在那邊笑。好吧的確，用鐵板好像太誇張了。因為這次只是要開辯論會啊。又不會死。

☆

「——天津・迦流羅陣營登臺！這次為了幫助天津小姐，黛拉可瑪莉・崗德森布萊德七紅天大將軍似乎也來參加啦！」

那聲高喊來自芙亞歐。

我跟在迦流羅後頭登上舞臺。周遭那些觀眾都大聲哇哇叫，陷入狂熱狀態。將軍一出場人們就會興奮不已，不管到哪個國家似乎都有類似的情形。

仔細看觀眾席，會看見卡歐斯戴勒和貝里烏斯就待在最前面那排。算我求你們了，你們要安分一點。若是你們惹事，到時候被罵的人可是我……！

『可瑪莉大小姐，您聽得見嗎？』

女僕的聲音突然在這時傳來，害我整個人差點跳起來。

我想起來了，剛才她有給我能直接通訊用的礦石。每個陣營只能派兩人來參加辯論會，薇兒才會充當後勤人員待機。

「聽得見啊。有什麼事？」

『沒事就不能聯繫嗎？』

「可以是可以，但現在那樣會害我分心。」

『是這樣啊。』薇兒回話的時候，語氣上顯得有點遺憾。『總之請您多加小心。若是對方突然拔刀砍過來，請您心無旁騖逃跑吧。還有玲霓・花梨陣營那邊派來參加的將軍聽說是六凍梁普洛海莉亞・茲塔茲塔斯基，也要對她多加留意。』

「要注意的事情也太多了吧……」

感到虛脫的我來到預先準備好的長桌那裡。

舞臺上的長桌放置成「ㄈ」字型。我跟迦流羅待在東側。西側那邊有花梨和普洛海莉亞。坐在北側的人是司儀（？）狐狸少女——芙亞歐。

這時待在正對面的普洛海莉亞突然「喔喔！」地發出奇妙聲響。

「這不是黛拉可瑪莉・崗德森布萊德閣下嗎？實際上面對面才發現妳意外地瘦弱呢！前些日子沒辦法在六國大戰中跟妳對決，真可惜。希望這次有機會展開一場殊死戰，讓我們一起演奏戰慄的旋律吧。」

© riichu

「也、也是不錯啊，但我一個人獨奏就夠了。」

「哇哈哈哈哈！妳真有幽默感！那就期待這一刻的到來吧，黛拉可瑪莉。」

普洛海莉亞在笑的時候似乎打從心底感到開心，還津津有味地喝著原本就放在桌面上的茶。有人用目光譴責她，就是用端正姿勢坐在她旁邊的花梨。

「……茲塔茲塔斯基閣下，可以的話，最好不要跟對手私下交談。」

「是我失禮啦。一看到強者，我就難免想跟人競爭一下——來吧司儀！趕快讓這場辯論會開始！但我應該也只有看的份。」

只見普洛海莉亞將翹著二郎腿的雙腳放到桌子上，姿勢算是很大膽。也太我行我素了。我覺得花梨的額頭上似乎有青筋浮現，但她到頭來什麼都沒說。覺得時間差不多了，芙亞歐高聲宣布。

「——接下來！辯論會要開始啦！今天的議題只有一個，就是『未來要如何讓天照樂土發展下去』！各位聽眾敬請期待！」

哇啊啊啊啊啊啊啊啊啊啊！——會場內的氣氛變得更熱烈了。

四面八方傳來民眾熱情的加油聲：「花梨！」「花梨！」「迦流羅！」「迦流羅！」。我在旁邊看了，覺得這樣真的很難為情。事實上迦流羅還臉紅到耳朵都變紅了，頭也低低的。不過花梨倒是一臉自豪的樣子。

「看來都準備妥當了！那就先從玲霓・花梨陣營開始。」

「知道了。」

只見花梨慢慢站了起來。

那種武士才會有的銳利目光灌注在迦流羅身上。

「我就單刀直入說了——天津・迦流羅無法擔任大神。因為這個人明明在當五劍帝，卻一點戰鬥能力都沒有。」

這下觀眾開始騷動。迦流羅的肩膀還抖了一下。

不對，先等等，沒頭沒腦就去中傷對手？不是公開主打自己的政策？——沒去管周遭其他人做出的困惑反應，花梨接下來說話的語氣就像要把惡鬼的頭扭下，繼續把話說完。

「天津・迦流羅一定不會在眾目睽睽之下展現將軍該有的實力，這已經是既定事實了。在場所有人應該都明白這點才對。有人曾經看過迦流羅實際上出手打倒敵方將領嗎？沒有對吧。這就是她偽造實力的最強證據。」

「以上是他們的主張！天津大人，您有要反駁的嗎？」

「當然有！」迦流羅慌慌張張站了起來。「我確實沒有認真起來打倒敵人過。但那是我故意不想展露力量。人家不是都說越有能力的鷹越該將爪子藏起？」

「當個將軍還藏爪子做什麼？比起當大神，五劍帝更大的宿命是『殲滅敵人為國家帶來繁榮』，他們是『武士』。不揮舞刀劍作戰，那就一點存在價值都沒有了。」

「任命我當五劍帝的正是大神大人！有意見就去找大神大人說吧！」

「我已經稟奏好幾次了，可是大神大人都沒有採納我的意見。於是我才想藉著這次的天舞祭，將妳的不法事蹟公諸於世，我還準備了相關證據。」

辯論會才剛展開，花梨和迦流羅就開始上演脣槍舌戰。

這樣的劇情發展真的好熟悉。

這是那個吧。跟我以前在七紅天會議上被芙蕾質問的情景有夠像的。可是迦流羅她實際上卻具備足以擔任將軍的實力，應該不至於變得像我那麼狼狽吧——我是這樣想的啦。

「——我想到一個好點子了。妳就在這裡秀一套劍招吧。那樣一來，要我在某種程度上認可妳的實力也行。」

「什麼!?要我這麼做的理由在哪!?」

「如果能夠在這裡展示給大家看，不就能洗清疑慮了？」

「……是、是那樣沒錯……不過——」

——那是天大的謊言，這孩子的強大之處哪有那麼容易判別。

我突然想起迦流羅的奶奶說過類似的話。

不對不對，我是在懷疑什麼啊。

迦流羅會那樣吞吞吐吐的，一定有什麼原因吧。應該是覺得沒必要當場展示劍招，所以才不展示罷了，絕對不是實力不足——

「妳果然是實力跟膽識都不夠的膽小鬼，看來妳是靠家世當上將軍的廢物呢。對了——妳總是要其他人出面作戰。因為妳非常害怕死掉，怕得不得了。」

「我、我沒什麼好怕的！畢竟我是最強的！」

「那為什麼在娛樂性戰爭中都不找強者對決？聽說這陣子還出現『六戰姬』這種奇怪的群體，妳可曾跟其中的任何一人交過手？」

「有！我跟莉歐娜・弗拉特小姐戰鬥過！」

「那只是讓忍者去暗殺她吧。頭腦不好的獸人不擅長應付偷襲伎倆——對妳這種卑鄙的人來說，她是很好操弄的對手。」

「說這種話對莉歐娜小姐很失禮！」

「用失禮的戰鬥方式去跟對方對決，妳才是最沒禮貌的！總之我要問的是，妳曾經跟其他那些別具實力的六戰姬戰鬥過嗎？例如茲塔茲塔斯基小姐，不然就是艾蘭・林斯小姐。」

「是沒有……但、但接下來會找她們戰鬥的。」

「哼，妳一直以來都是這樣。『之後會做』『我現在很忙』『晚點一定會去做』——就因為妳這種人存在，天照樂土才會衰退。妳不配當五劍帝。身為一個武士，不對，身為『地獄風車』的孫女還這麼不夠格，這種人天底下找不出第二個了吧。」

「先、先等一等！劈頭就說對手壞話未免太沒風度了。」

忍無可忍的我當下站了起來。身為司儀的芙亞歐瞇起眼睛，目不轉睛地盯著我看。

我現在沒空去管那種事情。

「崗、崗德森布萊德小姐……」

「別擔心，迦流羅——我說花梨！迦流羅看妳這樣很傻眼啊。透過最後一戰就能看清她真正的實力，用不著特地在這次的活動中追究。現在是辯論會，我們不如做更有建設性的辯論吧？」

「說得沒錯，玲霓・花梨！拿一些難聽話貶低其他人，這樣聽起來就像不協調的音樂。光聽這些都覺得實在是不堪入耳。既然妳的目標是成為國家的中流砥柱，那妳就該談談國家的營運方針。妳希望讓天照樂土變成怎樣的國家？」

普洛海莉亞跳出來附和我。

原本覺得這個女孩子怪怪的，沒想到她看待某些事情的觀念還滿正常。

聽人這麼說，花梨嘴裡說了一句「那倒也是」，表現出像是在思考的樣子。

「……想要打造出不會放任天津・迦流羅這種人隨隨便便當將軍的正常國家。」

「玲霓・花梨啊，光顧著批判是不會進步的。」

「不，茲塔茲塔斯基閣下。關於我的政策，只要聽過我的演講或是看過我在報章雜誌上寫的專欄就能明白。如今在這，大家都在看著，有些事更應該在這時做。那就是讓人們看看天津・迦流羅陣營有多麼卑劣，將之粉碎掉——司儀，這樣可以吧？」

「好啊沒問題喔！」

這兩個人根本是一夥的吧？除了狼狽為奸還能有什麼。

「那我就不客氣了——天津・迦流羅為了自保，用骯髒的手法戰鬥。昨天玲霓家中的倉庫發生小火災，會場內所有人應該都知道這件事吧？這肯定是天津・迦流羅陣營放的火。」

對方終於要來追究了。

原本遇到這樣的場面，我應該立刻賠罪才對——但這次情況有點不一樣。

『可瑪莉大小姐，我們要抗戰到底。這話我也有跟天津大人說過了。』

耳邊能夠聽見薇兒的聲音。就算她這麼說，我還是一點主意都沒有，不知道該如何抗戰。不過——這種時候就相信薇兒，別坦承犯行好了。

『照情況來推斷，海爾達中尉應該是無罪的。凱爾貝洛中尉和康特中尉曾說過，他甚至不知道天津・迦流羅陣營的對手就是玲霓・花梨。不過我也沒跟他提過，他當然不曉得。』

「意思就是他沒道理放火……那這究竟是怎麼一回事啊？」

『不曉得。假如對手有用到特殊魔法或特異能力，要拆穿他們的手法基本上是不可能的。再加上目前也不知道海爾達中尉在哪——所以我們晚點再來查明真相，先主張我們是無辜的吧。這只是我的直覺，但我覺得玲霓・花梨陣營應該做了不得了的壞事。』

我再次專心觀察起花梨和芙亞歐。聽薇兒這麼一說，我才發現她們兩人身上莫名散發一股刺人的邪惡氣息。不對，這只是我個人的偏見吧。很有可能是我的錯覺也說不定。

「——妳不該擅自論斷！證據呢!?妳有證據嗎!?」

在我跟薇兒說話的時候，另外那兩個人似乎開始爭論了。迦流羅的語氣也變得沒那麼客氣了。

「當然有證據。就在失火的倉庫後方，掉了這樣一個東西。」

話說到這邊，花梨從口袋中拿出一樣小東西，看起來很像徽章。

我的心臟跳了一下，因為那個是——

「這個好像是在姆爾納特帝國軍中發配的階級徽章。樣式是『半月』。調查後發現那代表的階級似乎是中尉。崗德森布萊德小姐，這麼說沒錯吧？」

「是沒錯……應該吧，但妳是從哪邊弄到這個的。」

「剛才都說掉在倉庫那邊了。那代表某個姆爾納特帝國軍的軍人跑到玲霓家來放火，是無可撼動的證據。」

「階級徽章這種東西，弄些小手段就能拿到了吧！再說剛好有證物掉落很可疑耶。會讓人覺得是真正的犯人要嫁禍給其他人才放的！」

「崗德森布萊德小姐是在懷疑我們？那真是太遺憾了。很可惜證據不只這個。還有更具決定性的——」

臉上浮現不懷好意的笑容，花梨再次伸手進口袋摸索。

這次拿出來的東西是照片。照片中照出一個令人眼熟的金髮男子雙手噴火，在那胡作非為。完了，我趕緊對著通訊用礦石說話。

「喂薇兒，怎麼辦啊，對方拿出決定性證據了耶!?」

『您都會一口咬定六國新聞的照片是假的了，還會相信這個？』

她說得有道理。相片這種東西，想怎麼捏造都行。

但就算我不相信好了，周遭其他人是怎麼想的，那又是另一回事。

「這個人就是姆爾納特帝國軍第七部隊的約翰・海爾達中尉，而且目擊者還不少。也就是說崗德森布萊德小姐下達指令——不對，是天津・迦流羅透過崗德森布萊德小姐下令，要海爾達中尉去放火吧？」

「什麼——才、才不是！我沒做過那種事情！再說燒掉那樣的倉庫又能怎樣!?對我一點好處都沒有！」

「我的武器都保管在這個倉庫裡，被火燒到都不能用了。害我在最終決戰當日被迫要用不順手的刀劍——妳的目的是這個吧？」

「哎呀呀！假如這是真的，事情就非同小可啦！天津大人，請您反駁一下！」

「唔……我、我……真的沒做……！」

「既然沒做，那妳就拿出證據證明自己是無辜的！」

「我說我沒做，就是沒做！」

「這可不行啊——各位覺得如何？這下已經知道天津・迦流羅不惜使用規制外的戰術，為人卑劣至極。若是讓這樣的人成為大神，天照樂土一定會衰敗！最終日就讓我親手滅掉她吧！」

哇啊啊啊啊啊啊啊啊啊啊啊啊啊啊——整座會場都跟著沸騰起來。

觀眾席那邊傳來各式各樣的聲音。有人在稱讚玲霓・花梨，也有人批評天津・迦流羅，嘴裡說著「太卑鄙了——！」。相對的，更有人主張「迦流羅大人不可能做那種事情」，或是有人對玲霓・花梨大喊「別亂說話——！」。

可是體感上會覺得聲援花梨的聲浪更大。不知不覺間周遭全都充斥連大地都為之搖動的聲援聲，人們紛紛高喊「花梨大人！」「花梨大人！」。

『——看來會場內大多數人都是玲霓．花梨那邊的人馬。』

「這是什麼意思？」

『剛才康特中尉有跟我報告。聽說要來辯論會觀戰需要門票，而負責販賣門票的天舞祭營運委員會似乎還會篩選購買的人。』

「啊？我聽不太懂……」

『簡單講，營運委員會也是偏袒花梨陣營的。真是的，大神到底在做什麼啊。繼續這樣下去，天津大人未免太可憐了。』

這是什麼情形啊，能夠容許那種事情發生嗎……？帶著不敢置信的心情，我看著花梨。

對方回我一個冰冷的微笑。

我的直覺告訴我。

恐怕——這名少女，正好跟迦流羅那種心地善良的女孩恰恰相反。

會場內滿滿都是對迦流羅的譴責，迦流羅本人則是面色蒼白地呆立在那。我忍不住問她「還好嗎？」，她小聲回道「我沒事」。

「對、對不起，迦流羅。都是我不好。如果有好好監督約翰——」

「沒關係，我一開始就沒有要跟對方爭長短的意思。不管人們怎麼非議我都沒關係。就算事實不是那樣，也可以放著不管沒關係的。」

迦流羅在說話的時候，語氣顯得很苦澀。

我都明白。不管是誰，若是被人惡意中傷都會覺得難受。

可是迦流羅還是一直在忍耐，這都是為了她的夢想。

她有個遠大的志向，希望能「不當大神改當糕點師傅」。

然而花梨卻針對關鍵部分攻擊。

「──除此之外，聽說妳最近還有在經營糕點鋪不是嗎？」

迦流羅的肩膀在這時抖了一下。

那些刺人的話毫不留情地澆灌而下。

「妳到底要侮辱我到什麼程度才甘心？都在當將軍了，而且未來志向還是成為大使，居然還有精力顧及這種小兒科的遊戲，實在讓人太傻眼，傻眼到連話都說不出來了。妳根本是在愚弄這個國家。」

「對喔！天津・迦流羅大人好像有在經營一間叫做『風前亭』的店鋪！其實我曾經偷偷跑去光顧過。」

「哦，吃起來怎麼樣，請發表一下感言吧。」

「吃起來啊──這樣說很不好意思，但實在是很『微妙』。我想東都這邊要找到手藝更高超的糕點師傅比比皆是吧。再說將軍製作的糕點會有血腥味，根本不是給人吃的。她不適合做這個吧？」

「有人這樣說喔，迦流羅。既然芙亞歐都這樣講了，妳乾脆把那間店收起來吧？像玲霓或天津這樣的『武士』一族，若是沒有為武士道鞠躬盡瘁，就沒有存在價值。像我這個當武士若是太軟弱，也會影響人們對玲霓家的評價不是嗎？妳還去當糕點師傅？太可笑了。像妳這樣的軟腳蝦，還是早點找戶人家嫁了吧——」

「住口。」

當下我不由得插嘴。

或許花梨有她個人的動機支持。若是不具備動機，她也不至於將對手罵得那麼難聽。可是——當我看見迦流羅那默默含淚的側臉，我就自動自發下定決心，要忽視對手背後的種種複雜緣由，奮不顧身發動攻勢。

「迦流羅做的點心很好吃，我非常喜歡。」

不管是迦流羅還是花梨，兩個人都渾身一震。不知道是不是我想太多了。

「——那又怎樣？每個人的喜好都不相同吧。重要的是天津・迦流羅還在經營甜點店這種亂七八糟的店鋪，那跟將軍和大神職位一點都不搭調。」

「妳說什麼……？」

「呵呵呵……很可惜，迦流羅。我們已經做過調查，知道妳偷偷在製作糕點。這下人們對妳的不信任感會越來越深——」

「這整件事情才沒妳說得那麼低俗呢！」

『這整件事情才沒妳說得那麼低俗呢！——』

☆

透過遠視魔法，辯論會的影像映照出來。

在東都的繁華大街上。有一間居酒屋。

因為現在是用餐時間，座位幾乎都被坐滿了。再加上天舞祭正在舉行，每個人的情緒都變得比較躁動。店鋪中央有設置一個螢幕，每當玲霓・花梨或天津・迦流羅發出叫喊，這些人就會很沒品地起鬨，開口喊著「喔喔！」「沒錯沒錯！」。

他們會那麼興奮也不是沒道理——逆月的幹部蘿妮・柯尼沃斯在心裡想著。

就在螢幕中，加入迦流羅陣營參加天舞祭的黛拉可瑪莉・崗德森布萊德正來勢洶洶地怒吼。

『不管這是不是選舉，妳都說得太過分了！這樣貶損對手到底有什麼意義!?迦流羅從小就很努力，一直想要成為糕點師傅！過程中面臨重重阻礙，最後她好不容易才開始經營風前亭！可是妳——可是妳卻沾沾自喜地搬弄是非，一直說她壞話！妳做的事情實在太齷齪了！』

『妳、妳怎麼突然這樣，崗德森布萊德小姐。這是辯論會……那個——』

『不只是風前亭的事情！我從剛才開始聽一直聽到現在，妳都在講什麼啊。妳滿腦子想的都是要誹謗迦流羅吧！若是真的想成為大神，與其去說別人的事情，還不如說說自己的事會更有意義，那樣強上百倍呢！笨蛋！』

這下換花梨目瞪口呆說不出話來。居酒屋內有些疑似是迦流羅支持者的人紛紛吹起口哨，給予黛拉可瑪莉讚賞。在一旁偷偷觀望氣氛越來越熱烈的辯論會，柯尼沃斯一面吃著用來當下酒菜的味噌蒟蒻。

「——大家好狂熱啊。不過隔了幾十年才舉辦天舞祭，這也是理所當然的吧。」

「的確是。」

「話說不知道哪邊會獲勝，很有看頭呢。我認為黛拉可瑪莉追隨的那方會獲勝。天津你覺得呢？」

「不知道。這點只有天曉得。」

坐在她對面的和魂種男子——名喚天津，他只用冷淡的語氣輕聲回了這麼一句。

柯尼沃斯鼓起腮幫子。自從來到天照樂土之後，這傢伙的樣子就怪怪的。該怎麼說呢，就是變得很冷漠吧。感覺他好像都把注意力放在別的事情上。

前些日子逆月的頭頭「公主大人」對天津下達指令，她說「你要回老家讓家人安心」，柯尼沃斯一聽說這個消息就覺得心情好雀躍。天津平常一談到自己的老家總是推三阻四，若是跟過來或許能夠看到有趣的畫面，基於那樣的想法，柯尼沃斯才會硬跟著他來到天照樂土。來是來了——

「——你對辯論會沒興趣沒關係，可是你要等到什麼時候才回老家啊。」

「目前時候未到。」

客人們又發出歡呼聲。因為黛拉可瑪莉和花梨開始爭論了。這裡沒有任何一人在看這邊，這個空間很適合恐怖分子隱匿身分前來用餐。

嘴裡吐出帶著酒臭味的氣息，柯尼沃斯聳聳肩膀。

「我們已經來東都三天了。只是在旅館那邊消磨時間，什麼都沒做不是嗎？本來還等著看你被親戚教訓，再說些話來揶揄你。」

「沒什麼好期待的，我暫時不打算去本家那邊。」

「那就帶我到觀光勝地去啊。聽說東都那邊有個有名的神社，名字叫什麼呢……好像是天託神宮？據說用來求姻緣很靈驗。」

「想去就自己去。」

果然很冷淡。嘴裡「嘖」了一聲，柯尼沃斯再度用筷子夾取味噌蒟蒻。

「不過像這樣冷眼冷語的你就跟奇珍異獸沒兩樣，也是滿有趣的啦——別裝沒事奪走我的蒟蒻！夠了！你要從我這邊搶走多少食物才甘心！」

「妳好像對某些事情有了錯誤的解讀。」

天津在吃蒟蒻的時候，眼睛還在瞪她。好恐怖。

「我來東都這邊並不是要回老家。妳不如稍微動腦想一想。恐怖組織首腦怎麼可能對恐怖組織的幹部說『去見家人讓他們放心』。公主大人的命令隱含特殊意圖。」

「那不是你擅自解讀嗎？在腦子裡自動補足成別的樣子？」

「如果對那個小姑娘的話照單全收，小心吃上苦頭。若是沒有擅自解讀自動補足，逆月還怎麼運作下去。」

「那我就來問問，公主大人的弦外之音是什麼？」

「『將天舞祭的結果調整成有利於逆月』，她是這個意思。」

好麻煩喔——柯尼沃斯當下第一個反應是這樣。

但冷靜下來想想，也不是不能意會。公主大人命令天津「返鄉」。才返鄉就正好碰上他們召開天舞祭這種重大活動。若說背後還藏了某種意圖，確實沒什麼好奇怪的。

話雖如此，雖然是那樣。

「——啊——受不了！好無聊喔！」

柯尼沃斯接著高舉雙手大叫。

「意思就是要我們一直隱藏身分，低調觀察天舞祭的走向對吧!?難得出門旅行一趟，這樣免也太可惜了吧！」

「我們不是來旅行的吧。」

「無趣無趣無趣！帶我去觀光勝地啦——！」

她揮揮手又揮揮腳，手腳開始胡亂揮動。一方面也是因為喝醉了吧，柯尼沃斯像個孩子般鬧脾氣——結果揮來揮去的手將桌上的日式酒杯打飛。

「啊。」——柯尼沃斯跟天津的聲音重疊在一起。

飛出去的日式酒杯直接擊中走在走道上的男子腳部。裡面的東西都灑了出來，液體濺在鞋子上。他們的運氣實在太差了。對方那銳利的目光惡狠狠地看向這邊。

「喂……你們這兩個混帳搞什麼鬼？」

那聲音是超乎想像的凶惡，讓人不由自主縮住身體。

「在那吵吵鬧鬧的。不過是個翦劉種，囂張個屁呀。」

「那、那個，就是——這個……不是的。」

「說什麼鬼話？妳這傢伙連一句『抱歉』都不會講嗎？我可是被打到腳都快骨折了啊。」

「對、對不起……」

「啊!?這樣鬼聽得見啊！」

「——抱歉。」

神不知鬼不覺間，天津已經站了起來，還插手這件事。

現場的溫度頓時降至冰點，天津趁機將捲起來的紙鈔塞到男子手中。

「這傢伙喝醉了，你能不能放過她。」

「啊？你以為你是誰——嗯？好像在哪見過你……」

「那不重要吧。趕快把錢收起來走人。」

「………！」

對方似乎屈服於天津的魄力。那個男人先是說了句「真受不了」，接著嘴裡「嘖」了一聲並離開店鋪。

看到對方的背影消失在門簾後方——柯尼沃斯頓時虛脫，然後胸口深處沒來由湧現一股安心的感覺。

「天、天津～～～！我還以為自己會沒命！」

「做事情小心點——喂別貼著我。」

「我現在才知道東都的治安這麼差！那個混帳小流氓是怎樣啦！突然就對婦女無預警動粗，做這什麼蠢事啊！笨蛋笨蛋！」

「那個年輕小夥子是玲霓家的吧，衣服上有象徵彩虹的家徽。可能是被花梨在辯論會上說過的花言巧語煽動到，才會變得那麼浮躁。」

「咦？那個玲霓家是黑道之類的？」

「不是只有玲霓家，天津家也是類似的存在。」

「…………」

看來還是不要隨便招惹他們。

「……哎呀，抱歉啊天津。」

「若是在這種地方發生殺人事件，到時就麻煩了——話說回來，這次的天舞祭可能會變得很有意思。雖然我不知道上次的天舞祭是什麼情形。」

只見天津露出邪惡的笑容，「呵呵呵」地笑了。

他還用力將柯尼沃斯從身上扒開，回到原來的座位上。

「哪裡有趣了。」

「目前沒什麼有趣的事情，我是說接下來應該會變得比較有趣。看來迦流羅那傢伙有稍微變得更有幹勁了。」

五劍帝天津・迦流羅。

這個人是天津・覺明的堂妹，還是下一任大神候選人。總覺得她跟人在眼前的這傢伙相比，不管是性格還是長相都完全不像。不過堂妹就是這樣的吧。那些姑且不管——有件事讓柯尼沃斯覺得有點在意，那就是迦流羅戴在手上的鈴鐺非常眼熟。

「……那個神具，應該是你來拜託我製作的『時習鈴』吧。」

「是沒錯。」

「那個是能夠封印烈核解放的物品。那女孩是不是有什麼特別的力量？逆月的『烈核釋義』都沒有記載。」

天津當下不發一語，開始喝起湯品。

柯尼沃斯也說了一句「好吧算了」，將筷子握住。總之再來點個菜吧。這次的消費會平均分攤，動作太慢可是會吃虧的。

柯尼沃斯開始吃起水煮蛋，眼裡還盯著天津看。

「我先確認一下。天津・迦流羅跟玲霓・花梨，你覺得哪一個當上大神對逆月來說比較有利？」

「這沒辦法一概而論，畢竟我們的組織並沒有很團結。」

「哦，還真是麻煩呢。」

是真的很麻煩啊，柯尼沃斯想。

天舞祭的熱度可是有加大的趨勢。

這時外面突然變得吵鬧起來，還能聽見人們的慘叫和怒吼。

「有人死掉了啊！」「搞什麼是打架了嗎？」「應該不是。」「那個人的身體突然爆裂！」「難道是某種魔法？」「是誰幹的？」「喂，這個人是玲霓家的。」——

看來天津塞進他手裡的紙鈔型炸彈已經爆炸了。

不管怎麼說，凡塵俗世中發生的事情都與他們無關。蘿妮・柯尼沃斯的行動原理很簡單易懂。她想要確認自己的研究能夠將這個世界改變到什麼地步，就只是這樣罷了。

☆

『——現在不該批評對手！要先講述政見才對！花梨妳對天照樂土這個國家到底有什麼打算！』

『我想將天照樂土打造成不會屈服於恐怖分子的強大國家！所以必須將天津・迦流羅這種人從政治中樞剔除！』

『都跟妳說了！想事情別全繞著迦流羅打轉！——聽好了，若是聽了迦流羅的政策會嚇一跳喔。剛才小春都跟我說了。迦流羅如果當上大神……前提是她不小心真的當上大神啦！假如迦流羅當上大神，聽說她要改革賦稅制度，重新審視僱用條件，還要檢討防災對策，將民生公共設施弄得更完善，這些她都會拚命努力完成！當然她也會好好鞏固國防！』

『對如今的天照樂土來說，最重要的就只有鞏固國防這點！想要包山包海成何體統！再說財務來源要怎麼辦，財務來源啊！』

『想要找到財務來源，方法多得是！這個國家有埋藏一些黃金！』

『才沒有埋那種東西！』

『有埋！』

『沒有埋！』

『都說有埋了啊！——不只是這樣！就連豐富國民心靈的政策也都沒有漏掉喔。小春有說了，要免費發放「點心吃到飽票券」……』

『別開玩笑了！就因為她是這副德行，才不能將這個國家交給天津家！——』

——眼下在會場上，一場口沫橫飛的辯論正在上演。

還真會講，以上是蒂歐的心裡話。

同時她還有個念頭，就是很想換工作。

自從進入六國新聞工作後，很快過了半年。之前不曉得動過多少次念頭，心想「還是別幹了吧」，但這次可不是隨便講講。認真到字面寫成「認真」，讀音還是「認真」。

「啊——哈、哈、哈、哈！妳快看，蒂歐！這場辯論會是黛拉可瑪莉・崗德森布萊德占上風！玲霓・花梨陣營根本不夠看！」

「梅露可小姐……我們可以下去了吧……」

「誰要下去！現在下去會被逮捕吧！」

東都中央建了一座超巨大的鐘塔。來到中午時分就會發出鐘響，是有名的鐘樓——在鐘樓最高點的屋尖上，有兩名少女佇立。

其中一人是銀白色的新聞記者梅露可・堤亞，一手拿著望遠鏡，臉上堆滿了笑容。至於抓著她的腰哭喪著臉說些有的沒的那位，則是貓耳少女蒂歐。

沒有哭喪著臉說些有的沒的才奇怪。

應該在姆爾納特分局上班的她怎麼會跑來天照樂土，有必要爬到那麼高的地方高聲大笑嗎？若是一不小心腳滑會死掉吧，而且底下的看板都寫說不要隨便攀爬了。上面提到沒經過許可，攀登是犯法的。

「請妳看一看，梅露可小姐！底下已經有警察聚集了！」

「妳廢話好多喔！因為沒買到辯論會的入場門票，才逼不得已這樣啊！——那個不重要，妳快看。天津・迦流羅終於採取行動了呢。」

在一聲「喀嘰！」後，蒂歐被人用力掰脖子，讓她強制面向舞臺那邊。

那邊的人好像還在辯論。觀眾都陷入狂熱狀態，在那大呼小叫。讓蒂歐難以理解的世界就呈現在眼前。不惜謾罵其他人也要當君主，這樣的心情她完全無法體會。眼下玲霓・花梨正在大叫。

『——總而言之！偷偷經營糕點鋪的天津・迦流羅根本不配當「武士」！沒有身為五劍帝的自覺！我看妳就別再當糕點師傅了！』

『不准妳自以為是說那種話！妳又不知道迦流羅一路走來有多麼辛苦——』

『沒關係的，可瑪莉小姐。』

天津・迦流羅在這時拍拍黛拉可瑪莉的肩膀，人來到前方。

剛才還一副快要哭出來的樣子，如今卻帶著毅然決然的神情。

蒂歐似乎能夠感受得到，她八成是聽到黛拉可瑪莉說那些話才會鼓起勇氣。

『妳沒資格對我說這種話，我打算繼續經營風前亭。』

『還要繼續!?明明是天津一族的人，卻說出那麼軟弱的話！』

『想要當糕點師傅有什麼不好！』

當下觀眾不約而同陷入沉默。因為迦流羅大叫的聲音實在太有魄力了。

『我從小就想當糕點師傅！其實一點都不想當將軍！來參加天舞祭也不是我自己想來的！只要能夠在風前亭製作糕點，看到人們吃了會露出笑容，這樣我就很滿足了……！』

『這是……在說什麼？妳到底……』

『其實我！根本不想成為大神！——可是、可是也不能讓妳來當！因為妳做了太多卑鄙的事情。更重要的是——還將我做點心的事情全盤否決！去踐踏別人的夢想，做這種事情還想獲得共鳴嗎!?大家難道會去追隨這樣的人嗎!?』

待在蒂歐身旁的上司梅露可好像在奸笑。

會場裡的那些人全都閉上嘴巴，專心聽天津・迦流羅演講。

『若是妳不願意改過自新，那我就會盡全力擊敗妳！等我當上大神就會辭職！我要做自己想做的事情！不再跟天津家和玲霓家有所牽扯，我要自由自在生活！只是……只是，我絕對不能讓妳成為大神！我身為一名「武士」，這是我最終該盡的最大責任。我要跟妳開戰——這都是為了天照樂土和和魂種！來吧，放馬過來，玲霓・花梨！我跟崗德森布萊德小姐會全力以赴對付妳的！』

…………

…………

「……原來天津・迦流羅並不想當大神？」

「她都說不想當了啊。妳的耳朵是裝飾品啊？是用來讓我玩弄的玩具還什麼的？」

耳朵被人玩弄的蒂歐有些想法。

天津・迦流羅在她心中引發些許共鳴。因為她也被迫做自己根本不想做的工作。如果像那個人一樣，鼓起勇氣提出辭呈，是不是能改變什麼呢？

過沒多久——

觀眾席那邊傳來勢如破竹的拍手聲和喝采聲。

再也沒有人敢對迦流羅說那些難聽話。

因為他們都被收服了吧。那個人就該成為他們的領導者，已經被她那身存在感收服了。

只是呢，這些先擺一邊。

蒂歐已經從天津・迦流羅身上汲取了少許的勇氣，不如試著反抗看看吧。

那個只會用職權脅迫她的上司從剛才開始就一直在玩弄她的耳朵，蒂歐要報一箭之仇。

「梅露可小姐！硬要做這麼危險的工作，實在太奇怪了！而且梅露可小姐一天到晚都在強迫我做些強人所難的事情！若是妳不對我好一點，小心我告妳！」

「我會在那之前殺了妳。」

「對不起。」

汲取到的勇氣只能撐一下子。

梅露可接著開開心心地說了一句「這不重要，重要的是獨家新聞、獨家新聞！」，臉上還帶著奸詐的笑容。

「勝利女神果然會對黛拉可瑪莉・崗德森布萊德待的陣營微笑。或者黛拉可瑪莉本身就是勝利女神？呵呵呵——有趣！真是有趣啊，那個吸血姬！」

「一點都不有趣。是說為什麼我們還得跑來東都出差啊？」

「當然是因為天照樂土分局就像專門開來給懶人打混的動物園！六國新聞的確

是世界知名——但就只有東都這邊不一樣。這裡都被不像樣的『東都新聞』霸占了！我們這次是來助陣，要把那幫人趕跑。」

這工作真的做不下去了啦，蒂歐當下浮現這個念頭。

「是，原來是那樣啊。先不說這個了，我們趕快去吃一些美食，然後回去吧。我事先調查過了，聽說有個叫做風前亭的日式糕點鋪很受歡迎……」

「看來妳都沒在專心聽嘛!!那間叫做風前亭的店鋪就是天津．迦流羅在經營的，剛才討論會上都已經攤牌啦！我們當然要去！是說這樣子很悶熱耶，不要黏在我身上啦！放手——！」

「唔哇啊啊啊啊啊啊啊請妳不要亂動，我快掉下去了，要掉了要掉了。」

天底下有哪個上司會將部下抓到高處，還想把她推下去。

這裡就有一個。很好，辭職吧。

「梅露可小姐……我說真的，我們差不多該下去了。被風吹到都快掉下去了啦。」

「話說還真是壯觀呢。東都這邊到處都熱鬧非凡。」

「妳有在聽我說話嗎？」

「聽力很好的妳應該能夠聽見吧？聽見新時代誕生的哭聲。」

她完全沒聽見那種哭聲。倒是有聽見警察在喊「給我下來——！」，那怒吼聲甚至讓耳膜都在震動。聽起來好可怕，於是蒂歐決定讓貓耳垂下來，當作沒聽見。

「我們要做的事情有一大堆。因為採訪對象多到沒完。有天津・迦流羅，黛拉可瑪莉・崗德森布萊德。再加上普洛海莉亞・茲塔茲塔斯基跟莉歐娜・弗拉特……」

「請問……莉歐娜是不是可以不用了……」

蒂歐被人用凶殘的眼神瞪視。

害她嘴裡發出一聲「咿！」。

「在說什麼啊。若是沒有好好把握採訪『六戰姬』的好機會，那不是很浪費嗎？」

「因為……我隨時都可以見到她。她是我的妹妹。」

「什麼？」

「那是我的雙胞胎妹妹，明明比我晚出生卻很猖狂。從小就很會讀書，運動也很在行，最後甚至成了將軍。我的才華都被那傢伙吸收了。這樣會讓人很火大吧。現在我得做這麼蠢的工作——」

「這種事情為什麼不早說——！」

「咕呸!?——等等，不要突然打我啦！掉下去會死掉耶!?」

「莉歐娜・弗拉特不是拉貝利克的王牌嗎！妳這種貨色的妹妹怎麼有辦法當將軍，我很疑惑——但妳還是趕快把她介紹給我認識！」

「我討厭她，才不要！而且有這個必要嗎？與其去採訪莉歐娜，還不如去採訪黛拉可瑪莉或天津．迦流羅，那樣的意義更勝百倍！」

「唔……妳這麼說的確有道理。」

居然還認可了啊，蒂歐在心裡暗自想著。

但莉歐娜．弗拉特跟其他國家的將軍相比，的確不夠氣派。若是她成為注目焦點，蒂歐會很不爽，所以無論如何都不會去採訪她。妳活該。

這時梅露可開口說了句「總而言之！」硬是要做出結論。

「我們的目的是將天舞祭趨勢做實況轉播！還有把東都新聞扳倒，打得落花流水！妳快看，討論會剛好結束了。」

蒂歐向下俯瞰會場，看樣子已經分出勝負了。

四面八方都能聽見吵吵鬧鬧的聲援聲，人們在喊「迦流羅大人！迦流羅大人！」任誰看了都知道獲勝的人是哪位。

「我們要趕快寫成新聞稿，時間有限——來展開行動吧。」

「那我們要怎麼下去？若是用梯子下去，待在下面的警察會逮捕我們啊。」

「沒什麼好擔心的。身為記者總要做些準備，出事的時候才能因應。」

梅露可說完就拿出魔法石，這裡面大概放了空間魔法【轉移】吧。真不愧是梅露可小姐！——蒂歐隨便說些話稱讚，接著就抱住上司的腰。梅露可立刻對魔法石注入魔力。

魔法石發出光芒，【轉移】隨之發動。

等到蒂歐回過神，她已經傳送到鐘塔的正下方了。

一群警察就在眼前等著。

「「啊？」」

「她們下來了！快抓住這兩人！」

「──妳這是在幹麼，梅露可小姐!?」

「糟糕了。我架構門的地點好像架錯了！」

「什麼───────!?」

於是梅露可和蒂歐就被當成非法入侵現行犯，遭到逮捕。

辯論會在此時落幕。

迦流羅的那段宣言，可以說為天照樂土帶來大激盪。

「雖然我不想成為大神，但這個國家不能交給我的對手，所以我要打倒她。」——從某個角度來看，真的在顧慮國家未來的「武士」才會說出這種話。隔天在六國新聞上，迦流羅說的那番話被大肆報導出來，還獲得誇讚。根據營運委員會的事前調查指出，目前迦流羅似乎大幅度領先。疑似被花梨收買的委員會對外發表「迦流羅占據優勢」，這背後算是具有重大意義。

天舞祭也進入下半場了。

在那場辯論會結束後，迦流羅並沒有做什麼特別醒目的事。

若要說有哪一點改變，那就是她經營的糕點鋪「風前亭」迎來空前絕後的熱潮吧。連日來都有大量的客人湧入，讓那裡變得熱鬧非凡。而且迦流羅好像還把選舉的事情拋到腦後，一直努力製作糕點。

於是今天的我就沒什麼事情好做。既然沒什麼事情好做，我就把自己關在天津本家的房間裡，吃著黃豆粉麻糬專心看書，只是——

「都來出差了怎麼可以當家裡蹲。外面正在舉辦慶典，不如跟我一起去約會，就這麼辦吧。我們手勾著手對周遭那些人放閃吧。」

「哇啊啊啊啊啊!?掉了掉了都灑出來了！全都掉滿地了啦！」

薇兒突然像在用鎖喉功那樣，過來把我抱住，於是黃豆粉全都撒到榻榻米上了。我使盡力氣掙脫變態女僕的箝制，跟她拉開一段距離。沒吃完的糕點還留在盤子上（迦流羅給我的），她將那些抓起來吃掉。這傢伙……！

「妳突然跑來這做什麼！想吃點心去風前亭吃就好了啊。」

「想說有些事情要來跟大小姐稟報。目前第七部隊幹部都在探查海爾達中尉的行蹤。可是——直到現在都尚未獲得消息。」

這下我才驚覺。

對喔，現在沒空在這邊悠哉吃點心。

約翰人還不知道在哪。我想他應該不至於被花梨陣營的人殺掉，但還是不免會擔心。因為那傢伙是很受死神關愛的吸血鬼。

「我也去搜索吧。薇兒妳一起來。」

「沒那個必要，搜索行動已經中斷了。」

「中斷？為什麼……？」

「繼續胡亂搜索也沒什麼意義，我們認為直搗玲霓・花梨陣營才是最快的辦法。兩天後在決戰上將他們教訓得體無完膚，之後逼他們說出來就好——不會有問題的，可瑪莉大小姐，海爾達中尉十之八九安然無恙。」

「唔唔唔……既然妳都那麼說了……」

「——不然我去暗殺玲霓・花梨小姐，窺視她的記憶吧？」

有個熟悉的聲音傳入耳中。不知道是什麼時候出現的，一位銀白色吸血鬼就站在拉門旁邊。

「佐久奈!?妳怎麼在這!?」

剛才我好像聽見暗殺這種危險的字眼，但這個先不管了——

「我想見可瑪莉小姐，一不小心就跑來了。光靠人偶沒辦法滿足……啊，我當然是請了年休才來的，所以不用擔心喔。並不是丟下工作跑來的。」

請年休……？這什麼概念……？還有「靠人偶滿足」是什麼意思……？

佐久奈踩著小碎步靠近我，我則是一臉困惑，然後她就「欸嘿嘿」地微笑著。

「可是為了可瑪莉小姐，我願意竭盡所能工作……妳是不是、需要我的力量？」

「您說這是什麼話啊，梅墨瓦大人。若是真的去暗殺了，一定會引發軒然大波，請您不要來亂。是說您還是快點回姆爾納特帝國吧。接下來我準備要和可瑪莉大小姐一起去參加慶典。」

「要去參加慶典啊？那我也一起去好了……」

在舉辦天舞祭的期間，到處都熱熱鬧鬧的。

來自世界各地的攤商把東都擠得水泄不通，在那邊擺攤營業。但我並不想隨隨便便外出。不是我沒興趣，而是我覺得這樣會有人身安全上的危險。來到沒有魔核的地方，行動上就該更加謹慎。

「不用去參加慶典沒關係啦，更重要的是我肚子餓了。」

「可瑪莉大小姐今天沒晚飯吃。」

「為什麼!?」

我的確吃了很多點心！但不是有人說裝點心的肚子是另一個嗎!?

「我已經跟廚房那邊說了，『不需要準備晚餐』。因為我們接下來要在外面吃飯。我們來買章魚燒或串燒吃吧。」

「唔……原來是這樣……可是……」

「另外機會難得，我還準備了東洋風的服飾。」

薇兒說完拿出天照樂土的傳統服飾——和服。

喂，我好像有不祥的預感，是我想太多了嗎？

「現在穿浴衣太冷了，我準備了長襯衣和棉質和服，還挑選跟可瑪莉大小姐很相配的紅色系樣式。來，快點換上吧。請把那身軍服脫了。」

「別這樣！不准靠過來！佐久奈妳別在那邊看，快點阻止薇兒！」

「好、好的！薇兒海絲小姐，可瑪莉小姐不想要那樣！」

「俗話說這就叫做口是心非。再說梅墨瓦大人就不想看看嗎？看看可瑪莉大小姐換成和風打扮的樣子。」

「…………………」

「咦？佐久奈？妳的動作怎麼停下來了？」

「對不起，可瑪莉小姐。我也想拜見一下，失禮了。」

「等等、住手——啊啊啊啊啊啊啊啊啊啊啊啊啊啊啊啊！」

在那邊慘叫也沒用。

我就這樣被佐久奈架住，慘遭薇兒脫衣換裝。

——說個題外話，在我心中有個「危險度評價表」。看哪個人會對我造成多少損害，將危險度區分成等級一到五。

拿身邊的人舉例，例如薇兒自然而然就是等級五。第七部隊那幫人也是等級五。迦流羅是和平主義者屬於等級一。納莉亞企圖讓我當女僕算等級三。皇帝是尺度爆表的變態，但是接觸機會很少就變成等級四。妹妹是等級五。

然後我對佐久奈的評判是「善良美少女」，於是她一直都落在等級一，不過——我開始覺得差不多該提升到等級二了。

「……這個衣服穿起來很難行動，天照樂土的人都穿這種東西跑跑跳跳啊？」

「可是這個很適合妳，可瑪莉小姐。看起來好可愛。」

「那、那倒是啦。畢竟我可是一億年來難得一見的美少女。」

「在您被誘拐飯拐走之前，我先來誘拐吧。」

「妳才是誘拐飯吧！」

把變態女僕推開的我踩著輕盈腳步踏上石板路。

大街上每隔一定的間隔就會設置燈籠，將黑夜照得燈火通明。

我還聽見不知打哪來的太鼓聲。這紛亂的景象甚至讓人光是站著都感到頭暈目眩。四處飄來食物的美味香氣——實在太熱鬧了。每天都這樣吵吵鬧鬧的，東都的人都不會累嗎？

「來吧可瑪莉大小姐，您有沒有什麼想吃的？」

「我想想看喔——啊，我想吃吃看那個。」

我剛好看見跟我擦身而過的女孩子在咬圓形麵包（？）。那東西的味道好香，才會讓我想吃吃看。

「那個好像是大判燒吧。那邊的攤販有在販售，我去買。」

「不用了，我也有帶錢出來。」

單手拿著錢包的我靠近攤販。我的工作好歹是七紅天大將軍，雖然薪水幾乎都被爸爸拿去控管了，但還是可以分到滿多的零用錢。

「薇兒跟佐久奈要不要吃？我請客。」

「那怎麼行，太不好意思了。我自己的份我自己出就好……對吧薇兒海絲小姐。」

「那就勞煩您請客吧。我要奶油口味跟紅豆口味的各一。」

「咦咦!?」

「好啊我知道了！雖然有件事很容易被遺忘，但我可是薇兒的上司，佐久奈的學姊。偶爾也要讓我展現一下威嚴——不好意思，請給我們四個大判燒。」

「沒問題。加起來總共八百日圓。」

聽到老闆那麼說，我伸手進錢包裡頭摸索——接著心頭一驚。

……他剛才說「日圓」？不是梅爾？也是啦，之前人家跟我說那個壺價值百億「日圓」的時候，我就隱約察覺到了，兩邊的貨幣單位是不是不一樣啊？

那我的零用錢不就派不上用場了？

那個大叔攤販老闆正皺著眉頭看我，眼神好像在說「趕快付錢啦」。

我當下都快哭出來了，還轉頭仰望人就在旁邊的薇兒。她彷彿在說「哎呀真拿您沒辦法」，從錢包拿出一些零錢。那些都是我第一次看見的外國貨幣。

「妳、妳這人！是從哪邊拿到那種東西的。」

「在天津本家亂翻櫃子的時候找到的。」

「那根本是偷竊吧——！」

我們一手交錢一手交貨拿到大判燒。

這時薇兒笑著說「開玩笑的」，將一樣用紙包住的東西交給我。

「我翻箱倒櫃被天津大人的祖母撞見。她就說『想去參加慶典的話，我給妳們一些零用錢』，之後就給我一大堆錢。」

「…………」

有好幾個點都讓我想吐槽，但我最後還是選擇悶不吭聲。總之跟人家借的錢要好好還回去——下定決心的我開口吃起大判燒。

好燙。可是好甜好好吃。這不像在吃晚餐，更像在吃點心。

「可瑪莉小姐，那邊還有在賣長崎蛋糕喔。」

「真的嗎!?可是一直吃甜的東西會變胖吧……」

「沒問題的，可瑪莉大小姐的肉體都被我監控了。」

「咦？薇兒海絲小姐，這句話是什麼意思呢？」

「我會調整出餐的卡路里量，這樣可瑪莉大小姐的體重也能獲得調整。要增量或減量都隨我拿捏。所以說可瑪莉大小姐，今天您可以盡情吃想吃的東西，不會有問題的。」

「耶——！」

「可瑪莉小姐……這個人在做的事情都很跳脫常理……」

那些我不是很懂，反正都已經說我可以亂吃了，我就來盡情享受這場慶典吧。

薇兒將天照樂土的貨幣分一些給我，我將放眼可及的攤販從頭到尾都逛一遍。有在賣章魚燒、烤烏賊，還有烤玉米——不是只有吃的而已，那邊還有撈金魚，有人表演雜耍，還有在賣彩色的小雞，有好多好多奇妙的東西。

「感覺落差好大喔。這裡感覺起來比姆爾納特更雜亂、更熱鬧。」

「就是啊——尤其是那裡看上去特別雜亂。」

薇兒用手指指向一群人。

我伸長脖子觀看，那裡好像是玩射擊遊戲的攤販。用子彈打落哪個獎品就能拿走，是很單純的遊戲。原本棚架上應該排了一整排獎品才對——但現在看過去卻空空的。啊，剛才最後的彈珠汽水瓶也被打下來了。

「哇哈哈哈！真不夠看！我說店長，趕快把下一批獎品擺上去。」

「請妳高抬貴手！全部都被打走，我沒辦法做生意呀！」

「在說什麼啊？你從一開始就沒打算老老實實做生意吧！看看這個像棉花糖一樣的子彈。那樣連一顆牛奶糖都打不下來！但我還是能辦到！」哇哈哈哈哈——一陣大笑聲隨之響起。

周遭其他人都跟著起鬨說「不愧是普洛海莉亞大人～！」。

被人稱讚顯得心情大好的少女，身上穿著厚重的衣服——普洛海莉亞她挺著胸膛，看起來很得意的樣子。可是在她身旁的貓耳少女卻傻眼地「唉～～～～～～～」了一下，在那邊嘆息。

「我們不需要這麼多獎品吧。現在要怎麼處理？」

「拿去送給貧窮的人。讓財富重新分配是我們的使命——來吧，你們這些無知愚昧的小朋友！普洛海莉亞・茲塔茲塔斯基閣下要給你們很棒的禮物！過來領取吧！喔對了先暫停。那個白熊玩偶是我的。」

孩子們開始衝向普洛海莉亞。

最強六凍梁就算被人群淹沒，臉上也還是帶著傲然的笑容。即便頭髮被拉扯，臉上的笑容也沒消失。臉被打到了，笑容還是沒有消失。這個少女的心胸跟大海一樣廣闊。

「……那兩個人是敵人吧。最後是不是真的要跟她們作戰啊。」

「恐怕是那樣。我們最好趁現在先觀察一下。那個長貓耳的莉歐娜・弗拉特就算了，比較需要注意的是普洛海莉亞・茲塔茲塔斯基。她不只實力強大，就連腦袋可能都異於常人。若是將變態成分從皇帝陛下身上抽出，大概就會變成那種感覺。」

「若是將變態成分從皇帝身上抽出，那她可能會變得像蟬脫下來的空殼。」

「──喔喔！在那邊的人不就是黛拉可瑪莉・崗德森布萊德嗎？」

手上的獎品好像發完了，普洛海莉亞這才注意到我。手裡抱著白熊玩偶的她堂而皇之地靠近。她眼裡好像有點淚水，還好嗎？是不是被人用頭撞到鼻子了？

「妳是不是也在慶典上玩得很開心？可是重頭戲還在後頭。兩天後玲霓・花梨陣營和天津・迦流羅陣營就要展開最終決戰。」

「就、就是說啊！在戰鬥開始之前，我都覺得無聊得要死呢！」

「說得對。其實花梨也把我們晾在一旁，害我們現在閒閒沒事幹。對吧莉歐娜。」

待在普洛海莉亞身邊的貓耳少女一直帶著有點緊張的表情站著。

幾天前在宴會上，這位將軍被失控的水豚耍得團團轉──她就是莉歐娜・弗拉特。這時莉歐娜將右手「咻」地伸出──

「請多指教，黛拉可瑪莉。我不會在最終決戰中輸給妳們。」

她連競爭心態都顯露出來了。周遭還有其他人在看，我就進入將軍模式做回應好了。

「我也要請妳多多指教呢。希望雙方都能拿出最好的表現。」

「還有可瑪莉大小姐很喜歡烤全貓。」

只見莉歐娜的毛全都在一陣抽動後豎了起來。我說薇兒，不要亂講話啦。也不知道六國新聞的那些笨蛋有沒有在某處偷聽——想到一半，不知道為什麼，莉歐娜開始用那雙眼睛瞪我，還一副大感動搖的樣子。

「我、我才想吃鹽烤吸血鬼，一天到晚都在想！」

「說到這個才想起來，可瑪莉大小姐。您還曾經說過想養貓呢。」

「咦？我有說過這種話？」

「有說過。這裡剛好有一隻野生的貓，您要不要抓來飼養看看？」

「什麼!?要養貓!?未免太沒有常識了！」

「這麼做真的很不合常理嗎……？」

「唔!?若是妳堅持要那樣，那我也有我的打算。其實我也想嘗試飼養吸血鬼。下次戰鬥中輸掉的那方來當贏家的寵物如何？」

「不用了，那樣好像有點……」

「感覺不錯！既然都得到弗拉特大人首肯了，我就來下單訂購項圈吧。去買那種違抗主人會通電的項圈好像不錯。」

「等等，把我的話聽進去啦。」

「我又還沒有輸！到時候會哭的一定是妳們！看我用爪子把妳們的內臟抓爛！再用貓飼料飼養妳！給我記住～～～～！」

嘴裡發出危險的叫喊聲，莉歐娜消失在人群之中。

這個變態女僕有各式各樣的才能，但最突出的還是跟初次見面的人吵架的能力吧。我一點都不羡慕，而且這莫名其妙到了極點。

這時普洛海莉亞開心地「哇哈哈哈」笑。

「感覺妳跟莉歐娜處得不錯呢。」

「剛才是我們第一次對話，而且她一下子就心生厭惡了。」

「總比漠不關心好多了吧，也許妳擁有容易跟人拉近距離的才能。不過——不管妳多麼想跟我們培養感情，那都不重要。反正到頭來我們都註定要彼此廝殺。」

普洛海莉亞在說這些話的時候，手還在搓揉那個白熊玩偶。

「我們白極聯邦比較希望玲霓・花梨成為大神。黨大會已經開會決定這麼做了，再也沒有辦法收回。只要妳們不放棄擁立天津・迦流羅，全面性的衝突就無法避免吧。」

黨大會……？意思是那個國家的大人物已經決定要這麼做了？皇帝什麼都沒有跟我說。現在才說這個太晚了，但姆爾納特這邊在各方面來說都好隨便喔——正當我為此感到傻眼，隔壁的薇兒已經上前一步開口，嘴裡說著「話說茲塔茲塔斯基大人」。

「您是站在玲霓．花梨那邊的嗎？」

「當然是那樣了。」

「那您覺得那個人真的適合當大神嗎？」

普洛海莉亞當下眨眨眼睛。

「……哼，妳好像會錯意了吧，女僕。我們又不是朋友，也不知道彼此都是怎樣的人，怎麼可能隨隨便便將重要事項告知。」

「但您是什麼樣的人，我們有點概念。對吧可瑪莉大人。」

「哦，這下有趣了，黛拉可瑪莉。那我是什麼樣的人？」

「咦？我、我想想喔……很會彈鋼琴又喜歡布娃娃的人？」

對方臉上的表情瞬間消失。

不過她很快就紅著臉龐跺腳，嘴裡還說「這些蠢蛋！」。

「這東西我才不想要！贏家本來就應該拿到戰利品，我是因為這樣才拿的！一點都不想要這種東西，妳拿去吧！」

對方將白熊用力塞過來。

看來我好像說錯話了，我趕緊把東西還回去。

「我、我也不需要這個！普洛海莉亞妳還是拿回去好了？」

「我才不需要那種東西！收到這種東西會感到開心的，就只有小鬼頭而已！不對先等等，可不能造成誤解，我要訂正一下，這並不是在侮辱妳，說妳是小鬼頭。」

「咕唔唔……」

這種類型的女孩子比較麻煩，就算跟她說「其實妳很想要吧？」也沒用。於是迫於無奈，我只好收下白熊，做為交換將烤玉米送給她。

「那我就不客氣收下了。這個給妳當替代品，我們等價交換。」

「等價交換！聽起來不錯呢。」

一拿到烤玉米，普洛海莉亞就馬上吃了起來。可是她的目光一直死死釘在玩偶身上，之後隨便找個理由還回去好了。

我重新觀察眼前這位少女的姿態。可能因為她是血統純正的蒼玉種吧，整體的膚色好像比佐久奈更白皙。但身上穿著像是在過寒冬的厚重衣物，導致我看不見她衣服底下的肌膚。還有——這個少女並不像花梨，身上不太有刺人的險惡氣息。

「——我說黛拉可瑪莉，妳有見識過天津・迦流羅真正的力量嗎？」

我手邊的物品太多了，白熊差點從手中滑落。在千鈞一髮之際，佐久奈將白熊接住了。我對她說了句「謝謝」，之後轉頭看普洛海莉亞。

「我知道啊。是說她那股足以破壞宇宙的力量吧。」

「既然知道就好談了，恐怕書記長正在覬覦那股力量。」

「啊？這是怎麼一回事啊？」

「我看妳還算順眼，就告訴妳吧。書記長說過『只要擁有天津・迦流羅的力量，白極聯邦就能夠脫離「錯誤的歷史」。』——噢對了別提問，我也聽不懂。這個男人總是說些難懂的話，害我都聽糊塗了。」

「妳跟書記長的關係不好啊？」

「很爛。」普洛海莉亞在說這話的時候，臉色很不好看。「反正那種事情也不重要吧。難得有機會來參加慶典，我們就把麻煩事忘了，來開心一下吧。」

這話剛說完，普洛海莉亞似乎又想到什麼。

「話說回來，妳有去過天託神宮了嗎？那裡是有名的觀光勝地，可以去一下。聽說那裡的主神就是聳立在東都的櫻花樹，樹齡有八百年。而且根據消息指出，那裡求姻緣會很靈驗。」

有兩個人的反應大到彷彿還能弄出「喀咚！」的效果音。

我只覺得接下來會發生麻煩事。身為萬惡根源的普洛海莉亞臨走前對我說「祝妳在慶典上玩得開心」。既然都遇到了，我很想跟她一起行動。若是能夠順利收買她，跟她打好關係，也許在最終決戰上，她會手下留情也說不定——沒想到這時有人從我兩側用力抓住我的手，害我有好幾個腳步都沒踩穩。喂別這樣！章魚燒會掉下去！

「可瑪莉小姐，機會難得，要不要去那個天託神宮看看？」

「也、也對喔，機會難得。」

「可瑪莉大小姐，機會難得，要不要朝著天託神宮的捐錢箱捐百億日圓看看？」

「有那麼多錢還不如去買壺！」

在那兩人的拉扯下，我從這個地方離開。

☆

天託神宮。這個神社就佇立在大神居住的櫻翠宮一角上。

在那個廣大地界的某個角落中，還出現風前亭的外賣攤販。乾脆趁這次慶典賺一波吧——是鬼道眾成員基於這樣的想法才擅自營業的。拿他們沒辦法的迦流羅也化身成其中一位販售員，忙碌不堪地工作著，不過——

「都賣完了呢……」

「賣完了，營業效益非常高。」

忍者小春正滿足地點點頭。

自從辯論會結束後，風前亭就進入盛況空前的狀態。這個小攤子也不例外，事前準備了那麼多的日式點心，太陽要下山的時候就賣光光了，可喜可賀，不用等慶典最熱鬧的那段時間到來（準備放煙火之前），他們已經可以收攤了。

來小攤子光顧的人還對他們說些溫情話語，例如「請多多加油」、「能夠成為大神的人是天津大人」、「我會替您加油的！」有人替自己加油，迦流羅是真的很開心。可是稍微從不同觀點切入的聲援卻讓迦流羅更加開心。

「點心很好吃。」「我還會再去風前亭光顧的。」「因為迦流羅大人的關係，讓我也想鼓起勇氣挑戰自己想做的事情。」——還有人對她那麼說。

她覺得自己的決心已經被人們認可了。

「迦流羅大人，我們好受歡迎呢。」

「就是說啊——咦，這是什麼啊!?」

只見小春臉上戴著面具，而且那顯然是模仿迦流羅長相製作而成的面具。實在做得太精細了，還以為多了另一個自己，但那不是重點——

「這也是受歡迎的證據。東都這邊都在販售迦流羅大人的面具。」

「那樣太丟臉了，快點回收！——真是的，到底是哪間店在賣這種東西。我可不記得有允許他們擅自販售。」

「是鬼道眾擺攤在各地販售。」

「拜託不要到處販售啦！你們～又瞞著我自作主張了～！」

迦流羅「砰砰砰」地敲起小春的肩膀。

鬼道眾是優秀的忍者集團，但他們常常在不對的地方發揮優秀才能。也許是因為領導人小春的思考回路異於常人的關係。

氣呼呼的迦流羅坐到攤販後方的圓椅子上。

「下次再做奇怪的事情，我就不做點心給你們吃。不過今天我心情不錯，就原諒你們吧。」

「大家都很支持迦流羅大人，太好了呢。」

「……對啊，算是吧。」

邊玩弄頭髮，迦流羅陷入沉思。她只感到莫名難為情。

長年壓抑的情緒一口氣解放，覺得很暢快——讓她那麼暢快的原因自然不在話下。主要功勞都來自在辯論會上鼓舞迦流羅的紅色吸血鬼。

那個時候迦流羅一面倒地遭花梨譴責。

黛拉可瑪莉出面庇護迦流羅。

她是真的對花梨怒火中燒，用很純粹的心情說「迦流羅做的點心很好吃」。因為發生這件事，迦流羅才敢將心裡話說出來。

「……我要跟黛拉可瑪莉道謝才行。」

「迦流羅大人，您還沒有跟她道謝啊？」

「因為我太忙了，連跟她促膝長談的機會都沒有。」

「哦——啊，還有一點。若是去拜託黛拉可瑪莉，搞不好她還能幫忙解決老夫人的問題。」

小春一面收拾攤販的裝設骨架，一面開口。

迦流羅不由得陷入沉默。

在辯論會上，她真正的想法應該都已經被天照樂土的國民知曉了。可是——在那天過後，她都沒有跟奶奶說過任何一句話。就算在本家碰到，不知道為什麼，對方也把她當空氣。大概是奶奶火大到無以復加了吧。

她希望能夠先設法和奶奶談談——正在為這些事情煩惱的迦流羅，突然在會場內的人群中看見一個令人熟悉的吸血鬼。

她就是身穿和服的黛拉可瑪莉・崗德森布萊德。

身旁還跟著部下薇兒海絲和佐久奈・梅墨瓦，正開開心心地笑鬧。

「您就過去吧。」

「咦？可是……」

「這邊都收拾完了。」

小攤子幾乎已經被鬼道眾拆光光了。

小春推著迦流羅的背，她則是轉頭看黛拉可瑪莉。要跟那個少女道謝才行。可是她還有進一步的想法。

黛拉可瑪莉應該不是街頭巷尾傳言中的「殺戮霸主」。當然她的確擁有強大的力量，但骨子裡肯定是個心地善良的吸血鬼。

「……小春，店鋪的事情就拜託妳了，我過去跟她講一下話。」

黛拉可瑪莉願意出面支持迦流羅的夢想。

或許她能夠成為迦流羅真正的知音。

☆

天託神宮跟大神居住的巨大宮殿設置在一起。

在參拜用的殿堂後方，有一棵八百年來持續守護東都的櫻花樹屹立著。根據旁邊寫的說明指出，那棵櫻花樹就是天託神宮的主神。

我將零錢丟入放香油錢的箱子，雙手手掌貼在一起。我這個人不是很信神的那種，但俗話說入鄉隨俗，今天就來認真祈禱一下吧。

「別讓我死掉別讓我死掉別讓我死掉別讓我死掉……」

「可瑪莉小姐，妳都說出來了喔。」

站在我旁邊的佐久奈面露苦笑。我是故意說出來的。

不確定只在心中默念能不能讓神明聽見，我不放心。

「佐久奈妳許了什麼願望？」

「咦!?那個……應該是、世界和平吧？」

「是嗎？佐久奈是個好孩子呢。」

「欸嘿嘿……」

「真受不了。妳們二位實在太外行了。」

這時薇兒突然聳聳肩膀，嘴裡還發出嘆息。

「什麼世界和平啊？天託神宮的靈驗之處是姻緣啊？相傳八百年前，第一代大神因為戰亂跟夫君分離，她才會種下這棵櫻花樹，做為重逢的象徵。『不管發生任何事情，我都會在這邊等待。』——因為有那樣崇高的心願，才會有這間神社出現。因此若是要許下願望，就應該參照初代大神的故事，求個好姻緣才對。」

「是這樣啊——薇兒妳好清楚喔。」

「那塊看板都寫出來了，薇兒海絲小姐妳只是念出來而已吧。」

「所以說，我跟神明祈禱要一直和可瑪莉大小姐在一起。還把身上所有的錢都丟進去了，想必神明那傢伙會優先替我實現心願吧。」

「天底下哪有這麼現實的神明啊！——是說妳全部都丟進去了喔!?唔哇啊啊啊真的耶！」

薇兒手中的錢包已經變得空空如也。

我還有很多想逛的店耶！再說用不著跟神明祈禱，妳根本就不會從我身邊離開呀！——就為了這些，我正打算斥責她，就在那瞬間……

我聽見鈴鐺的「叮鈴」一聲。

「——崗德森布萊德小姐，可以借用一點時間嗎？」

聽見別人叫我的名字，我轉過頭。

看起來有些緊張的和風少女就站在眼前。

「咦？迦流羅妳也是來參拜的？」

「不，我是為了一些事情來找崗德森布萊德小姐的。若是方便的話，能不能跟妳單獨說說話？關於今後的方針，我有些話想說。」

「那樣我們會很困擾呢，天津大人。可瑪莉大小姐現在在跟我約會——」

「應該是很重要的事情吧？」

「是。」

迦流羅臉上的表情很認真，沒道理拒絕。

我對佐久奈使個眼色，直覺很敏銳的她似乎看出我的用意。薇兒還在那說些莫名其妙的話，試圖挽留我，佐久奈從她背後架住她的雙手，笑著目送我們並說「兩位慢走」。我看佐久奈還是維持等級一就可以了。

「請等一等，可瑪莉大小姐！難得可以在慶典上約會！為什麼您選擇天津大人

!?是不是我投的香油錢還不夠!?」

「請妳冷靜一點，薇兒海絲小姐！那個跟香油錢沒關係！」

「……請問，薇兒海絲小姐還好嗎？」

「她一直以來都是那樣，沒問題的。那我們走吧。」

於是我就拉著迦流羅的手走掉了。

我們來到流經東都中央的某某河河岸。

看著映照在河面上的星星，我跟迦流羅坐到草地上。

這裡離主要幹道有一段距離，沒什麼人會經過。慶典的音樂聽起來很舒服。吹過來的風是乾爽的，讓人感受到秋意，還有一絲涼意。迦流羅拿了甜饅頭給我，問我「要不要吃？」。

「可以吃嗎？」

「點心就是要用來吃的。」

在對方的催促下，我將甜饅頭收下。一咬下去就有股甜味在口中擴散開來。是口味很傳統的甜饅頭，那純樸的味道帶給人和煦的幸福感。

「……迦流羅果然是天才呢，真的好好吃。」

「謝謝誇獎，還有辯論會的事情也謝謝妳。」

「辯論會？」

「假如那天崗德森布萊德小姐不在，我大概也不敢說出內心真正的想法吧。會像之前那樣任由其他人擺布，就任成為大神——也許還會就此放棄夢想。」

我想起來了。花梨那時說的難聽話讓我很火大，我才會忍不住發出怒吼。

但那也沒什麼大不了的。迦流羅會豁出去，原因其實是因為花梨說了那些難聽話吧。一定是因為那傢伙步步緊逼，迦流羅才會鼓起勇氣奮鬥。可是迦流羅卻露出天真無邪的笑容，堅稱那些都是我的功勞。

「不管再怎麼跟崗德森布萊德小姐道謝，都遠遠不夠呢。」

「沒必要跟我道謝啦……還有妳的稱呼方式——」

「是？」

「就是那個。話說……用家族名稱來叫我太長太麻煩了吧。要不要直接用我的本名叫我。」

「…………」

迦流羅先是稍微想了一下，接著臉上浮現笑靨。

「那就叫妳可瑪莉小姐。」

「嗯。」

這下我稍微放心一點了。若是她這次回我「不用了還是叫崗德森布萊德小姐好了」，我大概會飆淚吧。感覺我好像跟迦流羅很有默契呢。

感受良深的我吃起那個甜饅頭。

這時迦流羅又開口了，顯得有點猶豫的樣子。

「……其實——我還沒跟祖母大人敞開心胸談過。」

「這樣啊，大概是因為妳們都很忙吧。」

「是，所以……妳可以再多陪我一下嗎？」

迦流羅此時用毅然決然的表情看著我。

「我想祖母大人大概非常生氣，從來沒有那麼生氣過。因為我在辯論會上捅了那麼大的簍子。對外宣稱當上大神也會馬上辭職，這樣還要參加天舞祭，簡直前所未聞。連我自己都覺得『這是在說什麼啊？』。」

「可是妳又不願意把國家交給花梨對吧。」

「是的，總覺得……那個人身上有些許的危險氣息……」

印象中薇兒也說過類似的話。花梨那過火的言行舉止確實引人矚目——但也不至於讓人擔心成這樣吧。這陣子她的確突然拔刀砍過來，但那應該也沒什麼大不了的。不對，這算是很大不了吧。我越來越習慣這種過火的世界觀，這樣的自己好可怕。

這時迦流羅改口說了一句「事情就是那樣」，轉頭面向我。

「我知道這樣會給妳添麻煩。但妳能不能跟我一起去說服祖母大人……？如果只有我一個人，很可能會被殺掉。」

「我覺得我可能也會被殺……」

「但是可瑪莉小姐是最強的將軍啊。」

「照這樣說來，迦流羅不也是宇宙最強的將軍。」

迦流羅當下像個石頭一樣，整個人石化。

然後不知道為什麼，她的臉頰紅了起來，動作也開始變得扭扭捏捏的。

「……事實上，其實是這樣的，我也想過要不要順便告知此事。因為我覺得可瑪莉小姐是值得信賴的人，所以才願意告訴妳。」

「咦？怎麼了嗎？」

「我跟妳說……其實——」

「其實？」

「其實……果、果然還是說不出口！」

迦流羅的臉忽然轉向一旁。這發展來得太過突然，害我一時間愣住。

「什、什麼啦！都說成這樣了，就把話說完啊！這樣會害別人很好奇耶！」

「我還沒做好心理準備！比起當著大家的面坦白『我想當糕點師傅』，這件事情更重大。」

「事到如今不管跟我說什麼，我都不會再感到驚訝了。」

「可是……妳可能會幻滅……」

只見迦流羅抱住膝蓋，背也彎了下去。

既然她本人不願意說，我就不要追根究柢問下去。雖然真的很好奇。但現在更該去考慮的問題是迦流羅的祖母——正當我在為這檔事煩惱。

當下突然吹起一陣秋風，讓河岸旁的草木跟著晃動起來。

有個人無預警出現，就站在我們背後。

「——迦流羅，不管做任何事情都要有果斷的意念，這很重要。」

有位身穿和服的女性神不知鬼不覺現身，站在那的人正是大神。

她臉上依然貼著巨大的符咒，看不見真實面貌。會像這樣隱藏真實身分的人都不是什麼好人，這道理不言自明……我是很想這樣說啦，但是從這個人身上感受不到任何詭譎氣息。那是為什麼呢？

「大、大神大人!?您怎麼在這。」

「出來散步。很少有機會看到因天舞祭變得熱鬧非凡的東都。」

嘴邊浮現笑靨的大神朝著我們走近，手上還拿著印有「風前亭」標誌的紙袋。是在迦流羅店裡買的嗎？

「那、那個，之前您不是說過『不要隨隨便便靠近我』？這樣好嗎……？」

「好像有這回事呢，但現在已經不要緊了。我是時常跟迦流羅對話的大神。」

「？」

我搞不懂。迦流羅似乎也一頭霧水的樣子。

大神和迦流羅正面對望，又說了一些話。

「迦流羅，該說的事情就要找適當時機說清楚，這樣會比較好。有人會說『不要追悔莫及』，畢竟這世上會發生什麼事，誰也說不準。」

「可、可是，可是可是可是……！這樣的祕密實在是——」

「不只是那個祕密而已。去跟妳祖母對話的事情也沒什麼好猶豫不決的。那是妳真心想做的事情，不需要瞻前顧後。我覺得大可抬頭挺胸去做。」

我聽了感到一陣驚訝，並抬頭仰望大神。

這個人的想法是不是和迦流羅她奶奶不一樣啊。

我們兩人還不經意視線交錯——好像有。眼睛都被那個符咒遮住了，我也不是很確定。

「崗德森布萊德閣下，迦流羅的事情就拜託妳了。」

「好，只要有我能做的，我全都願意幫忙。」

「真是可靠，不愧是這年代的大英雄。」

「對啊，我可是大英雄——咦？」

有樣東西飄了一下。

© riichu

是大神突然往我這邊倒過來。

沒想到——一回神才發現我已經被她抱住了。耳邊能夠聽見她的心跳聲。昆蟲的鳴叫聲也在拍打我的耳膜。迦流羅還發出難堪的「啊哇哇哇」聲。

大神在我的耳朵旁邊輕聲細語。

「也請妳珍惜屬於自己的時光。時間的流動就像河流那樣。上流的水很清澈，一旦流逝就沒機會再回味。」

「好、好的……」

這讓我有種莫名的熟悉感。

我是不是曾經見過這個人？

疑問在腦海中打轉，這時大神突然從我身旁離開。

那安穩的微笑在黑暗中顯得朦朦朧朧的。

不知道為什麼，我覺得她的身影變得有點不真實。

「這也是我在告誡自己。年輕的時候，我按照父母的安排成為五劍帝。不再考慮自己想做的事情……拚了命努力……最後才來到如今這般境界。」

我跟迦流羅都直立在那，無法動彈。

因為我們覺得大神這番話很有真實感，既沉重又苦澀。

「不好意思，說這種話一點都不開心吧。我想說的很簡單——就是請妳們不要變得像我這樣。想說的只是這些。」

「……請問——大神大人，我該怎麼做才好？」

「我想妳應該要拿出勇氣。」

大神在這時轉身離去。

我連吃甜饅頭的事情都忘了，一直望著她的背影。

「好好跟她談，她應該能夠理解的。那個人還不至於沒頭沒腦說要『殺妳』——妳們多保重。」

她走掉的時候還揮揮手。

這個人給人的印象好飄忽。果然跟皇帝和書記長很像，看來這些大人物似乎都很喜歡拐彎抹角說話。這樣一來我根本聽不出她想跟我說什麼，是不是河川上游的水比較乾淨比較好喝。

只不過——我已經明白一件事了。

那就是大神好像也是支持迦流羅實現夢想的。

「太好了呢，迦流羅。」

「對……」

我們兩個人在現場呆站了一小段時間。慶典的音樂聲變得好遙遠，大神的聲音也逐漸消失在黑暗中。接著迦流羅忽然轉過身。

「……大神大人是支持我的，我不能辜負她的期待。」

「對啊……那接下來要怎麼做？」

「我已經決定了！」迦流羅說完豎起食指指向夜空，「等一下我要去天津本家找祖母大人談談！把我的真實想法說出來！我們走吧，崗……不對，是可瑪莉小姐！這次一定要理直氣壯把話說完！」

☆

「小心我殺了妳。」

大神的預測可以說是徹底失準。

鬥志高昂的迦流羅拉著我的手直接來到天津本家，用突擊的方式對上她的奶奶，對奶奶說「我想跟您談談！」結果一碰面，對方就放話說要殺了她。

看來她的奶奶相當火大。

在這個客廳裡，放了那個價值百億日圓的壺。我跟迦流羅正襟危坐面對地獄風車。

完全沐浴在那銳利目光之下的迦流羅已經沒了剛才的氣魄，嘴裡「嗚……」地呻吟著。可是大神帶給她的能量似乎並沒有為這點程度的事情用盡——

「我、我有話想對祖母大人說！」

她的奶奶默默坐在那邊。除了坐著，手裡還在保養出鞘的刀。拿了一個白色蓬鬆的物體在刀身上輕拍。有必要在這種情況下拿那種玩意輕拍嗎？接下來妳的孫女可是要來個曠世告白啊？我只覺得有不好的預感耶？

「我覺得應該要先跟您確實知會一下……想來祖母大人也已經聽說辯論會上發生的事情了吧，我就算就任成為大神也會很快辭職。」

迦流羅的奶奶什麼話都沒說。

「另外這件事情我常常掛在嘴邊，那就是我想要成為日式糕點師傅。而且實際上我也有在經營一間叫做風前亭的糕點鋪。我正在朝自己的目標邁進。」

她的奶奶依然不發一語。

我的肚子開始痛了。這樣的氣氛實在太過沉重。

「我還不具備背負整個天照樂土的覺悟，也不像可瑪莉小姐或納莉亞小姐那麼優秀。關於這點……祖母大人應該也很清楚吧？」

「——迦流羅，妳對玲霓家的小姑娘是怎麼想的。」

那話讓我不由得渾身一震。迦流羅的奶奶將那個白色蓬鬆物體放到身旁，轉而握住刀柄。我心想完蛋了。

迦流羅雖然有點害怕，卻還是帶著毅然決然的神情，用筆直的目光望著自己的祖母。

「我覺得花梨小姐身上飄散著些許不好的氣息。」

「沒錯，若是交給那傢伙，天照樂土將會滅亡。」

「就是因為這樣……我才要贏過她。等到贏了就會辭職。」

「別說那種天真的話！」

「咻！」——一陣猛烈的疾風席捲這座客廳。

有某樣東西從我臉頰旁邊劃過。這一切都發生得太過突然，害我的身體連動個一公釐都不敢。我害怕地轉過頭，看向背後。

一把刀就插在拉門上畫的老虎眉心之間。

還來不及做思考，如雷貫耳的怒吼聲就迎面而來。

「——一天到晚就知道亂說話！妳對天舞祭的事情根本就一無所知！在天舞祭中獲勝的人，無論如何都會是當大神的料。是被上天選中的人，至高無上！妳卻說『我想當糕點師傅』，怎麼能用這種理由辭退！不可以帶著那麼輕率的心情參加！」

「我——我會有那種輕率的心情，都要怪祖母大人！我從一開始就不想當大神！甚至不想成為五劍帝！」

「身為天津的『士族』，這就是職責所在！可不能事到如今才想拋下一切！」

「那為什麼要教我製作日式點心!?」

迦流羅奶奶的動作在那瞬間停頓。

「祖母大人曾經教過我！而且您還說『很美味』，我才會把這個當成夢想！什麼五劍帝！什麼大神！把我的胃口養大，讓我未來想當糕點師傅的人，其實就是您！真要說起來，這其實是您自作自受咕噗！」

這時迦流羅的身體狠狠地飛了出去。直接「啪鏗！」地撞破拉門，滾到隔壁的房間去。我則是害怕地望著她的奶奶。

她奶奶的表情就像惡鬼一樣，手還向前方伸出。

我過了一會才看懂，是她用手掌紮紮實實擊中迦流羅的顏面。

我渾身顫抖，好不容易才擠出力氣開口。

「那、那個，再怎麼說，這樣好像都太過分了……」

「這個不識好歹的小丫頭！」

迦流羅的奶奶把我的聲音忽略，快步走到迦流羅那邊。

她撲倒在地上，被她的奶奶一把抓住胸前的衣服拎了起來。

「妳知道天照樂土面臨怎樣的處境嗎!?我看妳不曉得吧！那就告訴妳——這個國家註定會被逆月那幫人毀滅！」

「請……請放開我！我反對暴力！」

「聽好了迦流羅。玲霓・花梨不是當君主的料，若是那傢伙成為大神，恐怖分子必定會興風作浪，這已經很明顯了。這會讓『弒神之惡』有機會趁虛而入！」

「這……」迦流羅抬眼盯著她的奶奶看，「這種事情還是第一次聽說，但完全沒問題！因為我會打倒花梨小姐成為大神！之後再讓位給可瑪莉小姐當大神！」

喂，妳在說什麼啊。

「吸血鬼怎麼能夠成為和魂種的領導人，蠢材！居然以辭退為前提當大神，真是前所未聞。若妳真的那麼做，小心天上的神明不再庇佑我們。」

「那讓現在的大神大人繼續當就好了啊！那個人才幾歲!?三十幾歲對不對!?應該還能夠再努力五十年，就讓大神大人來主導掃蕩恐怖分子的一系列行動吧！」

「她的時間已經不夠用了！當然我也是——所以妳要成為大神，跟恐怖分子作戰！把『弒神之惡』滅了！」

「那種事情我才不管！我就算當上大神也會立刻辭職，要貢獻心力也是在風前亭那邊！祖母大人是笨蛋大笨蛋！」

一個好大的「砰嘶！」聲跟著響起。

迦流羅的身體變得像一顆球，畫出一個弧度。

是她的奶奶使出神速後拋摔。迦流羅發出「呀啊啊～～～～！」的慘叫聲並飛了出去——還直接撞破拉門，以顏面朝下的方式落在庭園的假山水上。

咕欸。

才剛聽見她發出這種呻吟聲，緊接著我就感應到一股濃密的魔力，接著便說不出話來。

那是從迦流羅奶奶身上散發出來的。

地獄風車這個外號當之無愧，實在太有將軍風範了。

「講也講不聽的笨蛋只好殺了。」

只見迦流羅搖搖晃晃地站了起來。

她都流鼻血了。陷入慌張狀態的我正要跑向她，可是她用眼神對我說「不要緊」，於是我就停下腳步。迦流羅直到現在都還沒放棄跟奶奶抗衡。

就在那個時候，空中出現好大的爆炸聲響。

嚇一跳的我朝著上方看去，夜空中有色彩繽紛的火團綻放。我出神地看了一陣子，那個——大概就是天照樂土這邊很有名的「煙火」吧。

「祖母大人。」

迦流羅邊擦拭血跡邊開口。

「若是祖母大人執意要那樣，我也會認真起來應對。不管被打幾次殺幾次，我都不會放棄。我要貫徹自己的意念。」

「那我就重新鍛鍊妳的心性。來吧，做好被殺的覺悟。」

「我早就做好覺悟了！之前的六國大戰讓我學會一件事——就是碰到逆境也要

有一顆不屈不撓的心！那是可瑪莉小姐和納莉亞小姐教會我的！」

「…………」

就在那瞬間，迦流羅的奶奶似乎為之屏息。

可是她馬上又用足以射殺他人的目光看著迦流羅。

「……是嗎？那就去死吧。」

「轟！」——凶猛的魔力恣意吹襲。不知道是什麼時候的事，迦流羅的奶奶手裡已經握著一把刀了。綠色的魔力開始像風車那樣不斷旋轉，假山水上的砂礫都在空中飛舞。迦流羅連站都站不了，整個人向後跌坐。

我則是呆呆地看著這一切。

這樣下去迦流羅會被殺掉，不能讓那種事情發生。也許她的奶奶另有打算也說不定，可是家人互相廝殺實在太扯了。

「我——我不想死！可是我已經做好覺悟了！我是不會成為大神的！」

「妳也不想想我有多麼看好妳。妳是上天選出的孩子，養育妳都是為了讓妳改變天照樂土的命運。既然妳無法理解——那我就砍到妳理解為止。受死吧，迦流羅！」

迦流羅的奶奶拿著刀踏出一步。

迦流羅咬緊牙關迎戰。可是她沒有逃走，而是穩穩地踩踏在大地上，連一步都沒有挪動。用充滿決心的目光逼視步步緊逼的地獄風車。

也許是我看錯了，感覺她奶奶的動作好像有點鈍化。

可是那把刀並沒有停下來。那必殺刀刃慢慢瞄準迦流羅的腦門揮下——再也按捺不住的我不顧一切地衝了出去。

「等、等等啦！用不著做到這種地步吧!?」

「唔!?——放手！」

就連我都在無意識間抓住她奶奶的腰了。

搞不好會被殺掉——這樣的不安已經從腦袋中消失。

我必須阻止這場紛爭。有了那樣的念頭，身體才會擅自行動。

「放手！這樣下去小心連妳自己也遭殃！」

「我不放！求求妳了——多多體諒迦流羅的心情吧！」

此時煙火「砰砰！」地打上天空。

我不服輸地大喊。

「迦流羅既然那麼討厭那樣，硬逼她也沒用啊！她想要成為糕點師傅！我能理解奶奶妳的心情，但妳還是為了迦流羅忍一忍吧！」

「啊!?妳這個小丫頭別說那種自以為很懂的話！妳懂什麼——」

「若是要對付逆月！我會把他們全部收拾掉的！」

我這是在說什麼啊。

明明知道做這種事情就像在掐自己的脖子，我卻沒辦法住口。因為我是真心希望能夠化解迦流羅遇到的難關。

「我是這個世界上最強的大將軍！不管遇到什麼樣的敵人，靠一根小拇指就能夠殺掉！雖然我也不願意那樣……但原本是逆月成員的米莉桑德！還有奧迪隆・莫德里！都莫名其妙變成是我打倒的！所以這次我也會想辦法解決他們！」

「……這是兩碼子事。迦流羅當上大神才能夠綻放最多的光芒，天照樂土的全體人民都期待那樣。讓她去當糕點師傅是大材小用。」

「迦流羅比較適合當糕點師傅！讓她去當大神才是浪費人才！沒錯——把工作交給不喜歡做的人去做，一點用都沒有。若是要成為大神就要打從心底懷著一份信念，覺得自己『想成為大神』才可以！」

「…………！」

迦流羅奶奶的身體頓時鬆懈下來——我好像有這種感覺。

我趁勝追擊再說一些話。

「讓她去做她不想做的事情是沒有用的。其實我原本也不想當七紅天，而是想要當家裡蹲寫小說。所以我這個將軍當得一點都不稱職。多虧有那些部下，我才能夠做點表面工夫，但再怎麼裝也有個限度。妳也不希望迦流羅成為那樣的君主吧。」

迦流羅臉上的表情彷彿在說「妳都在說些什麼啊」。可是——我不用再虛張聲勢了，因為我的處境跟天津・迦流羅簡直一模一樣。

她的奶奶手裡還握著刀劍，渾身僵硬。我想還差一點點就能成功。

「妳有吃過迦流羅做的糕點嗎？」

「……那種東西根本不值得吃。關於這部分，那隻玲霓家的狐狸倒是說得沒錯。」

「還沒吃就斷定討厭是不對的！我的女僕也這麼說！」

「那又怎樣，總之我才不會吃迦流羅做的糕點。天津家的人只要考量作戰和政事就好——」

「好了啦快吃——！」

「啊？——唔咕！」

我拿出吃到一半就收在懷中的甜饅頭，塞到迦流羅她奶奶的嘴巴裡。

在一旁撞見這一幕的迦流羅嘴裡發出尖叫：「啊哇哇哇妳這是在做什麼，可瑪莉小姐!?」她的奶奶原本還有些抗拒——但到最後還是將那顆饅頭嚼一嚼。

魔力氣息逐漸變弱了。

迦流羅的奶奶沒有說話，這下我才慢慢恢復冷靜。我在搞什麼？居然把吃到一半的點心塞到別人嘴巴裡，未免太沒禮貌了吧——沒想到。

「……這東西，跟我從前做過的葛粉饅頭很相似。」

「!?──是、是的！這是小時候祖母大人教我做的那種。如今已經很受歡迎了，甚至變成風前亭的固定販售品，那個──這饅頭算是我很有自信的作品之一……雖然是人家吃到一半的……」

我悄悄放開迦流羅的奶奶，只見她一臉凝重並陷入沉默。

某處似乎有人在歡呼。一些爆裂聲劃破夜空，煙火帶來的光彩照亮迦流羅的臉頰。今日的慶典已經準備進入最高潮。

此時迦流羅的奶奶突然將刀劍高舉。糟了，會被殺掉！──不料那只是多餘的擔憂。

「喀鏗！」一聲──她用不辱地獄風車之名的華麗動作將刀收回刀鞘之中。

「……其實我也明白，知道妳有多麼不想做五劍帝的工作。」

那讓迦流羅一臉啞口無言地望著她的奶奶。

「那、那您是認可我了嗎？認可我的想法。」

「……哼。所謂的力量，必須強烈希望『完成某事』才會在當下湧現。迦流羅的意念並沒有獻給國家，而是給了糕點。妳已經被那種天真的念頭荼毒了，這樣根本沒辦法成為一國之君……我得跟大神那傢伙談一談。」

「大神大人──她已經表態要支持我追夢了。」

「妳是說大神……!?」

這下換迦流羅的奶奶睜大雙眼，變得驚訝不已。

可是她很快就換上無奈的笑容，嘴裡說著「原來如此」。

「既然那孩子是這麼說的，那她肯定是另有打算。因為是天津家的人就得成為大神——也許這樣的想法已經落伍了。」

天津家的當家用惆悵的眼神眺望夜空中的煙火，看到這樣的背影，我心中的喜悅連藏都藏不住。她總算願意認可迦流羅了。這下再也沒有能夠束縛迦流羅的東西，迦流羅可以自由自在做自己喜歡的事情——原以為是那樣。

「祖母大人，我是不是不用當大神了？」

「我沒說妳不用當！」

我聽了差點跌倒。

迦流羅的奶奶用很可怕的表情瞪視迦流羅。

「若是玲霓家的小丫頭取代妳成為大神，那天照樂土無論如何都會完蛋！所以妳要在天舞祭中獲勝！贏了還要成為大神！」

「還以為奶奶您已經被我的饅頭洗腦了！那樣不就跟先前一樣了嗎！」

「沒錯是一樣的，妳該做的事情還是沒變。那就是打倒玲霓·花梨，在天舞祭中獲勝，成為大神——之後就隨便妳吧。」

「咦……」

奶奶她轉身背對迦流羅。

接著直接回到宅邸中。

「請、請問！」迦流羅對著她的背影呼喊：「這樣應該是認可我的意思吧……？我是不是可以辭職不當大神……？」

「是要讓我說幾遍，小心我宰了妳。」

「對、對不起……我還想問一個問題。」

「什麼問題？」

「……請問，花梨小姐——是哪部分如此差強人意？我是知道她身上散發的氣息不是很正派……但說這樣會害天照樂土滅亡實在太過分了。」

「若是知道這些，妳會因為不可思議的力量喪命。」

我聽不懂啦。

可是迦流羅的奶奶並沒有詳細說明，而是再度邁開步伐。迦流羅一直呆呆地站著，完全無法動彈。因為這一系列的發展都很超現實，她才沒辦法當成現實接納吧。

只不過——迦流羅的奶奶像是在補刀，在最後的最後，她說出的那番話讓人不免懷疑自己是不是聽錯了。

「妳很適合當糕點師傅。手藝有進步，迦流羅。」

迦流羅那表情就好像撞見幽靈一樣。

煙火的聲音斷斷續續地響起。可是一直在我耳內迴盪的，就只有迦流羅奶奶說的那句簡短言語——「手藝有進步」。我已經說不出話來了。這次我有幸目睹贏取自由是多麼崇高的一件事——除了去羡慕迦流羅，我還感到開心不已。

只要有心要做，任何人都可以實現夢想。

我也試著用心努力看看吧——就像這樣，除了悄悄在心中暗下決心，我還跟迦流羅一起在夜晚的黑暗中佇立了一小段時光。

如今的氛圍也不適合再去慶典中玩樂。

我跟迦流羅一起坐在外廊上，眺望著煙火。

那些火焰形成的花朵妝點著夜空，綻放燦亮的光采。聽說煙火並不是透過魔法製造的，而是用火藥創造出來的絕美景色。讓我不禁有些感觸，覺得這個世界上還存在不可思議的技術。

「……祖母大人她——」

這是迦流羅在喃喃自語。魔核已經讓她流的鼻血止住了。

「我以前總覺得祖母大人完全沒去考量我的心情。從小就強制訓練我，弄得像虐待一樣，不停耳提面命，說我未來要成為足以背負國家的武士，否認我的夢想，自作主張讓我成為五劍帝，還強迫我參加天舞祭……」

「可是妳的奶奶其實是個好人。」

「是，沒想到她居然會支持我實現夢想。不……這種現象很有可能只是『平常很凶殘的人偶爾展現慈悲就會看起來像大聖人』……」

「我覺得不用想那麼多吧，反正她已經允許妳經營風前亭了。」

「就是說啊。這次的事也多虧可瑪莉小姐幫忙。」

迦流羅她說話的時候面帶微笑，害我覺得有點難為情。就跟辯論會的時候一樣，我什麼都沒做，只是待在那邊而已。

還有——事情都過了，我才發現一件事。那就是我這種脆弱的吸血鬼根本不可能阻止得了認真起來的地獄風車。恐怕在迦流羅展現決心的那一刻，她的奶奶就已經認可她了吧。早就看出我會出面阻止，於是在出手的時候控制成「可以被人阻止的程度」，肯定是這樣沒錯。所以我其實什麼忙都沒幫到。

可是迦流羅卻搖搖頭否認我的說法，嘴裡說著「沒那回事」。

「都是可瑪莉小姐帶給我勇氣。如果只有我一個人，是沒辦法反抗祖母大人的。」

「……是嗎？但我覺得迦流羅如果拿出實力早就已經說服奶奶了。因為妳是全宇宙最強的大將軍。」

「…………」

奇怪的是迦流羅陷入沉默。

感到納悶的我看著她的側臉。她真不愧是坊間傳聞一兆年難得一見的美少女。那位被煙火亮光照亮的和風少女，姿態上美到會讓人心臟撲通跳。

「話說，我現在已經知道可瑪莉小姐是值得信賴的人。想把剛才說不出口的話說出來……妳、妳不要生氣，能夠聽我說完嗎？」

「別擔心。只有那個女僕對我做些不知羞恥的行為，我才會生氣。」

「那我就說了。事實上……」

做了一個深呼吸後，迦流羅小聲說了一句話。

「其實我……很弱。」

我不懂她這麼說的用意是什麼。就算妳說自己很弱，我也不能理解啊。

「這不是什麼隱喻，而是我真的很弱。世人都說我是最強的將軍，但其實那根本就是謊言。我——實際上是連昆蟲都不敢殺的廢人。當然這也代表我連昆蟲都贏不過。」

「抱歉迦流羅，我聽不懂妳在說什麼。」

「我就直說了吧，其實我完全沒有戰鬥方面的才能。」

聽起來不像在開玩笑。在現在這個時間點上，她根本沒必要說玩笑話。迦流羅好像在害怕什麼——可是她依然用充滿決心的目光望著我。

「我是運動神經很差的劣等和魂種，連魔法都不太會用。之前說的那些全都是謊言。」

「但、但是！迦流羅妳自從當上五劍帝以後，到現在不是都沒輸過嗎！」

「因為有那些忍者部下在幫我。可瑪莉小姐妳曾經看過我發揮將軍該有的力量，破壞整個宇宙嗎？沒有對吧。」

「確實是沒有……不過——」

「可瑪莉小姐。妳好像有點鈍鈍的呢。」

鈍鈍!?那是什麼!?

「不對先等一下！那在全國殺人大賽上贏得冠軍的事情怎麼說!?」

「那些都是假的。」

「原來是假的喔!?」

「敏銳的人早就發現了。花梨小姐可以說是最敏銳的吧。她在辯論會上說的事情，有高達八成都是真的。我想納莉亞小姐大概也隱隱約約察覺到了。為了不要玷汙天津家的名聲，那些都是必要措施，但我也確實騙了不少人。如果人們幻滅也是沒辦法的事情……事到如今真的很對不起。」

話說到這邊，迦流羅對我深深一鞠躬。

我怎麼可能幻滅，只是非常驚訝罷了。可是如今回想起來，迦流羅在言行上似乎有些令人不解的地方。如她本人所說，她從來沒有發揮過將軍該有的實力，這點用不著多說了，有的時候她還會展現出少根筋的一面，讓我覺得很有親切感。

對——就是親切感。

其實我跟迦流羅算是真正的同類。

「我、我也一樣。」

可能是因為那樣，我才會鼓起勇氣吧。

我從來不曾主動坦白這方面的事情。

「其實我……也很弱小。」

「很弱？可瑪莉小姐嗎？那是什麼意思呢？」

「就跟迦流羅一樣。大家都把我當成很厲害的七紅天大將軍，但其實我運動方面不行，魔法也完全不會用，是個沒用的吸血鬼。值得一提的就只有智慧、學識和容貌。」

「我不明白。可以先讓我說幾句話嗎？」

「想說什麼就說吧，反正我之前一直都在騙大家。對啦——我跟迦流羅一樣，根本不想當什麼將軍。其實我想當的是小說家。」

這下換迦流羅露出不可思議的表情。

「可是——那個烈核解放……」

「我根本就不具備烈核解放，新聞裡面說的全都是捏造的。」

「？不，那是不可能的。在六國大戰中擊破蓋拉・阿爾卡大軍的黃金之劍，全世界的民眾都曾親眼目睹，所以——咦？難道說……」

這個時候迦流羅好像發現了什麼。她目不轉睛地看著我的臉龐，表情看來像是在說「這傢伙是認真的嗎？」眼睛還睜得很大。對啦那都是真的。我的戰鬥能力其實少到連水藻都不如。之所以願意坦白說出這些事情，都是因為迦流羅用真誠的態度面對我。我覺得我們可以互相分享共同的煩惱，而她在這點上是值得信賴的——只不過。

「……原來如此。聽說烈核解放會反映出心靈的強韌度，其實可瑪莉小姐是很強大的人吧。」

「不，都說我很弱了。」

「或許是吧，那我們就變成擁有共同祕密的盟友了。今後也請妳多多指教。」

對方朝著我輕輕伸出手。

我除了回握她的手還有著深深的感慨，並為之輕顫。對彼此說出祕密，讓我們的關係變得更加密切，總覺得這樣好青春喔。這下迦流羅跟我就是好朋友了。而且我們的處境還很相似——再加上都是和平主義者——她幾乎可以說是唯一一位了，是能對我的煩惱徹底感同身受的人。這時迦流羅臉上浮現友善的微笑。

「可瑪莉小姐也要實現夢想喔。」

「啊……對喔。你們真的會替我出版嗎？就是我寫的小說……」

「會的，就當成是妳聲援我的謝禮。」

「這、這樣啊。但首先我們要按照當初契約約定的那樣，在天舞祭中獲得優勝才行。我想妳的奶奶也很希望妳能夠暫時當一下大神——」

此時我的腦袋忽然敲響警鐘。

……嗯？等等喔？

已經知道迦流羅不是宇宙最強的將軍，能夠釐清這個事實固然是好事。

但是——這樣下去天舞祭的最終決戰會變成怎樣？我原本打算全都交給迦流羅，自己當後勤部隊待機就好。難道迦流羅一直都想仰賴我的力量？因為我是殺戮的霸主，她才會來找我幫忙？如果真的是那樣，事情可就嚴重了。

「喂迦流羅！我發現一件不得了的事情——」

就在那瞬間。

宅邸的內側傳來一些聲響。

天津‧迦流羅這號人物應該要成為大神才對。

或許她真的沒有魔法方面的才華，可是除此之外，她有很多其他方面的才能。那就是擁有領袖魅力，容易跟人拉近距離，而且擁有過目不忘的非凡記憶力。再加上夠機靈，學習各個領域的技藝都能學得很完美。好比剛才展現的糕點製作才華。

最重要的是——即便面臨死亡也不願意放棄夢想，擁有鋼鐵般的意志。

若是把那樣的人扔在市井之中，未免太浪費人才了，迦流羅的祖母是這麼想的。

※

不過「心靈能量」這種東西會在人生中扮演很重要的角色。迦流羅她的能量不用在國家上，而是拿去放在一間糕點鋪裡，不管怎麼說都太可惜了吧。

她不認為自己養育迦流羅的方式是錯誤的。

也許那孩子一生下來就註定會朝這個方向發展。

又或是受到黛拉可瑪莉‧崗德森布萊德影響。不管怎麼說，敗給迦流羅的熱情，答應讓她辭退不當大神，這點就連自己都感到意外。原本很內向的迦流羅會展現那樣的韌性，著實令人訝異，一方面也讓人感到開心。

「……連我都老糊塗了。」

她不停垂眼望著黛拉可瑪莉・崗德森布萊德塞給她吃的葛粉饅頭殘塊。

怪不得迦流羅那麼有自信。雖然不想承認，但她的手藝確實變好了。那孩子若是當上糕點師傅，想必能有順遂的發展吧。問題就出在天照樂土的政治層面——如今事情演變成這樣，也許她必須把另一個離開家門的孫子叫回來。

想著想著，迦流羅的祖母越是覺得前途多災多難，正當她沉浸在那些思緒中——

「祖母大人。」

拉門後方突然傳來一聲呼喊。

迦流羅的祖母將刀放到榻榻米上，同時出聲回應。

「怎麼了？還有什麼事嗎？」

「祖母大人。」

沒有點燈的房間一片幽暗。迦流羅的祖母這才老大不願意地起身，朝拉門那邊走去。

對了——剛才有些事情漏掉了沒講。

迦流羅做的糕點確實很美味。但還有許多地方需要做改善。若是想要成為京城內首屈一指的糕點師傅，只做到這樣的程度遠遠不夠。沒辦法，就讓她來指點一下吧——

「祖母大人。」

「煩死人了。直接進來不就得了……」

雖然嘴裡這麼說，迦流羅的奶奶還是主動將手放到拉門上。

煙火已經在不知不覺中放完了，慶典的音樂也消失了。黑暗之中只剩下昆蟲的蟲鳴聲。迦流羅的祖母就這樣慢慢將拉門拉開——

嘶嗡。

當下似乎有什麼東西變了樣。

還有刀刃行雲流水地劃過來。

她徹底疏忽了。在黑暗之中聲聲呼喚的「祖母大人」應該是孫女的聲音沒錯，再說她本人應該就在一旁的庭院看煙火才對，要她不大意是不可能的。

等到她察覺，那刀刃的尖端早已貫穿胸膛。

紅色的血跡在和服上擴散開來。

滴滴答答流下的血液將榻榻米染紅。

「什麼……妳究竟——」

「——這個是神具。要治好傷口並沒有那麼簡單。」

這下拉門已經完全敞開了。一道人影自黑暗中現身。那是一名手裡拿著刀的少女。並不是天津・迦流羅。若是她更注意一點，應該早就察覺了。

再也撐不下去的她跪倒在榻榻米上。

這個闖入者用充滿威脅意味的語調說了這麼一句。

「妳就是上一代大神吧。天照樂土的魔核在哪？」

「那種事情……怎麼可能告訴妳──」

「有這樣的反應也在預料之中。我也可以把妳帶走去做進一步的拷問，可是這樣就會失去首要目標。那現在該怎麼辦呢？總之妳已經做好死亡的覺悟了嗎？」

「在胡說八道什麼……妳是什麼人？我不會放過妳的……」

「我是在問妳是不是已經做好死亡的覺悟。若是還沒有──」

話說到這邊就中斷了。

凶手的氣息剎那間煙消雲散，緊接著就聽見有人慌慌張張跑在走廊上的聲音，可是迦流羅的奶奶連一步都動不了。

她重重地跌落在榻榻米上。暈眩感非常重，而且血流不止。

「我也是……老糊塗了……」

「祖母大人!?」

她彷彿聽見真正的孫女在叫喚。

祖母大人！祖母大人！請您振作一點！──悲痛的叫喊聲在黑暗中迴盪。透過霧濛濛的視野，她能夠看見迦流羅在哭泣。孫女背後還有面色鐵青的黛拉可瑪莉・崗德森布萊德在。

「祖母大人，祖母大人，怎麼會變成這樣……」

她也不知道事情為什麼會變成這樣。

不過──在死前最後一刻還有機會尊重孫女的意願，也許她是幸福的吧。迦流羅的奶奶知道自己即將死亡，用盡剩餘的力氣微微開口。

──妳就隨心所欲生活吧。

她沒辦法再說更多的話了。迦流羅又哭又叫的身影逐漸模糊，耳邊再也聽不見任何的聲音。孫女就拜託妳了──那個吸血姬啞然失聲地望著這邊，除了將這份心願託付給她，地獄風車的心臟也在那一刻停止跳動。

東都新聞　十月二十日　早報

『「地獄風車」遭到暗殺——嫌犯是孫女天津・迦流羅

十月十九日當晚，在東都高級地段的天津家宅邸裡，「地獄風車」天津神耶女士（六十八歲）被人發現陷入休克昏迷。天照樂土警方指稱地獄風車的孫女五劍帝・天津迦流羅（十五歲）有殺人未遂的嫌疑，已經發布通緝令。天津家相關人士指出天津將軍長年來都因甜點鋪「風前亭」引發的一系列問題和祖母起爭執。在辯論會上天津小姐對外發表「將辭任大神」令兩人間的關係出現決定性裂痕。現場勘驗後發現天津女士疑似使用非法神具刺穿祖母的心臟……（中間省略）……黛拉可瑪莉・崗德森布萊德七紅天大將軍還出現在現場，成了目擊見證人。推測這兩人有可能是共謀犯案的共犯……（後面省略）。』

「……芙亞歐！這是怎麼一回事!?」

五劍帝玲霓．花梨眼下正厲聲質問芙亞歐．梅特歐萊德。

那名狐狸少女則是嘴裡說著「哎呀冷靜點，花梨大人」，笑起來的樣子有點瞧不起人。

「這是上天賜予我們的好運氣吧。這下人們對天津．迦流羅的評價一定會一落千丈。等到花梨大人在最終決戰打倒那傢伙──您就等同制裁了謀害祖母的大罪人，將會是為正義發聲的大將軍！到時花梨大人將會如同鯉魚躍龍門那樣，人氣水漲船高！」

「可是……這不管怎麼看都像是妳……」

「沒錯沒錯，都是我的傑作。天照樂土的最大情報站莫過於東都新聞，我有去那邊跟他們稍微知會一聲了。那幫人不會寫出不利於我們的報導。反而還會幫助花梨大能成為大神吧。」

那條狐狸尾巴搖來晃去，芙亞歐臉上浮現令人感到反感的笑容。

這裡座落於東都的高級地段──是位於玲霓家宅邸的某個房間。

今天早上竄入花梨眼簾的，是這一則離奇不已的新聞。那就是天津．迦流羅殺了她的奶奶。花梨覺得那未免也太誇張了。雖然那個少女卑鄙到偽裝實力，卻不至於做出這種無法無天的事情。

她能想到的犯人只有一個。

若是能夠抹黑迦流羅帶給人的形象，那樣對花梨陣營來說或許會有幫助，不過——

「芙亞歐，妳又擅自行動了。」

「做這些都是為了花梨大人好。」

「可是這位地獄風車是上一任大神，為了天照樂土鞠躬盡瘁。就算她是天津家的人，對她痛下殺手還是太……」

「有什麼問題嗎？」

那對大眼睛一直盯著花梨看。

這讓花梨有點狼狽。她就是有種感覺，覺得芙亞歐・梅特歐萊德身上散發一股不祥的氣息。先前還以為自己都有好好控制住她，但說真的，自己才是被這個狐狸少女玩弄於股掌之間吧？對方帶給她這種詭異的感覺。

「做這種壞事是必要的。古往今來不管是多麼棒的聖人君子，一旦要坐上王位，他們都會不擇手段將反對自己的人除掉。讓自己遊走於正邪之間也是很重要的喔。」

「可是——」

「還是您不想當大神？不是要保護這個國家不受恐怖分子侵擾嗎？我覺得花

梨大人才是適合統治天照樂土的人。我再問一次——難道您不想戰勝天津．迦流羅？」

這下花梨才想起來。

沒錯。她要戰勝天津．迦流羅，非勝不可。

若是那個小丫頭成為大神，天照樂土會滅亡吧。無論如何都不能讓這種事情發生。能夠坐上大神寶座的，只有她玲霓．花梨。不管要使用多麼骯髒的手段都無所謂。

「……說得對。我必須為了天照樂土挺身而戰，繼續這樣進展下去也不會有問題吧？」

芙亞歐這下臉上又堆滿笑容。

「是！我這邊還準備了很多策略喔！」

那就好像孩子在談論暑假計畫一樣，神情顯得天真無邪。花梨似乎感受到一絲寒意——但現在已經無法回頭了。

她要痛宰天津．迦流羅，成為大神。

花梨就只有這個目標要實現。

☆

天亮之前。

這裡是東都郊外的某間醫院——也是俗稱的「屍體安置處」。

我跟迦流羅、薇兒、小春和佐久奈造訪迦流羅奶奶被運進的房間。躺在床上的地獄風車就像真的變成屍體了，完全沒有任何動靜。可是她並沒有徹底死亡。強韌的體力和精神力似乎讓她陷入命懸一線的狀態。怪不得她能夠長年擔任五劍帝，還可以成為大神領導天照樂土。

那天夜裡——迦流羅的奶奶被不明人士襲擊。

等到我和迦流羅聽見聲音趕過去的時候，和室那邊已經變成血海了。這事情實在來得太突然，我什麼都做不了。迦流羅趕緊把鬼道眾叫來，讓他們展開治療，這才勉強把人救回來，若是再晚一點就會命喪黃泉——而且這次死了就再也醒不過來。

因為犯人使用的是神具。神具能夠讓魔核無效化，是很有殺傷力的武器。迦流羅的奶奶直到現在都還沒有醒來，都是因為魔核那邊沒辦法供給魔力幫助她恢復。

「行不通。回復魔法果然起不了作用。」

在床鋪旁邊輸送魔力的佐久奈搖搖頭，表情看起來很悲傷。

「沒辦法幫上忙，很對不起……」

「辛苦您了，梅墨瓦大人。魔核的力量無法注入到傷口中——是不是這樣？」

「是的，回復魔法基本上是讓魔核在魔力供給上加速的技術。遇到被神具弄出來的傷口就無法發揮效果。我想只能等待傷口自然復原……」

這時出現一聲巨大的「砰哐！」聲——有東西被破壞。

我驚訝地回過頭，發現是小春把床邊的扶手捏壞了。

「……不可原諒。一定要殺了犯人。」

「犯人恐怕是玲霓．花梨，不然就是玲霓陣營的人，應該不會錯。看了今天早上的東都新聞也知道。」

薇兒人就靠在牆壁上，雙手交叉在胸前，表情就跟平時一樣冷酷。可是我看得出來，這傢伙難得動怒了。她把那個什麼「東都新聞」拿給我看。我攤開來閱讀。佐久奈則從我身旁觀看那份報紙。

「那個……上面還寫迦流羅小姐被人通緝了。」

「這根本都是假的，一切都是花梨動的手腳。」

「被通緝這點並不是造假，剛才我們隊上的梅拉康契大尉已經跟我回報了。說天照樂土的警察部隊似乎已經展開行動——這間醫院是天津家在經營的，還能夠暫時讓我們躲藏一陣子，但我想早晚都會被發現。」

「可瑪莉小姐也被當成共犯看待，好過分。我看我還是去暗殺玲霓・花梨，把她的腦袋……」

「拜託不要弄得像黑道殺手一樣，若是被對手反將一軍就糟糕了。」

薇兒這時動手拉住從座位上起身的佐久奈。

我帶著苦澀的心情將報紙內容繼續讀下去。

雖然跟六國新聞的方式不一樣，但這些新聞內容也很棘手。上面煞有其事地寫著迦流羅襲擊奶奶，我還成了共犯加涉案人。

假如這些真的都是花梨做的，那已經不是做得太過火能夠形容的了。

那傢伙為什麼不惜做到這種地步也要傷害迦流羅？

「可是有些地方讓人想不透。總覺得玲霓・花梨陣營的權力實在太大了。可以合法賄賂，還能操控新聞報導——玲霓家在這個國家真的具備那麼強大的力量嗎？」

「玲霓家跟天津家的地位應該是差不多的。真讓人搞不懂——迦流羅大人……」

大家的視線不約而同集中在現場的某個點上。

只見迦流羅默默望著奶奶的睡臉，她眼裡泛著淡淡的淚光。對她來說很重要的家人碰到那麼慘的事——而且她還背負殺了奶奶的臭名——如果這樣還能平心靜氣，那種當事人肯定是毫無人性。

「迦流羅……」

「都怪我不好。是我太不爭氣——祖母大人才會遭受這種痛苦。」

「話不能那麼說吧，不對的人是犯人才對。」

「這我都知道！」迦流羅擦拭淚水並站了起來。「先前掉以輕心的我太愚蠢了，可是最愚蠢的是攻擊祖母大人的人！我要去花梨小姐那邊走一趟。」

迦流羅正打算奪門而出，薇兒卻擋在她面前。

「這也有可能是陷阱。我們再用【潘朵拉之毒】試一次吧。」

「詳情我不是很清楚，但現在沒空管那個了！祖母大人就交給醫院裡的人照顧。我們這邊不能再有人慘遭毒手，我要盡快去找花梨小姐說個清楚——」

「迦流羅大人！大事不好了！」

就在這個節骨眼上，病房的滑動式門板突然被人拉開，有人飛奔進來。

是跟小春一樣穿著忍者服裝的女孩子——應該是迦流羅的部下吧。她那表情就好像世界末日到來，快步跑到迦流羅那邊。

「是風前亭。那間店燒起來了……」

☆

我們在東都的大街上急匆匆地奔馳。

太陽開始從地平線上升起，這是和平的早晨時光——很難這樣形容。風前亭四周已經聚集一堆看熱鬧的群眾，引發好大的騷動。

接著我們看到的景象，不禁讓人懷疑是自己看錯了。

火焰在熊熊燃燒。

以前跟薇兒和迦流羅一起在那享用過點心的風前亭，如今被紅色的火焰吞噬，樣貌變得慘不忍睹。消防隊正在用水魔法救火。但明顯可以看出如今雖把火撲滅了，那間店還是救不回來。

「怎、怎麼會……」

「我們在用火安全上並沒有出問題，應該是被人放火了。」

「放火……!?妳是說放火嗎!?誰會做那麼過分的事情。」

「當然是那個人了，就是玲霓・花梨。」

當下悲鳴聲此起彼落。最後一根用來支撐建築物的支柱也斷了，整棟建築完全倒塌。當宛如地鳴聲的「嘶轟——————」聲響起，那裡也成了一座瓦礫山。為了逃離飛散的火塵，人們全都逃之夭夭。

迦流羅臉上的表情彷彿失去一切希望，持續望著逐漸崩毀的風前亭。

我也不知道該跟她說些什麼才好。

風前亭是迦流羅努力打拚出來的心血結晶，這同時也是支撐她的希望象徵，讓她以糕點師傅的身分繼續打拚下去。沒想到卻以這種形式毀掉，大家都料想不到吧。

這時我突然聽到有人說話的聲音。

那些看熱鬧的人望著迦流羅，偷偷在那邊交頭接耳。

「她遭到天譴了。」「天津大人真愛說謊。」「殺掉祖母未免太駭人了。」「那個吸血鬼不也是共犯嗎？」「我之前不該去風前亭買東西的。」——

「——才不是！迦流羅大人不會做那種事情！」

滿臉通紅的小春正打算過去抓住那些行人——可是還沒得手就被薇兒從背後架住，封住了行動。人們嘴上嚷嚷著「恐怖恐怖！」做鳥獸散逃之夭夭。小春手上還握著忍者用的暗器，手腳不停揮舞。

「放開我！那些人對迦流羅大人說了很過分的話！」

「若是襲擊行人，情勢會對我們更不利。不可以讓對手找到破綻。」

「那該怎麼做才好！依我看還是把花梨——」

「閣下！您沒事吧！」

有個熟悉的叫聲在這時傳來。

神不知鬼不覺間，看起來像枯樹的男人已經站在我背後了。是卡歐絲戴勒。大概是透過空間魔法那類的飛來這邊吧——不過來的人不是只有他而已。貝里烏斯和梅拉康契都來了。還多了一個被夥伴們撐住才能站著的人。

「約翰!?你之前都跑去哪啦!?」

「耶——！被關監牢的約翰弱到像個屁。卡歐斯戴勒想要舔閣下的玉腿。」

「簡單講就是約翰被囚禁在東都外郊的監牢中，沒有明顯外傷但是看上去非常衰弱。」

「明明就有外傷！我被那個臭狐狸用刀背打暈欸！」

約翰開始大吼大叫，他頭上確實出現一個大腫包。

「我說黛拉可瑪莉，對我出手的人就是那個叫玲霓・花梨的臭女人沒錯。那傢伙……那幫人一直想陷害第七部隊。」

「請你冷靜一點，海爾達中尉。究竟發生什麼事了？」

「我被玲霓・花梨襲擊。若是能夠還手就好了，可是她們使用很卑鄙的魔法。她的部下裡面不是有個長了狐狸耳朵的人嗎？那傢伙之前變成我的樣子。」

「什麼……」

我大吃一驚，犯人果然就是花梨。

她到底要做到多狠才甘心——不對，別的事情更重要。剛才約翰有說「變成他的樣子」，這個我不是很懂。

我本來想請他進一步解釋，碰巧就在這時。

「——你們是天津．迦流羅跟黛拉可瑪莉．崗德森布萊德對吧！待在那邊不准動！」

有人從我們背後大聲喝斥，要我們別動。

一群身上穿著制服的和魂種正在用肅殺的表情瞪視我們，那些恐怕是天照樂土的警察吧。看樣子我們被通緝的事情是真的。

這時小春來到迦流羅前方，做出庇護她的樣子。

「這是縱火，你們要去抓犯人。」

「根本就沒有犯人，我們接到的報告是店鋪自燃。」

「啊……!?」

在場所有人都傻眼到說不出話來，這樣的處理方式未免太隨便，不免讓人聯想他們可能遭到施壓。那些警察目不轉睛地盯著我們，開口時一副高高在上的樣子。

「而且櫻翠宮那邊已經發出逮捕令了。天津．迦流羅和黛拉可瑪莉．崗德森布萊德除了殺人未遂，還有共同謀逆試圖顛覆國家的嫌疑，所以要逮捕妳們。」

「我們又沒做那種事情！不准亂栽贓！」

「怎麼可能是亂栽贓！這可是大神大人下的聖旨！」

當下所有人都覺得很震驚。

大神下的聖旨。也就是說那個看起來心地善良的人、支持迦流羅實現夢想的人，都沒有進一步調查就決定逮捕我們。

不對等等，怎麼可能會這樣，應該是被動了什麼手腳——

當我們還在僵持不下，風前亭的滅火行動也結束了，最後只剩下燒得一片焦黑的建築物殘骸。迦流羅實現夢想的第一步遭到粉碎，變得慘不忍睹。

我轉頭看向迦流羅。

她一直在哭泣。淚水不停從眼中流出，人杵在原地。

開什麼玩笑，怎麼能夠容許這種事情發生。

我帶著怒意轉頭看那些警察——這才發現不知道是什麼時候的事情，那些部下已經站在我前方，也用不善的眼神盯著對方看。

「——閣下，這次就連我都忍不住要生氣了呢。」

卡歐斯戴勒這句話是邊笑邊說的，可是他的眼神絲毫沒有半點笑意。

「喂，你們幾個打算做什麼？」

「玲霓・花梨陣營的行為已經不能當作視而不見了。竟說崗德森布萊德閣下殺害天津・迦流羅的祖母？瞧不起人也該有個限度，我們可不會耍那種骯髒小手段。」

「卡歐斯戴勒說得沒錯，而且她們還對天津大人做出這種事，簡直是毫無人性。現在就先讓眼前這幫人見識我們的力量吧。」

「耶——！閣下的敵人就是我的敵人。炸到他們血花四濺——去死吧。」

「不可原諒……竟然敢這樣愚弄我——！」

砰轟——！約翰的身體噴出一道火柱，周遭那些人都發出慘叫四處逃竄。這些警察趕緊把刀子拔出來。喂快住手啦！在這種地方戰鬥可能會受傷啊！——我超想喊出這句話的。

但還沒把話喊出來，梅拉康契的爆裂魔法就先發動了。

緊接著下一瞬間——

「咚哐——！」用這樣的狀聲詞來形容也顯得小巫見大巫，現場發生超級大的大爆炸。在爆炸的帶動下，卡歐斯戴勒和貝里烏斯還有約翰都朝著爆炸引發的烈風衝過去。濃煙不停向上冒，煙霧後方傳來淒厲的戰鬥聲響。

「那……那幾個人在幹什麼啦——!?」

「這裡連魔核都沒有，未免太莽撞了。但這樣能替我稍微出口悶氣。多虧他們絆住警察的腳步，我們才有多餘的時間可以用。」

薇兒這句話倒是提醒我了。

有些事情讓我很在意。為什麼玲霓・花梨可以擁有那麼大的權力？一直在聲援迦流羅的大神，怎麼會從頭到尾都袖手旁觀。答案——就在大道的盡頭。去那個樸實無華卻散發強大氣息的「櫻翠宮」應該就能找到答案。

我靠近光顧著呆站原地的和風少女。

「迦流羅，我們走吧。」

「……要去哪？我的夢想都結束了。店鋪被人毀掉……祖母大人也快要不行了……接下來我還能做什麼。」

「什麼都不做也沒關係！」我抓住迦流羅的雙肩，要她面向我。那對圓睜的雙眼目不轉睛地凝視我。「妳只要跟隨我就好了！我……不會放過做出這種事情的人。他們簡直是瞧不起人。把迦流羅很珍惜的東西一樣一樣奪走。我絕對……絕對……」

「請、請問——可瑪莉小姐……？」

不知道為什麼，就連我都開始流淚了。我用袖子把淚水擦掉，可是眼淚卻停不下來。

看到迦流羅露出那麼悲傷的表情，我心中就湧現無盡的勇氣，還有無止境的怒火。

「總而言之！我們先直接去找大神談判吧，求她出面阻止花梨。」

「可是……逮捕令好像就是大神大人發出的……」

「那有可能是哪邊弄錯了吧！所以我們先去宮殿那邊──」

「可瑪莉小姐！有流彈！」

有刀子的碎片飛了過來，佐久奈替我用魔杖打掉了。別的方向還傳來喊叫聲，看來是警察的增援部隊來了。不對──那並不是警察。

「好像是天照樂土軍隊的第四部隊。如果真的跟他們對上了，到時候一定會遭到逮捕。我們趕緊前往櫻翠宮吧。」

「有可能。我們走，迦流羅！」

「咦──呀啊！」

我拉著迦流羅的手跑了出去。

背後有人在喊「站住，崗德森布萊德！」大概是某個五劍帝──才剛剛想到這邊，那瞬間就聽見一個巨大的「咻嗡！」聲，有個像箭矢一樣的魔法從我身旁擦過。我捏了一把冷汗，可是現在沒空去害怕。

「為什麼……為什麼可瑪莉小姐要做到這種地步……」

迦流羅似乎有什麼話想說。背後有光之箭矢高速飛過來，被薇兒用暗器打開。

小春發動謎樣的忍術，朝著敵軍射出大量的飛針。

「妳為什麼要這麼拚命？不是和平主義者嗎？沒必要為了天照樂土的事情讓自

己深陷這種危機……」

「那是因為迦流羅是我的朋友啊！」

我情不自禁高喊，迦流羅好像在當下呼吸一窒。

佐久奈還發動魔法。狂烈的冷氣沿著大地蔓延，讓道路「劈劈啪啪」地結凍。可是敵軍卻透過身體強化魔法或是其他的，輕輕鬆鬆飛越冰面。我差點一不小心跌倒，是薇兒把我拉起來的，但我在那時依然不忘用盡力氣大叫。

「我很尊敬迦流羅。迦流羅跟我很像……明明很像，妳卻還是努力實現夢想。所以……我不允許其他人毀掉這些。」

「可是！」

「沒什麼好可是的！若是不擊潰花梨，我就覺得不暢快！那傢伙做的事情是錯的！若是不好好說說她，她根本不會醒悟！」

「可是可是！可瑪莉小姐——一直覺得自己很弱不是嗎？」

「那當然啦！我可是人稱最強卻又最弱的將軍！要是沒弄好搞不好還會惹毛花梨，被她殺掉——可是一想到迦流羅的心情，我就覺得那些都沒什麼大不了的！」

說真的當然很大不了。

我也很怕正面迎戰花梨。

但我有預感，若是對那傢伙置之不理會出大事。迦流羅奶奶說的話並沒有錯。

玲霓・花梨是不能去當大神的那種人。

我不經意轉頭，看見迦流羅正在用力擦拭眼角。

「可瑪莉小姐，妳真的……是個笨蛋呢……」

「我知道自己很笨……我們一起去見大神吧。」

「好。」

就在那瞬間，背後似乎湧現一股巨大的魔力。

迦流羅不小心絆到腳跌倒，我也因為這樣「啪噠！」一聲倒向地面。等到我回過神，一切都太遲了。薇兒跟佐久奈慌慌張張詠唱某種魔法，小春則是用肉眼看不清的速度將忍者暗器丟出去。

敵人那邊的將軍在大喊。

「上級刀劍魔法【神速矢】。」

我慌慌張張轉過頭，試圖爬起來——接著就看見一個巨大的光之箭矢朝我眼前逼近，想避也避不掉。為了迎接即將到來的疼痛，我緊緊閉上眼睛，緊接著——

在一聲「砰！」之後，幾乎要把耳膜衝破的巨大槍響響起。

過於驚訝的我睜大眼睛，照理說應該近在眼前的光之箭矢忽然間消失無蹤。是不是薇兒或佐久奈幫忙弄掉的？——但我好像想錯了。

「哇哈哈哈哈！這點程度的小伎倆沒辦法打掉我的子彈，你們這些卑劣的和

© riichu

魂種！」

此時從高處傳來一聲叫喊。

感到驚訝的我將視線迎向上方。就在公眾澡堂的屋頂上，有個一身白的少女站在上頭。裝備在她身上的巨大長槍槍口不停冒出魔法產生的煙霧。恐怕是她發射子彈為我們打掉魔法的吧。不對，就算是那樣好了——

「普洛海莉亞!?妳在做什麼啊！」

「我只是在做我自己想做的事罷了。妳有沒有看過今天早上的新聞？那個是玲霓・花梨耍手段弄出來的。我不喜歡這種做法。當君主的人就該清廉——都還沒有弄清楚真相，你們幾個就要被逮捕，這樣我看不下去啦。」

身為六凍梁的普洛海莉亞・茲塔茲塔斯基舉著槍枝，還在瞪視敵人那邊的將領。

薇兒把我扶起來，我嘴裡發出感嘆的嘆息。那傢伙明明是玲霓・花梨陣營的人——卻不惜無視白極聯邦政府的方針也要來幫助我們。

「來吧，你這個不知名的將軍。既然你想要抓住她們，就讓我來當你們的對手吧。」

「普洛海莉亞說得沒錯！」

我還聽見別的聲音。就在事發的下一刻，有個少女在遙遠的高空中轉了好幾圈，接著落了下來。

她「嘶咚！」地華麗著地，擺出謎樣的戰鬥姿勢——這個人就是有著貓耳的少女莉歐娜・弗拉特。她用眼角餘光看我們，手中在凝聚魔力。

「這裡就交給我們吧！雖然我討厭想要養貓的人，但我希望能夠成為妳們的助力。總覺得這個國家飄散著危險氣息。你們趕快去大神那邊，把事情通通釐清吧。」

「哇哈哈哈哈哈！來呀戰爭要開打了——去死吧！」

普洛海莉亞再度發射魔法子彈。

巨大的槍聲連連作響。過沒多久，天照樂土軍隊那邊就發生大爆炸了。

大爆炸一炸完，莉歐娜就朝著敵軍高速進擊。比起剛才警察和第七部隊之間發生的衝突，這次的更加壯烈。每當有槍聲作響，屍體和爆裂聲也會跟著四散。莉歐娜的拳頭貫穿敵人的心臟，血液朝著四面八方飛散開來。周遭那些建築物逐漸遭到破壞，四周都是人們的慘叫聲和怒吼聲。

這也做得太過火了吧——我並沒有那麼想。

現在沒空在這邊當木頭人了，因為我覺得對手他們做得更過火。

「可瑪莉大小姐，我們走吧！」

在薇兒的催促下，我們再度奔跑起來。

「怎麼了怎麼了？」「又是暴動!?」「是天津將軍！」「那個吸血姬也在！」——

在人們的歡呼聲包圍下，我們穿梭在大街小巷之間。最後終於看見大神所在的櫻翠宮大門出現在眼前。那裡還有同時也是天託神宮主神的巨大櫻花樹來當醒目地標。

「你們是什麼人！站住——咕噗！」

身上帶著槍械的衛兵變得像紙屑一樣，人就這樣飛了出去。那是小春用肉眼來不及追上的速度踢出迴旋踢造成的。我們直接穿過大門進到櫻翠宮裡頭。

這裡不像姆爾納特宮殿那麼華麗。樸素典雅的走廊蜿蜒繚繞，延續出一番風景——但又帶給人沉著肅穆的感覺，是一座「和風」城塞。原本還以為巡邏的士兵會攻擊我們，卻沒發生那種事。宮殿內部安靜到讓人驚訝的地步。

「走這邊！」

小春用手指指的方向有一扇巨大的木製拉門。佐久奈、薇兒和小春這三人合力將門打開，接著就出現一座巨大的大廳。

從那股氛圍就能看出。這裡肯定等同姆爾納特宮殿裡的「覲見大廳」。最後方有垂簾垂著，大神就在垂簾之後吧？

沒想到——當下立刻看見一道人影從簾子後方現身。

對方頭上戴著太陽形狀的髮簪，身穿莊嚴的和服。更重要的是她用巨大符咒遮住真正的樣貌，這樣的打扮別具特色。

她肯定就是天照樂土的大神。

「——哎呀？各位這是怎麼了？」

「大神大人！」

迦流羅連頭髮都亂了，邁步跑向大神。

「事情怎麼會變成這樣!?我為什麼會被軍隊和警察追趕？外界怎麼會說我試圖殺害祖母大人!?」

「難道有證據可以證明不是妳做的？」

「證據——」迦流羅頓時有些語塞，接著又說，「雖然我沒有證據！但我不可能做出那種事情！關於這點，大神大人應該也很清楚吧!?」

「我不清楚呢，一點都不清楚。」

「為、為什麼……」

「要說為什麼——那都是因為我不是大神啊！」

這下所有人都錯愕了。

「砰呼！」——大神的身體噴出大量煙霧。薇兒在第一時間拉住我的手抱緊我，我完全反應不過來。現場應該是沒有魔力反應的，可是等到我們發現的時候，大神的身影早就消失了。出現在那裡的反而是——

毛茸茸的金色尾巴，動來動去的狐狸耳朵。

還有——瞧不起人的邪惡笑容。

「妳們中計了喔！大神的真面目是芙亞歐・梅特歐萊德！我可是玲霓・花梨大人門下的食客喔！」

這下我驚訝到嘴巴都合不攏了。

感到動搖的小春朝芙亞歐靠近一步。

「怎麼會這樣!?妳是……怎麼……」

「因為那就是我們的作戰計畫！花梨大人給了我『傾國之狐』的稱號，我這次的舉動真是配得上這個稱號，讓我很自豪喔！」

芙亞歐在那哈哈大笑。

這名少女怎麼會變成大神？是說她怎麼有辦法變成別人——那真正的大神跑去哪了？花梨知道這件事嗎？芙亞歐是從什麼時候開始假冒成大神的？天照樂土政府在這段期間內又是如何運作？

這些實在太難以解釋了，我的頭腦都快爆炸了。迦流羅似乎跟我一樣，她的嘴巴一張一合好幾次，最後好不容易才擠出這句話。

「那大神大人……跑去哪裡了……？」

「我已經讓大神大人消失了。」

在場所有人都跟著看向聲音的出處。

有人從柱子後方現身。是頭上戴著虹彩髮飾的武士少女——玲霓・花梨。她臉上有著冰冷的笑容，人則是逐漸朝我們走近。

「那位大人一直很偏袒迦流羅，我認為這樣下去對天照樂土沒有好處，於是就使出強硬手段。」

「妳說讓大神大人消失——是把大神大人弄去哪了!?」

「花梨大人花梨大人！我們有約好不能說這個喔。若是我一直假冒大神的事情被人發現，形勢可是會逆轉的。」

「不至於出問題吧，又沒有留下任何證據。」

「證據當然有！妳們出現在我的眼前，這就是最大的證據！我現在就叫人過來！小春，妳去看著他們！」

「沒用的，我已經把櫻翠宮的人都支開了。就算妳們真的把人帶過來，在沒有證據的情況下，一樣起不了什麼作用。」

「怎麼可能奈何不了妳們！那個狐狸使用的是變身魔法吧。就算變成大神大人的模樣，只要找精通魔法的人來做調查，一下子就會發現的。」

「這不是魔法——芙亞歐，讓她們看看。」

「遵命！烈核解放【水鏡稻荷權現】。」

像煙霧一樣的東西頓時「砰呼！」地充斥整個空間。接著我還以為自己看錯了，剛才她明明還是個狐狸少女——如今出現在那裡的少女卻長得和迦流羅一模一樣。

不是只有一模一樣而已，簡直就是鏡子裡的倒影。

「祖母大人，祖母大人。」

有著迦流羅樣貌的芙亞歐笑了起來。

就連聲音都相似到恐怖的地步。

「祖母大人——我接近她的時候說了這句話，得來全不費功夫。那個地獄風車也老了。或者該說她碰到孫女，人就變軟弱了？」

「是妳、是妳……把祖母大人……！」

「那種事情也沒什麼要緊的吧——重點是，我用的這個並非魔法，而是能夠反映心靈強度的特異能力『烈核解放』。所以你們若是要針對魔力做調查也沒什麼用。就像花梨大人說的那樣，等於是找不到證據。」

「為什麼要對祖母大人做那種事情！都是因為妳的關係……祖母大人才會……！」

「這都是為了贏得選舉！適合坐上大神寶座的不是天津・迦流羅，而是玲霓・花梨。若是要引導國家往正確的方向發展，出現些許的犧牲也是迫不得已的！但她好像沒死成就是了。」

話說到這邊，芙亞歐還笑了出來，一副嘲弄的樣子。

這下我全都明白了。東都新聞之所以會抹黑天津・迦流羅陣營到非必要的程度，大神會試圖逮捕我們——還有再往前回顧，連玲霓・花梨陣營被允許對人賄賂，都是因為這個狐狸少女假裝成大神濫用權力的關係。

過於懊悔的迦流羅淚流滿面。

對方出的招數實在太狠毒了，小春整個人都呆住了。

簡直讓人不敢相信，沒想到這個世界上還有那麼邪惡的人。我該怎麼辦才好？乾脆把第七部隊那幫人都叫來這裡好了——我心中產生平時不會有的殺意，就在這時……

「為什麼要跟我們會面？」

薇兒這時靜靜地說了那麼一句，那聲音聽起來隱含怒火。

「既然妳們會特地在櫻翠宮這邊等我們，那就代表妳們已經準備和我們對談了。是不是早就猜到我們會過來這邊？」

「對喔是有這麼一回事。」看花梨那態度彷彿直到現在才想起來，「我並沒有真的要把妳們抓起來制裁。那些都是要做給民眾看的——只不過是要讓他們產生一種印象，覺得『天津・迦流羅很邪惡』罷了。」

「妳說邪惡是吧。做出這種事情的人，我個人覺得沒有當君主的器量。」

「——吶，迦流羅，我就是看妳不順眼。」

花梨將薇兒的話當空氣，反而將矛頭轉向迦流羅。

她眼裡有著純粹的憎恨。那些都是對迦流羅的恨意，如假包換。

「妳居然說就任成為大神就要馬上辭退，去當糕點師傅？說這些簡直是在戲弄他人。我是絕對不會允許的。既然目標是要當上大神，那妳就要擁有成為大神的決心。」

「總而言之！」這次換芙亞歐大叫。她已經在大家沒注意到的時候變回狐狸的樣子了。「花梨大人是希望迦流羅大人想要當上國主是出於真心！碰上對這場競爭興趣缺缺的對手，對決起來也沒什麼意思。不值得被我們擊垮！」

「那、那種事情！跟妳沒有關係吧！我可是——」

「閉嘴！」

花梨當場發出怒吼，這讓迦流羅嚇到連肩膀都震了一下。

「妳也不想想我一路走來都有什麼樣的感受。就是有妳這種人存在，害我不把那些事事當兒戲的人親手葬送就不甘心。這麼做也是為了天照樂土好。像妳這種想法天真的笨蛋若是成為領導人，這個國家一定會滅亡。」

我好像明白什麼了。

這個少女是在嫉妒迦流羅。她希望彼此都能使出全力，再來分個勝負。她們兩人之間一定曾經有過某些糾葛，那是我無法理解的。

可是，就算是這樣。

不管有什麼樣的理由——花梨做的事情都不可原諒。

我向前一步，擋在迦流羅和花梨之間。

「……我不知道妳遇過什麼事情，可是迦流羅是不會輸的。」

「妳愛怎麼說就怎麼說吧，崗德森布萊德。我要成為這個國家的至尊。為了實現這個目標，要我不擇手段也在所不惜。」

「那怎麼行！」

我也沒想太多，不顧一切大叫。因為我覺得自己必須這麼做。

「做出那麼過分的事情，這種人哪配當大神！若是拿妳跟迦流羅來比，迦流羅當國主比妳適合多了！贏的人一定會是迦流羅——」

嘶嗡。

好像有某種東西在那剎那間改變。

我怎麼可能來得及反應。芙亞歐的刀劍一閃而過，她砍過來的動作快到像疾風一般。我這才發現那銳利的刀刃已經逼近至眼前，都不知道是什麼時候接近的。

「可瑪莉小姐！」

等到我聽見佐久奈的聲音，一股白色魔力也在那瞬間爆發。我跟芙亞歐之間出現一道冰做的保護牆。對方的劈砍用力砍在冰牆上，碰撞聲在耳邊響起。隔著一層透明的冰，芙亞歐那充滿殺意的雙眼正在發光，但我無暇為這千鈞一髮的馳援感到安心。

啪唧——

因為那把刀破壞了冰牆，朝我這邊猛刺過來。

「妳已經做好覺悟了嗎？黛拉可瑪莉．崗德森布萊德。」

「覺、覺悟這種東西——」

「可瑪莉大小姐！請您退開！」

旁邊有暗器飛過來，將芙亞歐的刀彈開。薇兒還跳過來擋在我身前保護我——但芙亞歐狠狠朝著她的腹部踢了一腳。

薇兒的後腦勺直接撞上我的鼻子，害我眼冒金星。被踢飛的薇兒將我撞倒，我整個人在地板上滾了好幾圈。這是怎樣？為什麼沒頭沒腦就打過來了？——無數的疑問在腦袋中盤旋，找不到答案的我在地面上滑行，這才發現自己在不知不覺間已經被薇兒抱住了，人變成蹲坐姿態。

「薇兒！妳沒事吧？」

「只是肚子有點痛。這點小傷……」

可是薇兒妳看起來好痛苦。

連點聲音都發不出的我轉頭看芙亞歐。金色的狐狸少女已經神不知鬼不覺來到我們面前，並直立於該處。她臉上浮現的笑容跟剛才那種很不一樣，一雙眼還居高臨下地望著我們。

「我不想等到最終決戰了。來吧黛拉可瑪莉，我們來廝殺一番如何？」

「在、在說什麼——」

咻！——一道劍光無預警劃過。

我的肩口出現不對勁的感覺。緊接著——灼熱的痛處就襲向全身。

血液在我來不及察覺的情況下，已經從肩膀流淌而出。遲了一會，我才知道自己被人砍中了。

「唔，好、好痛……」

「可瑪莉大小姐!?芙亞歐．梅特歐萊德！我絕對不會放過妳——」

這次薇兒的臉被迴旋踢擊中，讓女僕的身體狠狠地打轉。這次換成佐久奈和小春一左一右來襲，過程中悄聲無息。魔杖和忍者用的暗器眼看將要打中芙亞歐，沒想到在那瞬間——一陣煙霧「砰呼！」地瀰漫開來，狐狸少女的身影也消失了。

「咦——？跑、跑去哪了!?」

「在這。」

「鏗！」的一聲，有個悶悶的聲音出現。那是因為佐久奈和小春的後腦勺都被人用刀背打中。剛才那個八成是幻術魔法之類的吧——我推測到一半，眼見那兩個人連發出叫聲的機會都沒有，就這樣昏厥了。

我按住肩膀愣在原地。

薇兒、佐久奈和小春都在轉眼間被人幹掉。至於迦流羅，她早就已經腳軟，連動都沒辦法動，只知道發抖。那個少女是怎樣，是不是打算在這邊分個高下？——我害怕地向上看。

嘶嗡。

「——好弱！太弱了呢，這樣連陪我玩遊戲都不夠格。」

芙亞歐那纖細的手指放到我的下巴上。

那瞧不起人的笑容就近在眼前。

「是不是很痛？很不甘心？看到夥伴被人打得那麼慘，很生氣是嗎？——但這都是妳們跟玲霓・花梨大人作對的報應！現在就讓妳們來血祭這把刀當刀鏽！」

「為——為什麼要做這種事情!?太莫名其妙了！快跟大家道歉！」

「道歉也沒什麼意義啊！因為接下來妳就要死了！」

芙亞歐的手指上沾著我的血液，她將那些舔掉。還將刀子慢慢舉了起來。過於恐懼的我連動都動不了。為什麼事情會變成這樣——毫無頭緒的我僵硬得像顆石頭，就在這個時候——

「給我住手，芙亞歐！」

那是花梨發出的怒吼。芙亞歐這才停下動作轉頭看那。

「住手？為什麼？」

「妳太我行我素了！若是在這邊殺了她們，天舞祭還辦什麼！而且黛拉可瑪莉・崗德森布萊德很危險。隨隨便便出手會把事情鬧大。」

「唔嗯。」芙亞歐先是想了一下才開口，「——開玩笑的啦，開玩笑的！我是想說這樣一來，對手在最終決戰上才會認真應戰啊。哎呀剛才真是冒犯了，黛拉可瑪莉大人！我好像做過頭了呢。」

只見芙亞歐轉過身去。

我完全呆掉了，連發出一點聲音都辦不到。

這兩個人——到底在想什麼？

「花、花梨小姐！妳做出這種事情，難道還以為別人會這麼算了!?」

「哎呀迦流羅大人！妳是不是很生氣呀？大可將您的怒火都灌注在花梨大人身上！這位大人一直以來在期待的就是那個喔！」

「就像她說的那樣，迦流羅。」

花梨帶著不屑的笑容望向迦流羅。

還從懷中取出某種東西，是魔法石。

「明天早上就會迎來天舞祭的最終決戰……若是妳願意提起勁來應戰，我倒是會很高興，那代表我這樣逼妳沒有白費。我很期待擊垮妳的那瞬間到來。」

有一股魔力氣息，花梨手掌中的魔法石發動了。是不是要攻擊我們啊——想到這邊，我變得渾身緊繃。可是不管過了多久，魔法都沒有打過來。

也不知是什麼時候的事，花梨和芙亞歐的身影已經消失了。

看來那個是用來【轉移】的魔法石。我癱坐在原地，連動都動不了。身上就只剩無法可解的無力感。

不過——無論如何都要戰勝才行。

若是放任花梨胡作非為，天照樂土將會大亂，我有這種感覺。

我還偷看迦流羅臉上的表情。她一臉哀莫大於心死的樣子，整個人無力地蹲坐在地上。為了這個女孩，我必須努力。我的手用力緊握成拳頭狀，還下了這樣的決心。

幸好剛才被打的那三個人幾乎都沒受什麼傷。

也許對方已經手下留情了。

☆

天照樂土軍的第四部隊撤退了。

還有原先在遠方鬧出動靜的警察也都消失了。

「——哼。是不是大神下令要他們撤退?逃跑的速度倒是挺快的。」

手裡還拿著槍，普洛海莉亞・茲塔茲塔斯基在口中小聲咒罵。

她殺掉十六個人。相對的，我方人員損傷是零。最強的六凍梁大將軍怎麼可能為這點程度的戰鬥受傷。反觀「在地上爬」的莉歐娜・弗拉特，奮戰後的她，身體各處都出現擦傷。這裡沒有魔核可用，害她變得比較辛苦。

「把——討厭!都逃走了啦!原本還想把他們都殺了。」

「妳先冷靜冷靜。」普洛海莉亞在說這話的時候，人還從公眾澡堂的屋頂跳下來。「我們的目的是讓黛拉可瑪莉和天津・迦流羅逃走，晚點再去跟她們打聽消息吧。」

「不對吧……我們不是已經加入花梨陣營了嗎?去問花梨不就好了?」

「妳有夠笨的，貓腦袋呀?」

「貓腦袋!?那是什麼!?」

「玲霓・花梨是萬惡的根源。這個東都飄散著強烈的邪惡氣息——而且還是以花梨為中心。妳應該聽得見吧？就算不想聽，還是會聽見那些辛辣的言詞。」

普洛海莉亞開始專心聽取那些聲音。

遠方傳來人們的說話聲——「迦流羅大人是不是真的殺了祖母？」「我看就像花梨大人說的那樣吧。」「真討厭。讓那種人當大神好討厭。」「聽說風前亭那邊的糕點還加了毒藥呢。」「現在想想會覺得天津陣營老是在做些卑鄙的事情……」

擁有野獸耳朵的莉歐娜似乎也隱約注意到了。

這座東都充斥著惡意，那些卑劣的惡意都是有人刻意散播出去的。

「——可是……」

這時莉歐娜的腦袋歪向一旁，開口說了些話。

「可是，聽見的聲音並不是都在批判迦流羅而已。東都這邊的人並非都是傀儡。還是有人會靠著自己的眼睛、耳朵和感性來判斷。」

「沒錯，所以我才覺得可恨。玲霓・花梨想要把對手抹黑成卑劣的人，用來誆騙人民。我不太喜歡這種『侮辱人民』的人。」

「也對——說得沒錯。我最討厭的就是嫁禍栽贓，還有放火之類的。」

「說得太對了！還是第一次看見有人做事做到那麼絕的！絕對不能放過她！」

普洛海莉亞除了氣到跺腳還大吼大叫。

這些話說得真是太對了。她遵從書記長的命令加入玲霓・花梨陣營——但她根本沒有當君主的氣度，不值得她這個普洛海莉亞・茲塔茲塔斯基閣下特地出手幫忙。

她才懶得管書記長的命令是怎樣。

就算之後會被處罰也無所謂。既然事情演變成這樣，那就讓她按照自己的喜好行動吧——打定主意後，她正準備跨步走人，就在那瞬間。

懷裡的通訊用礦石出現魔力反應。

很不巧的，這次的訊號來自書記長。嘴裡「嘖」了一聲，普洛海莉亞將魔力注入礦石中。很快的，她的聲音就傳回遙遠的北方故鄉。

「我是普洛海莉亞。如果想要跟我通話，拜託事先聯繫一下，那樣我會很感激。」

『那接下來就讓我跟妳通話吧——我說普洛海莉亞，妳這一趟真是讓我大開眼界呢。』

一旁的莉歐娜正感興趣地看著這邊。

不能讓她聽到機密事項，於是普洛海莉亞嘴裡「噓、噓！」幾下，並揮手要她離開。

『這下必須改變計畫了。』

「當初的計畫應該是要擁立玲霓・花梨當大神吧。」

『沒錯，玲霓・花梨不是當君主的料。因此她若是成為大神，天照樂土的國力將會大幅衰退，要改造成白極聯邦的傀儡也不是不可能。』

這個混帳王八蛋，普洛海莉亞在心裡暗罵。

『等到玲霓・花梨成為大神，天津・迦流羅就無法當上大神。那樣將會為我國帶來豐碩的利益。因為這樣就能使用天津・迦流羅的能力。要是她成為大神，跟她接觸的機會也會減少。』

「這部分我無法理解。天津・迦流羅到底是有什麼樣的力量。」

『晚點在對戰中，妳就能體會了——先不談這個。若是要按照當初的計畫，讓玲霓・花梨成為大神，事情會有點不妙。這樣下去是真的很不妙，如此一來別說是要讓那個國家當傀儡了，連天照樂土都會滅亡。』

書記長先是發出誇張的嘆息聲，接著嘴裡才說了這番話。也不知道那些話裡占了多少認真的成分。

『我說普洛海莉亞，妳對玲霓・花梨的做法不是很能接受吧？』

「若是要我實話實說，確實是那樣。」

『那妳就照自己的喜好行動吧，我允許妳那麼做。』

普洛海莉亞的眼睛跟著睜大。這次吹的是什麼風啊。但總比被人逼迫做不想做的工作還好，而且是好很多。書記長接著又補上一句『但是』。

『要小心那隻狐狸。』

「狐狸？是在說芙亞歐·梅特歐萊德嗎？」

『對。她跟玲霓·花梨走在一起，似乎有什麼企圖，所以我們不能讓她得逞。不可以讓玲霓·花梨獲勝。』

「那是什麼意思？」

感覺在礦石另一頭的書記長似乎笑了。

『——那傢伙是披著人皮的怪物，她身上有這種氣息。』

☆

從小她就被人耳提面命，要她「成為下一代君王」。

雖然內心很抗拒，但天津·迦流羅在這之前還是只能唯唯諾諾聽從安排。

所以她才會成為五劍帝——被迫參加不想參加的戰爭——最後還被逼著參加天舞祭，成了大神候選人。

可是，自從遇到黛拉可瑪莉·崗德森布萊德，一切都變了。

她獲得勇氣，能夠讓她在人生中堂堂正正追求夢想。之前看見可瑪莉對著花梨大肆批判，她的心便震撼不已。而且多虧有她，自己才能取得奶奶的諒解，不管再怎麼感謝她都不夠。

今後我可以自由自在生活——原本是這麼想的。

如今這份心情又是什麼呢？

被人栽贓嫁禍——奶奶遭到花梨殺害——風前亭被人放火——當她默默承受這些卑劣的打擊，心中也覺得鬱悶，想著「這樣下去真的好嗎？」。

奶奶一直以來擔心的事情越來越有可能成真，讓迦流羅如坐針氈。

若是放任玲霓・花梨為所欲為，天照樂土或許真的會有悽慘下場。

假如、假如她在天舞祭中獲勝了——之後卻說「我要當糕點師傅」並辭去大神的職務，這樣會變得如何？東都肯定會陷入大混亂。花梨和芙亞歐這種邪惡分子一定會再度伸出魔爪。

——妳就隨心所欲活下去吧。

奶奶曾經對迦流羅說過類似的話。

在這個世界上，沒有人是能夠隨心所欲過生活的。只做自己喜歡做的事情，就這麼活下去——像這樣的人，在這個世界上並不存在。

「不可原諒，花梨……」

這時小春的手已經緊緊握成拳頭狀，嘴裡唸唸有詞。

東都。就在天津本家的庭院裡，天津・迦流羅陣營的人馬再度匯集。有迦流羅、小春、可瑪莉、可瑪莉的女僕薇兒海絲、佐久奈・梅墨瓦。

先前被芙亞歐弄昏的人很快就醒了，或許那個狐狸少女使出的攻擊「頂多只會讓人失去意識」。雖然可瑪莉被芙亞歐弄傷了，但她似乎有透過【轉移】魔法石瞬間回到姆爾納特，讓傷口復原再回來。

還有可瑪莉的部下，那四個狂暴之徒也來這集合了。他們說警察並沒有過來追殺。恐怕是假冒成大神的芙亞歐下了某種命令吧。不過——也不能因為這樣就自顧自感到開心。因為情況並沒有好轉的跡象。

此時薇兒海絲用冷靜的語調說「不會有問題的」。

「明天才要做最終決戰。我們就在決戰中把他們教訓得體無完膚吧。那些敢讓可瑪莉大小姐受傷的大笨蛋，我要讓他們全都下地獄。這樣一來什麼問題都解決了。」

「真的有解決嗎？迦流羅小姐的奶奶還沒有從重傷中康復呢。」佐久奈說完這句話還皺著眉。

「閣下！第七部隊的風評也遭到很大的損害。若是要解決這個問題，我們必須展現壓倒性的力量。依我看立刻進攻玲霓家的宅邸才是上策。」

「……那個，卡歐斯戴勒先生，我覺得像那樣訴諸暴力不是很好……」

「!?——恕、恕我失禮，梅墨瓦閣下。」

「啊哈哈哈！快看，卡歐斯戴勒這個臭小子被罵了呢。平常一天到晚都說我是『不會思考的子彈』欸。」

「耶——！沒用的約翰像子彈，愛偷看女生澡堂的慣犯咕呸！」

「那種東西沒人聽得懂啦，混帳！」

「你安靜點，約翰。現在應該要先想想接下來該怎麼做吧——」

那些夥伴開起類似作戰會議的討論會。

可是迦流羅沒辦法集中精神。「我就是看妳不順眼」這句話不停在腦海中來回打轉，那是花梨曾經說過的話。她這樣子過生活，看在花梨那種人眼中也許真的很愚蠢——

「妳還好嗎？迦流羅。」

她突然聽見有人跟自己說話，這才抬起臉龐。

可瑪莉正一臉擔憂地望著她。

「……我沒事，謝謝妳替我擔心。」

「迦流羅妳用不著擔心任何事情。我本身確實是很弱，但第七部隊那幫人超強的，而且佐久奈也會偷偷參戰。我們是不會輸給花梨的。」

這些安慰人的話語刺痛她的心。

這個少女明明也吃了苦頭。

這下迦流羅才想通。我懂了——總是靠其他人幫忙，那樣未免太遜了吧。身為參加天舞祭的候選人，在這邊扭扭捏捏未免太難堪。

這可不是兒戲，是戰鬥。

祖母大人差點被那些卑鄙的人殺掉。

她要看清現實——眼下都什麼情況了，哪能一味追求甜美的夢想。

「迦流羅妳也一起來想作戰計畫吧。雖然聽從薇兒的安排應該也沒問題——」

「我也要戰鬥。」擦乾淚水，迦流羅站了起來。她眼裡環顧周遭眾人，並慢慢開口。「——各位，我不想輸給花梨小姐。」

無數的目光都放在她身上。做了深呼吸後，迦流羅繼續把話說完。

「之前我汲汲營營都是為了不想成為大神——但現在不同了，光顧著做那種事情是沒用的。我要打倒花梨小姐，成為大神。」

「迦流羅……？妳不是一點都不想當大神嗎……」

「但又不能交給別人去做。」

「可是！那樣妳想成為糕點師傅的夢想不就——」

「照道理來講，兩件事也並非不能同時進行啊！」

迦流羅聲音不由自主地大了起來。她知道這樣很魯莽，可是迦流羅已經下定決心了。她要完成奶奶的心願，還要實現自己的夢想。雖然有人說同時想獵兩隻兔子，最後會連一隻都得不到，但迦流羅的字典裡面沒有這句話。

「不能交給花梨小姐，我看就只能由我來當大神了。能夠守護這個國家的，非天津．迦流羅莫屬——所以……那個——」

她看見可瑪莉啞口無言地仰望她，周遭其他人也一樣。大概在想之前曾在辯論會上大放厥辭說「才不要當大神」的人怎麼會說出這種話吧——因此迦流羅才要認真訴說。她再度做個大大的深呼吸，鼓起勇氣——

「……所以各位，能不能把力量借給我？」

「說得好！」

在場所有人不約而同回過頭。就在假山水庭園造景的岩石處，一個讓人面熟的少女就站在那。她正是白極聯邦六凍梁普洛海莉亞．茲塔茲塔斯基。旁邊還有拉貝利克王國的四聖獸莉歐娜．弗拉特。

可瑪莉的部下都進入備戰狀態。可是普洛海莉亞舉起手來制止他們，嘴裡說著「用不著驚慌」，並且慢慢朝這邊靠過來。

「這次算非法入侵，先跟你們道歉。不過我這次過來是要為各位帶來好消息。」

「妳是說……好消息？」

「我跟莉歐娜．弗拉特要加入天津．迦流羅的陣營，跟玲霓．花梨作戰。」

在場眾人聽完都大感震驚。可瑪莉的部下吵吵鬧鬧地說著「少在那鬼扯」「我們可不會被騙」。可是普洛海莉亞卻沒放在心上，而是面露微笑。一旁的莉歐娜則發出一聲「唉～～～～」，嘴裡吐出嘆息。

「普洛海莉亞說她看花梨不順眼，因為這樣下去天舞祭會毀掉。是說國王陛下已經批准我了，所以我要來加入妳們的陣營。反正我也討厭花梨的做事方式。」

「事情就是這樣。請多多指教啦，天津・迦流羅。」

普洛海莉亞對迦流羅伸出手。

迦流羅連句話都說不出來了，只顧著低頭看那隻手——最後她覺得有點感動。不管是基於怎樣的理由，只要她們願意幫忙，那她就沒道理拒絕。跟普洛海莉亞握完手之後，接著她也和莉歐娜握手。來自玲霓陣營的兩個人脫隊了，這個事實對天津陣營來說將會起到很大的加分作用。不過——姑且不論有利或不利，比起這個問題，對迦流羅而言，有人願意追隨她更讓她感到高興。

「……謝謝妳們，請妳們多多指教。」

「這沒什麼好道謝了，還有——說起那個『東都新聞』。」

普洛海莉亞說完從大衣內側拿出新聞報紙。

上面寫的新聞稿都是在謾罵迦流羅或可瑪莉。

「似乎有人對這些新聞稿有意見呢。」

「咦——？」

「——沒錯！我想挑的毛病可是多到堆積如山，連筆墨都難以形容！」

有個白頭髮的少女從普洛海莉亞背後現身。她身上穿著樣式很像西裝的正式套裝，是個蒼玉種。在她背後還有一個怯生生的貓耳少女。可瑪莉一臉反感地後退一步，就連莉歐娜也看似反感地擺起臭臉。

「……姊姊？妳在做什麼啊？」

「我也不知道自己在做什麼啊！是這個濫用職權的上司硬要把我帶過來的！妳跟我換好了，莉歐娜～～～～～！」

「妳不是完全沒經驗也能加入六國新聞的超級精英嗎……還有什麼好不滿的。」

「除了不滿還是不滿！因為這個人馬上就會對我生氣咕欸！」

那個蒼玉種少女已經對貓耳少女使出鎖喉功了。

這事情來得太莫名其妙，之後蒼玉種少女突然間靠向這邊。

「我是六國新聞的梅露可・堤亞！這陣子有人捏造假新聞毀壞妳們的名譽，真的是很遺憾！絕對不能放過東都新聞！他們對媒體人風範根本是一點概念都沒有！覺得事實這種東西用捏造的就好，太傲慢了！不能放任他們胡作非為！對吧蒂歐。」

「我們有資格說人家嗎？話說請妳放開我，不然我會告妳喔。」

「總而言之！我們也要來幫忙天津・迦流羅陣營。天津閣下是無辜的，我們六國新聞會負起責任做相關報導。根據我今天實施的街頭民調指出，有高達九成的人都相信天津閣下是無罪的！各位請看，就在這！東都新聞根本就是作風野蠻的情報界恐怖分子，我們不可以輸給他們，天津閣下！」

梅露可・提亞快速又強勢地逼近對方。

雖然覺得莫名其妙，但迦流羅知道這個少女是要來幫她的。

沒錯，有很多人都願意給予支持。那我們就必須回報他們吧——只見迦流羅說了聲「謝謝」，還把梅露可按住不讓她前進，然後才轉頭看可瑪莉。

她直到現在都還是一頭霧水的樣子。

「……可瑪莉小姐，妳願意把力量借給我嗎？我說我已經做好覺悟了，這麼說或許不全然是真話。不過……我想要成為大神，多多了解天照樂土的事情。所以……拜託妳了，請妳跟我一起奮戰。」

可瑪莉僵在原地片刻。

但是——她似乎感受到迦流羅的意念了。

最終選擇用認真的目光看她，深深地點了點頭。

「……好。既然迦流羅試著努力，那我也會努力的。」

就這樣，我們已經做好戰鬥的準備了。

迦流羅並沒有成為大神的覺悟，但現在已經沒有多餘的時間讓她裹足不前。有別於之前那種消極的想法。如今迦流羅覺得自己不能辜負大家的期許，產生這樣的念頭後，她才真正有了動力。

雖然不曉得自己能做些什麼，但她要盡力而為試試看——迦流羅已經下定決心要那麼做了。

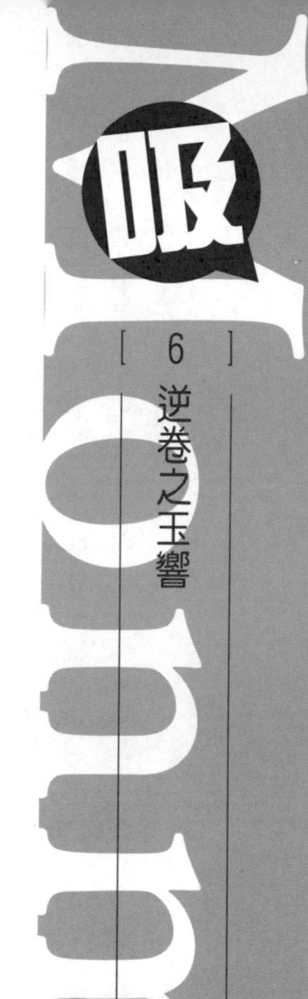

從小她就被叮嚀要「成為下一任領導者」。

玲霓・花梨自認一直依循這句叮囑而活。既然出生在「武士」家族中，她就必須變強——秉持著這樣的信念，花梨專心致志地揮舞刀劍。

她身上並沒有特別突出的才能，頂多只在戰鬥層面上比其他人更加優秀一些，所以她更覺得自己應該要努力。被鍛鍊到身心俱疲已經是家常便飯——可是花梨不曾放棄。

因為她來自玲霓一族，是以後將要成為大神的人。她這樣告誡自己，持續努力。有些話特別能夠鼓舞花梨，那都來自曾經出手指導她的祖父。

「別輸給天津・迦流羅，讓他們見識玲霓家的實力吧。」

天津家是跟玲霓家並駕齊驅的天照樂土名門。

他們家的獨生女是花梨的死對頭，不——也許兩人的關係還稱不上死對頭。迦流羅對這方面的事情總是顯得心不在焉。明明背負周遭眾人的期待，看上去卻對武士應該履行的職責漠不關心。

那是因為迦流羅從來沒有主動揮舞過刀劍。

身為天照樂土的武士，花梨覺得那是不對的。所以之前在宴會上碰到她的時候，花梨才會在一時衝動下鼓起勇氣探人隱私。

「迦流羅，妳已經有肩負起這個國家的覺悟了嗎？看了妳的所作所為——絲毫感受不到這方面的熱誠。」

「我還是有熱誠啊。」迦流羅當時笑著回應。「我之所以沒有發揮力量是因為時候未到。若是我真的認真起來，破壞宇宙也是小事一樁。未來本人天津・迦流羅會讓天照樂土成為這個世界上最強的王國！」

那件事情好像發生在五年前吧。她們兩個當時心靈都還很稚嫩。可是對方那些輕佻的話語傷了花梨的自尊心，這也是事實。

開什麼玩笑，我可是拚了命鍛鍊，從來沒有懈怠過——花梨心中的負面情感逐漸膨脹。迦流羅在天照樂土這邊很受歡迎。總覺得不只是那些部下和忍者，她身旁還時常聚集許許多多的人。最後甚至還搶先花梨就任成為「五劍帝」，甚至名列「六戰姬」之一。

花梨心裡覺得不是滋味。但即便如此，她依然努力不懈。

若是讓那種空心蘿蔔就任成為大神，這個國家會滅亡吧——將這樣的危機意識當成原動力，花梨不停努力，最後她總算也當上五劍帝了。

終於能夠追上迦流羅。

今後將能夠履行武士的職責。

原本是這麼打算的，悲劇卻突然降臨在她身上。

那是在六國大戰爆發前夕——發生在七月的事情。先前祖父一直對花梨嚴加教育，卻在這時亡故。因為他大限已到，時間的流逝就連魔核都無法阻擋。即便他是在「地獄風車」上任前擔任過大神的英雄，還是沒辦法逃離死亡。

只不過——他在彌留之際把孫女花梨叫過來，並留下遺言。當時他是這麼說的。

「不能讓天津家的人成為大神。」

這些話花梨從小聽祖父說到大，聽到耳朵都快長繭了。就連快要死去的當下，他還要數落天津家的不是——眼裡流著淚水，花梨心裡仍想著這些，但這次的情況似乎有別於以往。

「找到證據了。這是前些日子送到玲霓本家的東西。應該有看過這張臉吧。」

她曾經收到照片。照片中拍到一名男子。這個人確實很演熟，他是——

「……這是天津家的臭小子。覺明。不久之前離開天照樂土，已經失蹤好一段時間了，據說他現在跟恐怖分子掛鉤。」
「這是……怎麼一回事？」
「這張照片上拍的地點。就是這陣子姆爾納特那個小丫頭弄壞的『逆月』基地。」
花梨聽完驚訝到連話都說不出來了。天津覺明是上一個世代的五劍帝，還是曾經有過活躍表現的偉大「武士」。大約八年前離開天照樂土後，他就一直行蹤不明。這樣的人怎麼會——面對動搖的花梨，她的祖父對她苦口婆心地說「這下知道天津家對國家有多大害處了吧？」。
花梨決定繼承祖父的遺志。
不能放任疑似和恐怖分子掛鉤的人在那囂張跋扈。不管用什麼樣的手段，她都必須將黑暗驅逐出天照樂土。聽完花梨的決意後，祖父臉上浮現安穩的笑容，嘴裡這麼說。
「妳要加油，花梨。妳能夠做到的。」
「是……我一定會成為大神。」
聽完花梨的回應後，她的祖父安安靜靜離世了。
生前總是不苟言笑，如今卻帶著讓人難以想像的安詳面容死去。
等到葬禮結束，花梨的心態也變質了。她必須在天舞祭上獲勝並成為大神，這份覺悟變得比以前更加深濃。

用來實現這個目標的力量，她自認已經靠之前那些修行獲得了。

但她還是覺得自己對上迦流羅沒有勝算。那個少女雖然很卑鄙，在東都這邊卻有著極高的人氣。若是想要讓這樣的人氣出現破綻，她必須想出一些對策——

「——看來您很困擾呢！玲霓・花梨大人！」

抓的時機彷彿已經經過計算。

有個人帶著天真無邪的微笑現身。

她就是擁有狐狸耳朵和尾巴的少女——芙亞歐・梅特歐萊德。

※

天舞祭的最終決戰要在核領域進行。

原本還在呼呼大睡的我被人叫起來，早餐直接塞進我的嘴巴中，還被人強制換裝，然後透過【轉移】強行送到戰場上。每次都是這樣，我早就習慣了，但還是讓我說句話吧——

「——不是說先讓我做點心理準備嗎!?」

「心理準備應該要在昨天就做好才對。反而該說可瑪莉大小姐沒有早起是錯的。這次您責備我似乎不太對吧。」

「是沒錯啦！話是這麼說沒錯！」

我打算跟薇兒抱怨幾句——但還是算了。反正也已經是馬後炮了，既然我號稱是最強的七紅天，最好還是少說那種沒用的話。

這是因為有一大堆人在我四周。

在核領域的東端——也就是靠近天照樂土領土的地方——那裡有一大片草原，我就站在那邊。這裡完全沒有任何的障礙物，據說天舞祭的最終決戰就要在這裡舉辦。

花梨的隊伍已經在前方擺好陣勢了，距離連三百公尺都不到。以士兵的數量來說，跟我們這邊沒有太大的差異，可是原本要跟她們聯手的外國將軍都脫隊了，讓她們那邊顯得有點單薄。

相對的，我們這邊意氣風發。除了有迦流羅率領的天照樂土軍隊第五部隊五百人，還加上我、薇兒、卡歐斯戴勒、貝里烏斯、梅拉康契，難得沒死的約翰，臨時參加的佐久奈，背叛花梨陣營跑過來這邊的普洛海莉亞和莉歐娜，都是些精英戰士。

可能沒有我出場的機會了。

不管花梨有多強，要同時對付「六戰姬」中最強的四名將軍，還是會很吃力吧

（但這之中的我和迦流羅大概就跟豆芽菜沒兩樣）。

「──那接下來，天津．迦流羅閣下！天舞祭的最終決戰總算要展開了！根據昨天的訪談內容來看，天津閣下似乎要收回她在辯論會上說過的話！若是在這場決戰中戰勝，她就要就任成為大神！還會同時經營糕點鋪『風前亭』！同時腳踏兩條船、讓人目不暇給的生活即將展開！請務必跟我們分享一下現在的心情！」

手裡拿著麥克風的新聞記者梅露可突然跑去採訪迦流羅。就在她後方，長得跟莉歐娜很相似的貓耳少女正扛著巨大攝影機，在負責攝影工作。

這個我曾經聽說過，那個好像是名字叫做「電影箱」之類的神具。

據說能夠將拍攝到的影像即時轉播到全國的都市中，是危險得不得了的道具。假如我吵著說「不想死不想死」的樣子被播送到全國各個角落，到時就完蛋了，我要努力讓自己別出現破綻。

薇兒突然在這時來到我身旁站好，還開口說了些話。

「這下我們贏定了。看看雙方的戰力差距，我不覺得天津陣營會輸掉。」

「掉以輕心可是會吃虧的。就算過石橋也要邊敲邊通過，這才是長命百歲的祕訣。」

「我們就努力到足以把石橋弄壞的地步吧。再說可瑪莉小隊絕對不會放過芙亞歐．梅特歐萊德，今天的晚餐一定要吃狐狸火鍋。」

「芙亞歐超強的耶。而且花梨的實力還是未知數……沒問題嗎？」

「不會有問題的。坊間預測都認為最終決戰的勝敗比預計會是八對二，是天津大人比較有勝算。可瑪莉小隊的成員和梅墨瓦大人也都會使出全力，最重要的是我們這邊有全宇宙最強的天津・迦流羅閣下。」

「啊，關於這件事情……」

我還在猶豫要不要跟薇兒解釋——這時迦流羅靠過來對我說「可瑪莉小姐！」。她好像已經成功甩掉突擊採訪了，這一看才發現是小春從背後架住胡亂掙扎的假新聞專業戶記者，讓她無法行動。若我也能這樣做就好了，腕力果然是很重要的東西。

不曉得為什麼，迦流羅一臉抱歉的樣子，還對我低頭鞠躬。

「很抱歉。這場決戰還把可瑪莉小姐拖下水……」

「那沒什麼關係啦。這次可是連我自己都答應了。再說……若是迦流羅在天舞祭上獲勝，我也能實現夢想啊？」

這下迦流羅臉上的表情變得有些驚訝，但她馬上就笑著說「也是呢」。

「這是支持我實現夢想的謝禮，也來讓可瑪莉小姐出版小說吧。」

「好，這是交易嘛。我們一起努力吧。」

「是。」

已經不用再多說什麼了，接下來只需要全力以赴。但我能做的事頂多就是對那些部下下指令罷了。我要好好努力——除了如此激勵自己，我還朝著四周張望。

這裡有片一望無際的草原，可是這次的對戰已經設下明確的「戰場」。

也就是說存在一個範圍，不能「超出該範圍跑到外面去」。在這片範圍之外，早已設置了觀眾席，席上聚集了各式各樣的種族，他們還在那邊大聲嚷嚷，嘴裡喊著「迦流羅大人！」「花梨大人！」，在替別人加油。

天舞祭這場戰鬥是要讓參賽者對人民展現適合擔任大神的資質。

有這麼多人在看，再加上還有六國新聞的記者群實地拍攝（奇怪的是她們進到戰場裡頭），想來花梨她們也沒辦法像之前那樣，使用卑鄙的戰術吧——

我把事情想得很美好。

就在這個時候，代表決戰開始的訊號彈向上打到藍藍的天空中。

觀眾全都發出盛大的歡呼聲。來自迦流羅部隊的和魂種也跟著雄糾糾、氣昂昂「唔哦哦哦哦哦哦！」地叫。總算要開始了。為了不讓自己喪命，我要找個巧妙的位子待好。總之先躲到薇兒背後好了。

「……可瑪莉大小姐，我是不是能夠跟您稍微報告一下？」

「嗯？怎麼了？」

「其實我原本是想設置地雷的。」

「地雷!?妳是有多喜歡地雷啊!?」

迦流羅的部下開始朝著敵人進軍。另一方面，花梨的軍隊絲毫沒有任何動靜。

我覺得眼下氛圍好像有點怪怪的。這時薇兒一臉嚴肅地開口。

「直到今早，主辦方都沒對外發表要在哪進行最終決戰，所以到頭來我沒能事先安排地雷。不過——仔細想想，決定戰場設在哪的應該是天舞祭選舉營運委員會。換句話說，都是一些跟玲霓・花梨陣營掛鉤的人。搞不好他們動了什麼手腳也說不定。」

「是說他們可能埋藏地雷?不至於那麼誇張吧——」

我的話被硬生生打斷。

結果就是那麼誇張。

就在那瞬間，突然有一陣天搖地動的爆炸聲轟隆作響。

與其說那是爆炸聲，還不如說這比較像是地鳴，沉重到讓人喘不過氣來。

我還以為耳膜會破掉。「你們這些愚蠢的人民都給我趴下!」——才剛聽到普洛海莉亞的高喊聲，薇兒已經把我的身體按在草地上了。接下來狂風大作，我變得什麼都聽不見。

感覺那震動都快把地表掀起來，連大氣都在顫抖。

等到我回過神——我已經跟薇兒一起躺倒在地面上了。

「啊、咦……？」

聽覺慢慢恢復。

我好像聽見風的聲音裡混雜人們的呻吟聲。感到難以置信的我撐起上半身，接著就看見令人驚訝的景象。

原本已經進軍到戰場中段的天津小隊和魂種全都變成支離破碎的屍體，四散在草原各處。生還者不到一半，而且大多數人都受傷了，再也無法動彈。我非常震驚……難道這真的是——

「——這是地雷吧。」

「薇兒!?妳有沒有受傷!?」

「是，我沒問題。只是膝蓋有點小擦傷而已。」

我這才稍微放心下來，不對——現在不是感到放心的時候。

我趕緊去確認在後方待機的人是什麼狀況。普洛海莉亞除了「嘖」了一聲還舉著槍枝。她背後有著梅露可和貓耳記者無力癱坐。莉歐娜是不是被打到頭了？她好像很痛的樣子，正在摸後腦勺。佐久奈則是說了句「妳沒事吧!?」並跑過來這邊。卡歐斯戴勒、貝里烏斯、梅拉康契看上去都沒什麼外傷，就只有約翰的腹部被樹枝戳穿死掉了。至於迦流羅——

她的表情好像看見幻象一樣，人呆呆地杵在那。

情勢瞬間逆轉。我在想怎麼會有這麼扯的事。

這時玲霓・花梨陣營的人發出戰吼進攻，存活下來的人逐漸遭到蹂躪。觀眾席那邊開始傳來噓聲。

「迦流羅大人，糟了。」

「我——我明白！要想想辦法……」

★

「——看來突襲成功了呢！這下我軍一定會獲勝！」

芙亞歐正搖著尾巴，不客氣地哈哈大笑。

花梨呈現呆愣狀態——緊接著，她感覺自己心中有股怒意湧現。

「芙亞歐！妳這是在做什麼!?用那種手法滅掉敵人，民眾怎麼可能會支持我們！我要親手粉碎那些敵兵——」

「有辦法做到嗎？就連我們的幫手都叛變跑去敵人那邊囉。」

花梨這下詞窮了。被人這麼一說，她無法反駁。

天津・迦流羅本人就算了，跟在她身邊的猛將有好幾個，老實說她不覺得自己有足夠能耐，能單槍匹馬打倒所有人。芙亞歐這下換成捧腹大笑。

「我看問題大概出在人望不夠吧。比起花梨大人，迦流羅大人確實更具備吸引他人的魅力，她在這點上已經戰勝您了呢。」

「吵——吵死了！」

「就算您嫌我吵也沒用，我只不過是說出事實罷了。或許花梨大人具備成為大神的資質，但卻沒有領袖特質。看看觀眾為誰加油就一目了然了，有好多好多人都在批判花梨大人。」

「那是因為妳埋了地雷之類的，耍些卑鄙手段！」

「哎呀您先冷靜一點，戰鬥已經開始了喔。」

聽人這麼說，花梨這才轉過頭。

她們隊伍裡的人馬開始擅自朝著敵人進軍，大概是芙亞歐命令他們那麼做的吧。這支軍隊不聽大將的命令，而是去聽從副將的。未免太沒有紀律了。

花梨開始覺得頭大。

她要冷靜下來思考一番。之前的事情都交給芙亞歐去做，這樣真的是對的嗎？確實已經對迦流羅造成相當大的打擊了，不過——因此獲得的優勢很有可能因我方耍骯髒手段事蹟敗露，導致形勢一口氣逆轉，那樣不就功虧一簣了？

如今想想，她對芙亞歐．梅特歐萊德的事情一點都不了解。

之前對方都在哪做些什麼？為什麼會主動提議要幫忙她？由於對方身手了得，

她才延攬她加入自己的陣營——但這麼做是不是失策了？

「……芙亞歐，妳別輕舉妄動。否則就算我當上大神，我也不會讓妳進入政權中樞。」

「那可就麻煩了。不然這樣好了，就讓我對花梨大人盡忠，拚了命努力，助花梨大人在天舞祭中獲得優勝吧。敬請放心——只要有我在，天照樂土就會是屬於花梨大人的。」

「沒錯，我必須成為大神，要成為大神——將魔核取回來。為了實現這個目標，若是妳沒有好好替我賣命，到時會很困擾。尤其在這場戰鬥中，茲塔茲塔斯基跟弗拉特都變成我們的敵人了——」

「妳剛才說什麼？」

芙亞歐臉上的表情好像在那瞬間消失了。但這也許是花梨的錯覺吧。等到她回過神，芙亞歐又換上平常會有的天真笑容。

「——失禮了。剛才您是說要取回魔核嗎？那是什麼意思呢？」

「是我失言，忘了吧。」

芙亞歐的表情頓時變得很嚴肅，這次花梨可沒有看錯。

「魔核是不是在東都這邊？」

「不曉得，只有大神大人才知道魔核在哪。」

「一般來說是那樣呢。可是花梨大人的祖父是上上一代的大神，他當時似乎是一位偉大的大神——雖然單方面過度任用自己人也在當時飽受批判。由於他太過公私不分又洩漏大量的情報，大神的地位才會被地獄風車奪走，聽說是這樣。」

「那又如何？我跟我祖父很少有對談機會。」

「這些是謊話吧。」

花梨沒來由感到恐懼，並渾身一顫。

嘶嗡，好像有某種東西切換了。

對方開始用目光打量她。

「——根據天津覺明給的情報。據說在天舞祭中獲勝的人，天託神宮的櫻花樹會將魔核資訊傳送給他。據說人們還把它當成是一種信仰，認為那是『來自上天的聲音』。不能讓我變成大神，在沒有參加天舞祭的情況下禪讓，理由是不是就在這。」

「妳在說什麼？芙亞歐——」

「妳是不是知道魔核是什麼？」

花梨的心頭狂跳了一下。眼前這個人跟先前待在她身旁的狐狸少女簡直判若兩人。這下花梨才會意過來——知道這個獸人並不是普通人。

或許她是怪物之類的，身上藏著某種無比邪惡的東西。

「妳的眼神飄忽不定，呼吸也變亂了，脈搏數上升——看樣子妳真的擁有我想知道的情報了。不對，如今想來那也是理所當然的吧。上上一代的大神若是只把這個情報轉達給孫女知道，那也不奇怪。那代表我東奔西走想讓妳獲勝，到頭來只是白忙一場。太可笑了。」

「難道說……妳——」

「上級造型魔法【牆面創造】。」

有一股魔力擴散開來。岩石形成的牆面彎彎曲曲地上升，將花梨和芙亞歐包圍起來。事情發生得太過突然，花梨根本來不及躲開。遲了一會才理解——這不是用來困住她的牆，而是要用來隔開眾人目光的牆。

「喂，芙亞歐！妳這麼做是什麼意思——」

咕噗，花梨口中有鮮血溢出。

等到她發現的時候，芙亞歐手裡已經握著刀刺進她的腹部。這道攻擊簡直就像幻覺一樣。

花梨連一刻都撐不住，當場跪倒在地。因為有牆將周圍住，都沒有人發現異狀。觀眾一定在想——「這是在開作戰會議吧」。

花梨心想「居然會有這種事情」。

「妳——妳就是對這個國家虎視眈眈的……恐怖分子……是嗎？」

那把劍「噗滋」地拔出。劇烈疼痛讓花梨全身痙攣，手腳都使不上力。

芙亞歐臉上笑咪咪的，由上而下俯瞰蹲倒在地的花梨。

「——就告訴妳吧，花梨大人！我最討厭吃力不討好的事情。不想再浪費時間。若是妳老老實實把真相說出來，我就不會殺妳。」

聽到對方說出如此慘無人道的話，花梨這才明白一切。

那就是自己一直以來——都被這隻狐狸利用了。

一場鮮血淋漓的鬥爭正在上演。

花梨小隊的成員打敗迦流羅小隊的生還者後，氣勢依然不減，朝我們這邊直衝過來，試圖發動突擊。接著慘不忍睹的大亂鬥就開始了。

「——全國民眾請看！玲霓・花梨陣營卑鄙到準備地雷偷襲敵人！天津小隊陷入空前危機！目前只剩下天津閣下本人，還有來自其他國家的重點援軍！這樣子以寡敵眾實在是差距懸殊！不管天津閣下有多厲害，眼下的情況是不是都很不利呢!?

可是希望她能獲勝！希望他們能夠粉碎敵人！六國新聞的梅露可．堤亞正帶著這樣的心情，為各位做實況轉播！」

「現在還有空管實況轉播嗎——！有流彈打過來了耶！會死掉的！我們趕快回去啦～～～～～～～～～～！」

就在附近，貓耳少女發出悲鳴。

我能夠理解她的心情，有痛切的體認。就因為我實在太有感了，才要搭個順風車——

「——我想回去了啦啦啦啦啦啦！還以為能夠輕鬆獲勝，現在怎麼會變成這樣！為什麼敵人那邊有五百人，我們這邊卻只有八個人！」

「都怪他們使用地雷，我們也無可奈何！——不好意思。」

「咕欸！」

我的頸根突然被薇兒抓住，還被她抱過去。

緊接著——一陣「咚哐————————！」聲大作，就在我剛才站的位置上，有個火炎彈炸開，還引發大爆炸。一聞到草燒焦的味道、鮮血飛散的氣味，我的眼眶就不明所以泛起眼淚。好恐怖。雖然很恐怖，但這次這場戰鬥是我自己選的，所以我不能逃避。可是好可怕。薇兒拿暗器刺中要過來砍我們的男人，嘴裡還說了一些話。

「可瑪莉大小姐，待在這裡的天津陣營菁英，戰鬥能力確實比一介士兵優秀，可是面對這麼多的對手，他們會越來越吃力吧。」

「我也知道啊！是要我加下去作戰的意思吧！我現在先做些熱身運動，等我一下！」

「可瑪莉小姐，危險！」

這時佐久奈的聲音傳了過來，那讓我抬起臉龐。

一根投擲用的長槍已經逼至我眼前，這下會死翹翹——那念頭才剛閃過，旁邊就有顆速度快到連肉眼都看不見的子彈射過來，打中那把長槍。長槍轉了好幾圈，接著刺中敵兵的頭頂，噴灑出紅色的鮮血。我還以為會沒命。接著我下意識轉頭看背後，這才看見普洛海莉亞手裡拿著槍，那雙眼盯著我看。

「——還在做什麼，黛拉可瑪莉！趕快認真起來應戰！」

「謝、謝謝！但妳為什麼待在那麼遠的地方!?」

「我是狙擊手，待在這個位置最合適！掩護工作就交給我吧！」

「那薇兒，我也想當狙擊手。」

「不可能。」

我看我來認真學習如何使用槍枝好了。如果是槍枝，就算不使用魔法也沒關係，用起來應該很簡單——於是我就開始去想未來要轉行當什麼，一方面也是在逃避現實，這時卻看見一隻貓從我眼前暴衝過去，嘴裡還在「喵喵喵喵～！」叫。是莉歐娜，莉歐娜正用拳頭打死一些敵兵。

我當下有種內疚的感覺，抱歉幫不上忙。

「閣下！敵人那邊的士兵數量太多了，再不想想辦法會很不妙。」

「說、說得也是。我也差不多該拿出真本事，不能再保留實力了——這下該怎麼辦啦，薇兒！這樣下去會全滅啊！我還不想死！」

「聽說在最終決戰中只要殺掉大將，戰鬥就可以結束。若是我們把玲霓・花梨處理掉，天舞祭就能夠終結。」

「可是花梨那傢伙一直窩在自己的陣營裡，都不出來！仔細看會發現她們還用牆壁鞏固防禦啊！簡直就跟我一樣！」

「的確是——對了康特中尉，有件事想問問。」

「是，要問什麼!?」正在用看不見的刀刃殺掉敵兵的卡歐斯戴勒出聲了。

「能夠用空間魔法【轉送】將人送到玲霓・花梨那邊嗎？」

「只要是肉眼可見的範圍就行，可是要花一點時間。還有同時能夠【轉送】的人數只限三名。」

「明白了。那我來擔任護衛，請你做好放魔法的準備。」

「喂，妳想幹麼？」

「既然事情變成這樣，我們就只能強行突破了。噢對了，不用擔心。那些包圍玲霓．花梨的牆壁，只要用天津大人的力量就能輕鬆破壞吧——對不對，天津大人。」

「咦!?」

這時薇兒突然用力拉住某個人的手。

對方正是被鮮血噴滿全身的迦流羅。印象中剛才她都被小春保護，慌得像隻無頭蒼蠅——也就是說，這個少女真的沒有足以破壞宇宙的力量。

「請、請問！妳有何貴幹，薇兒海絲小姐。」

「接下來我們要衝進玲霓．花梨的大本營，天津大人要不要也一起來？若是我和可瑪莉大小姐身陷危險，就請您用全宇宙最強的力量破壞一切吧。」

「不對，先等等！其實迦流羅——」

「贊成！」在揮舞忍者暗器的小春跟著大叫：「迦流羅大人，您就跟黛拉可瑪莉一起到花梨那邊——黛拉可瑪莉，迦流羅大人就拜託妳了。」

「先等一等！其實可瑪莉小姐她——」

這裡正在上演一場讓人絕望的誤會戲碼。

嘴裡發出嘶吼的敵兵朝我們襲擊過來，薇兒和小春身手矯健地掃蕩那些敵人。

除了掃蕩，薇兒還用力抓住我和迦流羅的手。

「康特中尉！【轉送】準備好了嗎？」

「準備好了。把妳們三位【轉送】到玲霓陣營就可以了吧？」

「麻煩你了。」

「喂先等等——」

「收到，發動中會變得毫無防備，周圍的警戒工作就先交給其他人。」

除了用右手殺掉敵人，卡歐斯戴勒還用左手發動魔法。

我跟迦流羅在吶喊著「不要不要」，可是這些聲音完全遭到忽視。空間魔法釋放出來的魔力充斥了整個視野——就在那瞬間。

敵方士兵射出來的長槍刺中卡歐斯戴勒的手。

「唔!?竟敢耍這種伎倆……！」

鮮紅色的血液噴濺開來。我嘴裡發出悲鳴，正想朝他跑去。可是——卡歐斯戴勒放出的【轉送】光芒雖然在軌道上出現微妙的偏差，還是射向我這邊了。

「可瑪莉大小姐！等等——」

「咦？」

薇兒的聲音逐漸飄向遠方。

過沒多久，我的身體就被強烈的飄浮感籠罩。

★

如今回想起來，從一開始就很奇怪。

芙亞歐・梅特歐萊德所說的話從來都不帶半點「仁慈」。只要是對自己有利的，不管用上多麼殘忍的手段都不在意。從她的所作所為中，能夠隱約看出這個人心性凶惡。直到現在都沒有察覺的人哪有資格成為大神。

「──基本上像天舞祭這種迂迴的爭鬥活動，我並不喜歡。從一開始就去威脅知情的人，這樣明明更有效率。朔月那幫人真是什麼都不懂呢。」

「妳在、說什麼……？」

滋嗡，好像有某種東西切換了。

「沒事沒事！只是在說些玩笑話罷了。話說回來，花梨大人，您好像知道魔核真正的樣貌是什麼。方便的話，可不可以告訴我？」

「妳是恐怖分子的一員吧，竟然敢騙我……！」

即便腳在發抖，花梨還是勉強站了起來。剛才被刺中的腹部湧出大量血液，可是現在哪有餘地為痛楚屈服，不能讓這種人稱心如意。花梨拔出刀劍，將刀劍舉至身前。芙亞歐則是嘲弄地笑了。

「好愚蠢啊。我看妳受了這樣的傷，連站著都很勉強吧。再說就憑妳這種貨色，連我的一根手指頭都碰不到。」

「廢話少說——！」

花梨身上再也沒有灌注魔力的餘力。她用盡全力朝著地面上一蹬，不顧一切地揮舞刀劍——可是刀尖都還沒有碰到芙亞歐的肩口，她眼前的景色就先旋轉起來。

「咕唔！」嘴裡發出短促的悲憫，花梨的身體重重地撞向地面。

看來她被人踢到腳了，等到會意過來的時候，早就錯失先機。

銳利的刀刃對準花梨的肩膀揮下。

「咕、啊啊！」

尖銳的痛楚竄遍全身，讓她連握住刀柄的力氣都沒有了。除了發出慘叫，還在地上痛得打滾——可是腹部卻被人「咚嘶！」地用力踩上一腳，所有的動作都遭人定住。

只見芙亞歐笑咪咪地俯瞰她。

「那就請您告訴我吧，魔核究竟在哪呢？」

「我怎麼可能……告訴妳。」

「為什麼？是為了國家？為了天照樂土？事到如今還在說什麼呢？妳一直被恐怖分子利用——有資格說這種話？」

花梨的思緒頓時停擺，芙亞歐一番銳利的話語竄入她心頭。

「您決定任用我，把天舞祭搞得一團亂！其實自始至終適合當大神的人，除了天津．迦流羅就沒有第二人選了！」

那些疼痛的感覺不會消退，傷口也沒有復原的跡象。

芙亞歐手裡拿的刀劍肯定是神具，不會錯的。

「不曉得您是哪出現了誤解，但不管花梨大人再怎麼修煉自我，都沒辦法跟天津．迦流羅相提並論。因為她已經來到凡人絕對無法觸及的境界，她跟妳這樣的凡人是不一樣的。」

「不對！我、我……」

「可惜了！妳一點才華都沒有！只要在旁邊看就明白了。妳不過是個凡人而已，嫉妒心卻大到不行，是個無可救藥的人。證據就是幾乎沒什麼人願意支持妳。只是透過賄賂和情報操作，製造出受人支持的假象。其實天照樂土的人民都希望天津．迦流羅成為大神。」

「那種……事情……」

「不管再怎麼努力，徒勞無功就是徒勞無功。拜託妳也為一直被迫奉陪的我想一想吧。必須侍奉無能的主君，為人臣子的一天到晚都得花大把心思！全都怪花梨大人不好，害我睡眠時間都不夠了，有夠糟糕的！——」

「……………………………………」

芙亞歐的哄笑聲變得好遙遠。

不知不覺間，淚水已經從眼眶中湧出。

之前那段時光，自己都在做什麼。一心只想贏過迦流羅，花梨才會跟芙亞歐聯手，使出各種策略。身為一名武士，怎麼能做出這種行為——那樣的念頭曾經出現過幾次。但還是被人用「要當上君主就得亦正亦邪」這番話說服了，這才放任那種事情發生。

做這一切都是為了打倒迦流羅。

要讓整個世界都知道她才是適合當大神的人。

然而——結果卻變成這樣，有誰能想像得到呢？

到頭來玲霓・花梨根本沒有半點才能。沒有能夠吸引他人的領袖特質，也沒有足夠的能力在辯論會上自我包裝，讓人民信服，甚至連用來打倒眼前這個狐狸少女的戰鬥能力都——花梨在各方面來說都是欠缺的。

嘶嗡，又有某種東西切換的感覺。

她聽見芙亞歐的聲音。是有的時候會出現的她，那個有武者風範的芙亞歐。

「——就因為妳是這副德行，才會搬不上檯面。只不過是被恐怖分子利用，心靈就受到打擊，這樣還跟人比什麼。妳曾經不斷努力過，其實應該也具備才華才對。但是關鍵在於妳心靈脆弱，做的覺悟也還不夠。嘴巴上高唱是為了天照樂土好，所作所為卻都是為了卑微的名聲。也因此才會變成這樣——時候已經到了。」

花梨聽不太懂，可是她的心就像被某種東西刺中。

嘶嗡。芙亞歐笑著謾罵花梨，還用腳踢了她好幾次。痛覺早就被麻痺掉了，絕望讓花梨心如死灰。

每個人都有他自己適合待的地方。

花梨根本不配坐上大神的寶座。

打從一開始，一切就全亂套了——

——不，等等。

這時花梨突然想起一件事情。

祖父不是說了嗎？天津．迦流羅有跟恐怖分子掛鉤的嫌疑，自己不就是為了天照樂土，才會一直想扳倒迦流羅？

因此——不管發生什麼樣的事情，要她放棄都是——

「已經夠了，花梨。」

此時花梨在震驚之中抬起臉龐，因為她好像聽到令人懷念的聲音。這是幻聽嗎？——原本還這麼認為，但並非如此。照理說應該已經死去的祖父突然憑空出現在眼前，人就站在那裡。

「我不希望看妳受到更多的傷害，放棄吧。」

「那……那怎麼行！我這麼努力都是為了成為大神——」

「天津．迦流羅的事情用不著擔憂，我會想辦法的。」

「咦……？」

花梨身上的力氣漸漸沒了，這個人在說什麼？

「我更擔心花梨妳的身體。那個狐狸女孩不是說了，『告知魔核的真面目就不會殺妳』？不覺得在這種時候乖乖聽話，選擇活下去才是更聰明的嗎？反正妳也還沒做好赴死的覺悟吧？」

「可、可是，若是那麼做——」

「沒問題的。接下來的事情，我會幫忙打點——」

話說到這邊，祖父露出像是在安慰她的微笑。

花梨很感動。祖父先前可曾對她展露這麼溫和的笑容？曾經如此擔憂她這個孫女嗎——

接下來，花梨就不再深入細想了。

既然祖父都那麼說了，那就不會再有任何問題。

★

等到我發現的時候，我已經來到遠離戰爭漩渦的地方了。

這裡剛好是在天津小隊紮營地點的對面——也就是花梨小隊的大本營。雖然這裡是大本營，但敵人那邊的士兵都已經跑到遙遠的後方了，這裡就像是在唱空城計。

天津小隊的人依然在跟人激烈戰鬥。普洛海莉亞打出的槍聲斷斷續續響起。還時不時發生爆炸，那個應該是梅拉康契的魔法吧。他們的確很強，但我覺得光靠這七、八個人要滅掉五百人，應該沒那麼容易。

所以我們必須想辦法扭轉戰局，不過——

「薇兒沒過來耶!?」

我被轉送到遠離戰亂漩渦的地點，這裡接近玲霓・花梨的大本營。

可是這裡只剩下我和迦流羅。應該要一起傳送過來的薇兒不見蹤影，感覺她也沒有躲在某個地方。我從來沒有因為那個變態女僕不在感到這麼寂寞過。我身旁的迦流羅臉色不太好，嘴裡說著「這下糟糕了」。

「看來是空間魔法在運行的時候出現差錯。因為不久前卡歐斯戴勒・康特先生的手被長槍刺中了……」

「對、對喔！不知道卡歐斯戴勒那傢伙有沒有事，希望他沒死……」

「就是啊，但我覺得我們也要為自己擔心一下。」

聽到迦流羅那麼說，我才察覺一件事情。那就是我跟迦流羅都知道彼此是最弱的。現在最弱的兩個人還要面臨最終決戰。若是薇兒跟我們一起，情況就不會變成這樣了。

「怎麼辦？我的腳在發抖。」

「放心吧，我也在發抖。」

「呵呵呵呵……我們是一樣的呢……」

迦流羅臉色發青，笑得很無力。還是第一次碰到這麼讓人不開心的巧合。如今要回到戰場上已經是不可能的事了，回去也只會添麻煩吧。無奈之下，我看向聳立在眼前的謎樣建築物。

那裡有一片牆壁，一棟像是小屋子的建築物被石牆圍繞。花梨和芙亞歐在裡面開作戰會議吧。我們都已經靠這麼近了，那邊卻沒有任何人跑出來，說可疑是很可疑。

「……怎麼辦？要逃走嗎？」

「逃跑又能怎樣，大家都在看喔。」

令人納悶的是觀眾都把目光放在我們身上。對面那邊可是在上演熱血沸騰心驚肉跳的大亂鬥，你們觀看那邊的戰況還比較有看頭吧。

總之我要想想辦法。

先來嘗試遊說對手好了。

用地雷太卑鄙了，我們重新來過再打一次吧？也只能這樣主張了。

「那、那個，要不要我過去看看。」

「不……迦流羅妳躲在我後面好了。」

只見迦流羅光顧著頻頻發抖，卻連一步都踏不出去。好沒用喔——我完全沒這麼想。不管是誰遇到這種狀況，肯定都會嚇到不敢動彈。所以我更要讓自己的心振作起來，鼓起勇氣朝著牆壁跨出一步——

「——花梨！妳聽得見嗎!?我有些話想對妳說！」

就在那瞬間。

石頭做成的牆壁突然嘩啦嘩啦地崩塌了。也許是魔法解除了吧——我邊吞口水，邊等對手現身。

過沒多久，有道人影自崩落的牆壁後方現身。

咦？——我不由得發出這聲呼喊。

站在那邊的人並不是花梨。

而是擁有狐狸耳朵和狐狸尾巴的獸人少女——芙亞歐・梅特歐萊德。

「哎呀！這不是黛拉可瑪莉大人和迦流羅大人嗎？」

她還拖著某樣東西。我以為自己看走眼了。她手裡握著別人的手，這個手跟趴在地面上、鮮血淋漓的屍體相連。

那個渾身是血的屍體長得和玲霓・花梨一模一樣。

「居然有辦法從那批大軍中抽身，果然有兩下子！可是天舞祭已經形同結束了。因為玲霓・花梨大人早就在這戰敗啦！」

芙亞歐將花梨的手一把放開。花梨整個人軟趴趴的，沒有任何動靜。我看了一頭霧水。牆壁已經完全消失了，觀眾似乎都嚇到了，變得安安靜靜。

迦流羅面色蒼白，小聲說著「請、請問……」。

「這是……怎麼一回事呢……？」

「逐一說明太麻煩了。可是我們在天舞祭上都對決一段時間了，這也是種緣分，就讓我簡單說明一下吧——我在追求強大。」

「我、我不懂啦！這些都是妳做的!?」

「正是。」

嘶嗡，好像有某種東西切換的感覺。

這樣的感覺太熟悉了，我曾經體驗過幾次——對了，之前在天照樂土主辦的宴會上，第一次碰到芙亞歐，還有在櫻翠宮，大家被教訓得很慘的時候，當時全都——

不知道是什麼時候的事情，芙亞歐已經來到眼前了。

被她用充滿殺氣的大眼盯著看，我變得跟石頭一樣，無法動彈。

「追求強大就好比是藝術，壓倒性的力量有時會感動他人——不覺得是這樣嗎？」

「在說什麼……」

「我是來自『逆月』的芙亞歐·梅特歐萊德。將會獲得魔核，成為超越【孤紅之恤】的人。妳已經做好送死的覺悟了嗎？黛拉可瑪莉·崗德森布萊德。」

我好震驚。

逆月，對方報上這樣的名號不可能是在說笑。

芙亞歐朝我靠近一步。

「我在問妳是不是做好送死的覺悟了。」

「送——送死的覺悟當然沒……」

這時我才開始在意起周遭的目光，下意識在意起來。在這個時間點上，我對於芙亞歐的個人主義完全無法理解，但既然是當著大眾的面，而且還是在官方舉辦的戰爭中，我當然要像平常那樣虛張聲勢了。於是我接著大叫。

「——面對死亡的覺悟，我早就有了！我可是背負姆爾納特帝國和迦流羅夢想的最強七紅天！不過妳若是想要殺我，不管有幾條命都不夠用——」

此時那把刀動作緩慢地揮了下來。

迦流羅邊發出悲鳴邊呼喊我的名字。可是我完全無法動彈。那股猛烈的殺意狂嵐讓我渾身僵硬，連聲音都發不出來。

刀刃逐漸滑落，在我的身上劃過。

那些血液噴出的樣子就像噴泉，我事不關己地看著這一切。

——咦？這是什麼？怎麼會變成這樣……

全身的力氣都沒了。遲了幾秒鐘，一陣超乎想像的劇烈痛楚降臨在我身上。

我連站都站不好，朝著草地上倒去。接著就發出慘叫，在地上痛得打滾。全身上下陷入抽搐狀態，思考變得好混亂，眼前也逐漸變得一片黑暗。好痛、好痛、好痛——看來是胸口那邊被刀子切開了。

然後——

我看到疑似內臟的東西從肚子那邊跑出來。

「唔、啊、啊啊——這是……什麼……」

「可瑪莉小姐！」

★

「可瑪莉小姐！」

迦流羅來到趴倒在地的可瑪莉身邊。

她從肩膀到胸口處都被人砍開了，臉上浮現苦悶的表情，不停發著抖。血止都止不住。不只是血而已，就連不該跑出來的東西都跑出來了。迦流羅啞口無言地望著可瑪莉。看到對方嘴裡胡亂囈語著「好痛、好痛」，迦流羅再也無法保持平常心。

「……嗯？為什麼不發動烈核解放？妳的力量應該不只這樣吧。」

手裡握著刀劍的芙亞歐向下看著這邊。

在恐懼和憤怒的驅策下，迦流羅抬眼瞪視那個殘忍的恐怖分子。

「妳這個人！這麼做到底是什麼意思!?為什麼要對可瑪莉小姐做這種事情！」

「當然是來殺她的，還有這把刀是神具『莫夜刀』。我在想若是不使用這個，應該沒辦法殺掉黛拉可瑪莉……但這又是什麼情形？」

「神、神具……？」

迦流羅覺得自己彷彿跌落地獄深淵。

神具。造成的傷口無法癒合。就跟祖母大人一樣。可是可瑪莉的傷勢又是另一個層次。

這下迦流羅連臉都發青了，光顧著俯瞰可瑪莉的身體。

這樣的傷口——若是沒有魔核的力量，要怎樣才能治好？

「她似乎沒有迴避的跡象。不，甚至連抵抗都沒有。簡直就像是不知道該怎麼戰鬥的門外漢。妳真的是黛拉可瑪莉・崗德森布萊德嗎？還是妳故意要讓我掉以輕心？」

「太……太奇怪了……妳這是在做什麼……？」

「剛才都說了吧。我是來自『逆月』的芙亞歐・梅特歐萊德。之所以會跟玲霓・花梨走在一起，都是要讓這傢伙成為大神，問出魔核的情報。」

「…………！」

芙亞歐將和服掀起來，露出底下的肌膚。她的胸口上刻著好像在哪看過的花紋。那個刻印正代表她是在當今世上挑起騷亂的恐怖分子集團「逆月」成員。

聰明的迦流羅馬上就明白一切了。

這個狐狸少女從一開始就想得到天照樂土的魔核。之所以接近花梨是為了助她成為大神，這樣才能知道魔核的真面目是什麼。也有可能是想要立一個大神當傀儡，暗中支配天照樂土。不——她會傷害當事人花梨並毀掉天舞祭，按照這點來推測，這個少女的目的應該是要取得魔核吧。剛才她還說要「弄到魔核並超越【孤紅之恤】」，肯定沒錯——「要超越【孤紅之恤】」？這個少女在說什麼啊？是要對可瑪莉不利嗎？迦流羅不明白。

「——我一直在追求強大的力量。黛拉可瑪莉・崗德森布萊德的烈核解放，在六國中恐怕強到能夠名列一二。若我能夠將她親手打敗，將會成為這個世界上真真正正的最強霸主。」

「就、就為了這種事情，妳才想殺了可瑪莉小姐…………!?」

「這只不過是在打招呼。靠我目前的實力，要擊破【孤紅之恤】很困難，所以我才想要拿到魔核。據說魔核能夠給予持有者無限的力量——我的上級長官想要拿來利用在研究上，可是我討厭做事情拐彎抹角的。我要拿到那個東西，好好利用一番。」

在迦流羅懷裡的可瑪莉，一雙眼睛空洞地向上仰望。

這實在太讓人絕望了，迦流羅覺得自己都快瘋了。

這一切都要怪她。

都怪她邀請可瑪莉參加天舞祭，事情才會——

「——哼，若是沒有『信念』，烈核解放就無法發揮效果。那表示妳還沒找到必須實現的目標吧。既然這樣，就換我來達成最初的目標。」

芙亞歐接著朝向四周東張西望。

對了，來找人幫忙吧——想到這邊，迦流羅轉頭看背後。在自家陣營那邊的戰鬥依然持續不斷。為什麼沒有像剛才那樣，用空間魔法趕過來這邊？難道是卡歐斯戴勒・康特已經戰死了？來人啊，來人啊，快點——

「哎呀。」

那些在遠處觀望戰況的新聞記者被芙亞歐發現了。

這幾個記者是——蒼玉種梅露可・堤亞和貓耳少女。看來她們擺脫了那場混戰，還跑過來這邊。

嘶嗡，有某種東西切換的感覺又來了。

「——哎呀呀呀！這兩位不是在六國大戰中有精采表現的新聞記者嗎！那個是不是就是傳說中的攝影機『電影箱』？」

「這、這個，就……對！我是六國新聞的梅露可・堤亞！您是芙亞歐・梅特歐萊德小姐對吧？這是、那個——其實是……」

「另外那個長貓耳的！把『電影箱』對過來一下！」

「咿咿咿咿咿咿咿咿!?」

那個長了貓耳的少女腿都軟了，當場跌坐在地。芙亞歐則是說了一聲「真拿妳沒辦法」，在聳肩的同時，她還將攝影機用力拉起來。

「——都聽見了嗎！天照樂土的各位！還有來自六國的民眾！」

這惡魔般的宣言就此發送到全世界。

那聲音傳遍六國的各大都市。

原本還為天舞祭的發展狂熱不已的民眾——尤其是東都的和魂種們，全都蒼白著臉，目不轉睛地望著螢幕上播送出來的畫面。

『——大家好！我是來自恐怖組織「逆月」的芙亞歐・梅特歐萊德！』

所有人都膽顫心驚地看望那張天真笑容。

就連在蕎麥麵店吃蕎麥麵當午餐的蘿妮・柯尼沃斯也不例外。因為在天舞祭的實況轉播影像中，突然跑出一名自稱來自「逆月」的少女，她當然會這樣了。而且那個少女還殺掉黛拉可瑪莉・崗德森布萊德，她怎麼可能還悶不吭聲。

「天津你看！那是什麼情形!?我什麼都沒聽說啊！」

「我也沒聽說。」

這下柯尼沃斯錯愕了，難得能看見天津展現出動搖的樣子。

原本她還以為是這個男人的傑作——

「那她是不是公主大人派過去的刺客還什麼的？」「不是，公主大人不會做這種事情。這是特利瓦搞的鬼。」特利瓦。除了天津和柯尼沃斯，那又是另外一名「朔月」。

陷入困惑的人群讓整條大街變得吵鬧不堪。「她是說逆月？」「那個不是玲霓家的狐狸嗎？」「為什麼花梨大人全身都是血。」「不對……更重要的是可瑪莉閣下她——」「這簡直莫名其妙。」——人們的慌亂就像漣漪般擴散開來。

接著芙亞歐又開口了，投下一顆震撼彈。

『我接下來要奪取天照樂土的魔核！』

所有人都驚訝到說不出話來。臉上帶著邪惡的笑容，芙亞歐繼續高聲宣布。

「怎麼了？你們不曉得魔核在哪對吧？沒關係沒關係，別擔心！我已經從玲霓．花梨大人那邊問出魔核的所在處了！聽說魔核就在東都！」

和魂種們的臉色變得越來越鐵青。這也難怪——本該是她主君的玲霓．花梨出現在螢幕角落，身上全都是傷。

『接下來我打算過去那邊！噢對了，想去跟大神求救也沒用——在幾天前的宴會上，大神就被我殺掉了！這幾天以來的大神都是我變化而成的！可惜了！』

人們的動搖轉變成恐懼。

『我要先為天照樂土的人民默哀。因為少了魔核，你們就沒辦法復活了呢——

可是人本來就應該這樣！沒什麼好擔心的！因為死亡才是生者的本懷！所以說——』

嘶嗡。

又有某種東西切換了。

『——毀滅的時間到了，和魂種們。』

噗滋。

螢幕上的畫面突然中斷。大概是「電影箱」那邊出什麼問題了吧。可是這部分已經變得一點都不重要了。

東都發生空前絕後的大騷動。

有人為恐懼而顫抖，還有人強裝鎮定，說那些都是假的；又有人準備挺身而出守護魔核，有些人則是朝著櫻翠宮跑去——面對這突如其來的悲劇，大家都驚慌失措。

芙亞歐·梅特歐萊德。

她是幹掉玲霓·花梨和黛拉可瑪莉·崗德森布萊德的謎樣恐怖分子。

「——我說天津，沒聽說過有芙亞歐·梅特歐萊德這個人啊。我們的組織裡有這號人物？還是新加入的？」

「大概是不久之前加入的吧，不過——這有點超乎預期了。」

「什麼？在說什麼啊。那我們接下來該怎麼辦？」

頭大到不行的柯尼沃斯轉頭看人在她旁邊的天津。

可是天津已經不知去向。

只留下吃到一半的蕎麥麵。

看來他要隨自己的意思展開行動了。

這下柯尼沃斯有點放心了。只要那傢伙出手，那就沒什麼問題了。照理說應該不會有事才對——可是柯尼沃斯卻覺得胸口騷動不已。

那只是她的直覺。覺得那個狐狸少女身上有股異樣的氣息，跟「弒神之惡」非常相似。但就只有出現一下子，也有可能是她的錯覺。

芙亞歐·梅特歐萊德似乎透過【轉移】之類的招數，就地消失了。

可是危難並沒有遠離。

可瑪莉依然無力地趴倒在地上，血液不停湧出。不管迦流羅再怎麼樣搶救，恢復的狀況都讓人絕望，這是因為——感覺魔核的效果都沒有在她身上發揮，因為這些傷口都是被神具弄出來的。

「可瑪莉小姐……可瑪莉小姐……」

迦流羅就只能呼喚那個名字。

她的身體越來越冷，死期也隨著分秒流逝逐步逼近。為什麼這種時候，時光總是過得特別快。若是時間能夠暫停就好了——

就在那個時候，她感覺觀眾都在看自己。

「迦流羅大人。」「迦流羅大人！」——人們都在對她喊話。

「迦流羅大人！請您救救天照樂土！」「我們只能依靠妳了！」「請您把恐怖分子解決掉！」——那簡直就像是人們的悲願，他們拚命陳情。那些聲音在空氣中響動，逐漸擴散出去。最後演變成籠罩整座戰場的聲援聲。

「迦流羅大人！」「迦流羅大人！」「迦流羅大人！」——

「別……別這樣……」

可是這些對迦流羅來說就如同重負，像是詛咒一樣。

她忍不住摀住耳朵。

自己沒有那種力量，從一開始就不該當將軍。早知道會這麼難受，她就該像兄長那樣，乾脆離家出走算了——

「可瑪莉小姐，我……該怎麼做……」

想想自己的人生，簡直處處充斥悲劇。

被人硬逼去當將軍，好幾次都差點沒命，夢想遭到粉碎，又被逼著參加天舞祭——然後遇到可瑪莉，這才「得到勇氣去做想做的事情」，還跟祖母和解，想說自己交到知心朋友了，現在那個朋友卻快要沒命。

天底下怎麼會有這麼不公平的事情——當迦流羅正在為那些哀嘆……

「……迦流羅。」

可瑪莉的嘴唇在這時微微地動了。

他從口中擠出沙啞的聲音。

「迦流羅，妳不用勉強自己。」

「可瑪莉小姐……妳才不該說話……」

「我會想辦法的，不想做的事情……妳不用做沒關係。」

「…………！」

迦流羅原本還覺得一切都完蛋了。

眼淚一直流出來，止都止不住。

都已經遊走在死亡邊緣了，居然還有人會去擔心其他人。「我會想辦法的」，她還這麼說？妳現在身上都已經身受致命傷了，還有辦法做什麼。對了——是因為這個少女沒有那麼看重自己。直到最後一刻，她還是要為迦流羅的夢想聲援。至今為止遇過的人，有哪個像她那麼真誠。

迦流羅開始有一點勇氣了。

——我之前都是以什麼為根據，自顧自的說「自己很弱」。

她不想辜負這個女孩的心意。有人對這個女孩做了過分的事情，不能原諒她。有人想要侵吞天照樂土，這也不能原諒。她還想討伐祖母大人的敵人。

天津是「武士」一族。

不管多麼沒有才華，該戰鬥的時候還是要挺身而戰。

總不能一直自我欺騙。

就在那一刻——

「叮鈴」一聲，她聽見鈴鐺的聲音。

不知不覺間，原本應該掛在右手手腕上的鈴鐺——那個堂兄給她的「時習鈴」掉到地面上了。是繩子斷掉的關係。

迦流羅想起從前兄長曾經說過的話。

——其實妳是具備力量的。等到對自己的使命有自覺了，鈴鐺就會自然脫落。不過妳用力拉扯還是能夠拿下來。

印象中她剛才沒有拉扯過鈴鐺，那表示她已經對使命有自覺了嗎？

迦流羅不懂，可是她似乎能明白。重要的人會無情消逝，她不想看見世界變成這樣。若是世界如此汙穢，那就必須清理乾淨。必須讓世界染上美麗的色彩，那就是迦流羅被賦予的使命。

「要把鈴鐺……」

必須把鈴鐺撿起來。

必須撿起來。必須撿起來。少了那個將會——

就在那瞬間，迦流羅的身體出現異常變化。

眼睛感到疼痛，身上有灼熱的痛楚遊走。這種感覺似曾相識。失去鈴鐺的時候，不明所以的痛楚會突然出現。再也無法忍耐的迦流羅就快失去意識。

但她在那之前撐住了。

可瑪莉遭受那樣的痛苦，自己怎麼能夠就此倒下。

剎那間一陣強烈的灼熱感在心中沸騰起來。

那就是沉睡在迦流羅心中的力量。

恐怕她一生下來，心中就有這樣的力量了，卻被束縛住。當時光靠她自己一個人是不可能與之抵抗的。因為那股力量猛烈得有如風暴，又像大海那樣莫測高深。

直到現在，迦流羅才明白。掉在一旁的鈴鐺是用來封印「烈核解放」的東西。覺明兄長就是因為明白一切，才會給她這個神具吧。

烈核解放是讓心靈狀態具體投射出來的現象。因此若是沒有對某件事抱持熱情，就沒辦法好好控制，祖母大人好像也有這麼說過。

有了這個——有了這個，她就能將可瑪莉……

「——可瑪莉大小姐！」

這時迦流羅不經意察覺有人跑過來這邊。

那是原本還在遠處作戰的夥伴。回過神才發現花梨小隊的成員全都一個不剩地遭到驅逐，場面變乾淨了。眼前就剩下——全身是傷的小春、薇兒海絲和佐久奈．梅墨瓦。以及沒受什麼傷的普洛海莉亞和莉歐娜。沒看到可瑪莉小隊的成員，是不是在戰鬥中喪命了。

「可瑪莉小姐！請妳振作一點！」

佐久奈趕緊發動回復魔法，可是一點效果都沒有。可瑪莉還是渾身癱軟無力，人沒有任何動靜。傷口也沒有癒合的跡象。

「怎、怎麼會……？」

「……因為她被神具弄傷了。」

在場所有人都驚訝地睜大眼睛。薇兒海絲嘴裡說著「怎麼這樣……」，喃喃自語的樣子彷彿失去了希望。她靠近渾身是血的可瑪莉，流著眼淚呼喚她的名字，「可瑪莉大小姐、可瑪莉大小姐」，可是可瑪莉再也沒有睜開眼睛。

因為她的傷勢太重，大概失去意識了吧。

面色蒼白的薇兒海絲開始哀嘆。

「我應該要……趕過來的。要是我有來，事情就不會變成這樣……對不起、對不起，我沒資格當您的專屬女僕……可瑪莉大小姐一定能夠順利克服一切，我原本……還這麼認為——」

「沒關係的，薇兒海絲小姐。」

迦流羅像是在安慰對方，將手放到女僕的肩膀上。

可瑪莉確實傷勢嚴重。在一般情況下，隨著時間流逝，她的生命之火也會逐漸消逝吧——可是迦流羅具備不尋常的力量，這份特殊的力量足以改變世界。

她雙眼發燙。看在旁人眼中，迦流羅的眼睛應該正在發出虹光。

在眾人的注目下，她舉起右手對準可瑪莉。

接著發動那股力量。

《——烈核解放．【逆卷之玉響】——》

無色透明的魔力慢慢包覆可瑪莉的身體。

可以感覺得到周遭其他人都屏息以待。可瑪莉的傷口——原以為不可能癒合的大傷口——眼看正逐漸恢復，就好像時間逆流一樣。

這就對了，【逆卷之玉響】是能夠回溯一切的特殊能力。

靠著自己的意志力，將時間分配給其他對象，是一種利他的妙技。

為了奶奶——為了國家——為了朋友，迦流羅希望能夠竭盡所能貢獻力量，有了這樣強烈的心願，才能喚起驚天動地的奇蹟。

最終——

可瑪莉睜開雙眼了。

「可瑪莉大小姐！」

薇兒海絲和佐久奈·梅墨瓦感動不已地抱住可瑪莉。只是她本人一副搞不清楚狀況的樣子，眼睛張得很大。這是當然的。因為她直到前一刻都還站在死亡深淵中。

「怪、怪了？我……還活著嗎？」

「對，可瑪莉小姐平安無事。」

迦流羅拉著可瑪莉的手，幫助她站起來。

傷口都消失了，彷彿剛才那些都是假象。被砍開的軍服也恢復原樣。不過記憶好像沒辦法倒回去修復。她還記得自己差點被芙亞歐殺掉。

「啊啊可瑪莉大小姐，太好了，真是太好了，我再也不會離開您。」——薇兒海絲哭著抱住可瑪莉。像是在確認自己的力量，迦流羅的手試著握了幾下。

若是有這股力量，也許就能對抗那些凶惡的不法恐怖分子。

「——喂，要不要也幫幫躺在那邊的傢伙。」

這時普洛海莉亞不怎麼爽快地開口。

迦流羅順著她看的方向看過去。在那的人渾身是傷倒臥在地，是原本在跟迦流羅對抗的——玲霓・花梨。

迦流羅慢慢走到花梨身邊。

她還活著。不僅活著，連意識都恢復了。

「迦流羅……我——」

對方似乎發現迦流羅正靠向她，此時的花梨淚流滿面地說了些話。

「我……根本什麼都做不了。只知道嫉妒妳……沒去注意芙亞歐的事情……最後才會變成這樣……」

「請妳振作一點，我來替妳治療。」

【逆卷之玉響】發動了，花梨身上的傷逐漸消失。她哭哭啼啼地說著「對不起、對不起」，跟迦流羅道歉好幾次。

等到傷口完全治好，花梨便用直率的眼神看著迦流羅的臉龐，嘴裡繼續說著。

「……妳好強啊。或許沒有戰鬥方面的才能，但是心靈堅強，跟我很不一樣。」

「花梨小姐也很強啊，我根本不是妳的對手。」

「呵。」花梨露出自嘲的微笑。「……這下我總算明白了。妳跟崗德森布萊德小姐都擁有強韌的心靈。雖然方向錯誤，但是那個芙亞歐也擁有強烈的野心。不管多麼有才華、多麼努力，若是少了企圖達成某種目標的心念，那就無法改變世界……

我怎麼就不能像妳一樣，用那樣的心念去面對呢？」

「花梨小姐妳不是也很努力了嗎？那都是為了天照樂土。」

「我那是為了自己。只是為了穩住自己的地位，才會那麼積極罷了。」

「我不太懂，不知道我跟妳的差異在哪。」

「但我知道，我不是當大神的料。適合當大神的人是迦流羅，應該是妳才對。」

「花梨小姐……」

「現在的我還無法阻止芙亞歐——拜託妳了，救救天照樂土。」

花梨眼中已經少了某種東西。

原來這個人也會有那麼純真的表情啊——迦流羅感到有點訝異。

就在這時，觀眾席那邊有大量的聲援聲如波濤般湧來。

所有的人都在替迦流羅加油打氣。打倒恐怖分子吧——守護魔核吧——救救天照樂土——四處都傳來期待英雄挺身而出的呼喊。整座戰場不知不覺間變成像是特地為迦流羅準備的舞臺。

她不想成為五劍帝，也不想當大神，之前說的那些懦弱話都是出自真心。可是她心底明白——恐怕除了她，再也沒有其他人能夠辦到。成為國主率領國家，那就是天津・迦流羅的宿命吧。

因為自己擁有不可思議的力量，奶奶早就看出來了。因此才會那麼堅持，強行要迦流羅成為大神。

之前迦流羅都沒什麼自信，但是如今不同了。她對自己的夢想有自覺——在許多人的支持下，她總算敢奮力一搏。雖然討厭疼痛，雖然不喜歡戰鬥。

但今天還是要努力試試看，這都是為了大家。

被薇兒海絲和佐久奈·梅墨瓦胡亂摟抱的可瑪莉回過頭。

下定決心後，迦流羅朝著可瑪莉開口。

「可瑪莉小姐。」

她臉上有著微笑，起身朝迦流羅走來。

「迦流羅，妳好厲害喔。聽說是妳治好我的傷。」

「這都多虧可瑪莉小姐。因為有妳在，我才能醒悟。」

「醒悟？……話說迦流羅原來有這樣的力量，好驚人喔。其實妳比我更有才華，勝過好幾倍呢……抱歉，妳應該不想被人拿來跟我作比較吧……」

「沒那回事。可瑪莉小姐也很有才華——不。那不是才華，而是『強韌的心靈』。」

「咦……？」

眼前這名少女不知道自己是擁有力量的人。

明明是最強的，卻總以為自己是最弱，在那邊假裝自己是最強的——這樣的事情多麼荒誕無稽啊。這的確是黛拉可瑪莉・崗德森布萊德的魅力所在，但總該幫助她弄清這檔事才對，或許這樣對她來說會比較好。

「可瑪莉小姐，要不要跟我一起作戰？」

「當然好，可是我沒有力量……」

「請妳吸我的血，之前跟納莉亞小姐也是那樣吧。」

迦流羅話說到這還伸出手，做了這樣的提議。在較遠處觀看的普洛海莉亞和莉歐娜，頭上都浮現問號。可是薇兒海絲似乎知道內情。

「請先等等。可瑪莉大小姐的烈核解放不能讓她隨隨便便發動。若是要讓她發動，會讓她喝我的血液，請天津大人退開吧。」

「就是啊！但是比起純種吸血鬼的血液，喝了混雜蒼玉種血液的血會讓【孤紅之恤】變得更有派頭，若是要吸就吸我的血吧。」

「妳們在說什麼啊？」

「在說可瑪莉小姐的事情。妳之前都沒有覺得奇怪嗎？為什麼周遭其他人都這麼看好妳？為什麼世人都對『殺戮的霸主』黛拉可瑪莉・崗德森布萊德的豐功偉業那麼讚嘆？——沒有燒火的地方是不會冒煙的。其實妳的確擁有很強大的心靈。是真的來到能和我相提並論的地步。」

迦流羅說完慢慢靠近可瑪莉。

薇兒海絲和佐久奈・梅墨瓦在一旁吵鬧。可是普洛海莉亞和莉歐娜似乎看出什麼了，把她們的手從背後扣住。之前光顧著呆站在原地的新聞記者梅露可突然發出怒吼「挑這種時候尿什麼褲子啊，蒂歐！快把攝影機轉過去！」可瑪莉目前都還一副拿不定主意的樣子，沒有給出明確的答覆。

「光靠我一個人力量不足，所以我希望可瑪莉小姐可以幫忙。」

「只是吸血能改變什麼？確實……之前吸食納莉亞的血液時，有種奇怪的感覺……」

「請相信我，妳擁有比世上任何人都要來得清澈的心靈。這美麗的心將會形成一股力量，足以貫穿大地、撼動星辰。」

「就算妳那麼說，我還是滿困惑的……」

「那沒辦法了。若是妳願意吸血，我就替妳出版小說。」

「!?」

可瑪莉的雙眼頓時亮了起來，可是她馬上又用力搖搖頭。

觀眾們都吞了吞口水，等著看接下來會發生什麼事。恐怕在『電影箱』另一頭，全世界的人也都翹首盼望——想見識黛拉可瑪莉・崗德森布萊德真正的力量。

「……那好吧，迦流羅。」

純真無比的眼神就這麼看著迦流羅。

她們兩人互相看著對方一下子。

怎麼會有這麼漂亮的眼睛——這樣的想法不合時宜，但迦流羅仍然不免那麼想。

最後可瑪莉看上去像是終於做好某種覺悟了，她慢慢閉上眼睛。

「我可不是被小說引誘。只是想說對方畢竟是迦流羅，可以試著相信看看。」

迦流羅不由得笑了出來。

「謝謝妳。」

「我只會吸血而已喔。老實說我討厭血液……但只要吸就可以了吧？」

「是，就麻煩妳了——咦？」

才剛看見可瑪莉慢慢靠過來——對方就突然將她緊緊抱住。

迦流羅來不及反應，那體溫傳了過來，連心跳聲都能聽見。只見迦流羅紅著臉，狼狽地說著「啊哇哇哇哇可瑪莉小姐妳做什麼!?」在視線的另一頭，薇兒海絲等人正在尖叫。可是——可瑪莉沒去管周遭發生了什麼，而是慢慢張嘴，稍微將背伸長——

咔噗。

接著她咬住迦流羅的脖子。

迦流羅的思考頓時停擺，身上還感到一陣刺痛。可瑪莉的舌頭在舔拭那些血液，她感覺得到。那帶來一陣麻癢的快感。吸血鬼都是這樣吸血的嗎？不過這些——

「那、那個——可瑪莉小姐……」

再也忍耐不了的迦流羅出聲了。

這時突然出現異常變化。

迦流羅的視野全被一股龐大魔力覆蓋——時間的流動也加快了。

★

整個東都已經陷入恐慌狀態。

恐怖分子突如其來現身，試圖把這個國家搞得天翻地覆。

沒有人知道魔核在哪。但據說恐怖分子——芙亞歐．梅特歐萊德透過拷問玲霓．花梨，已經問出魔核的所在地。

天照樂土的人民全都血色盡失地展開搜索，試圖找出魔核。要先找到該保護的標的，否則什麼都做不了。

然而照理說對魔核有著深入了解的大神卻突然從櫻翠宮中消失。

再加上上一任大神天津神耶還因為恐怖分子的關係陷入昏睡狀態，上上一代的

© riichu

大神則是在今年七月亡故。政府高層已經去找其他和天津、玲霓家有關的人士詢問過了，最後卻沒得到任何結果。

關於魔核的真面目，沒有任何人知曉。

「我們只能擴大範圍安排自己的人馬，等著恐怖分子找上門了。」

其他負責保衛東都的五劍帝做出這樣的決定，早就率領軍隊坐鎮。可是眼下他們不曉得對手會使用怎樣的特殊能力，在這種情況下，那麼做感覺上並沒有太大的意義。

敵人已經發現他們的弱點，他們卻不知道自己的弱點會出現在哪。

每個人都很絕望，深怕這樣下去和魂種可能會滅族。

不過——

照理說剛才已經突發性死當的螢幕又出現影像。

看來是六國新聞的攝影機重新上線了。這時民眾看見正在吸食天津・迦流羅血液的黛拉可瑪莉・崗德森布萊德。

大家都覺得很納悶。

都這種時候了還在做什麼——甚至有人為此感到憤慨。

可是接下來卻出現戲劇性的轉折。

『全國人民請看！跟之前六國大戰的時候一樣！照這樣子看來，黛拉可瑪莉・

崗德森布萊德閣下終於要拿出覺悟作戰啦！——』

記者的聲音在東都內作響。

過沒多久，核領域那邊就有翡翠色的魔力爆出。

「轟！」的一聲——突如其來的強大風暴吹襲整座戰場。

不知從何而來且不是這個季節該有的櫻花花瓣開始如吹雪般起舞，周遭的草木急速成長，還開出五顏六色的花朵。更沒想到丟在各處的軍隊武器還急速生鏽，接著腐化分解。再來更是面臨風化命運。

在場所有人都驚訝到說不出話來，放眼眺望那不尋常的景象。

翡翠色的魔力有如一場風暴，正猛烈吹襲，一名少女就站在正中央。

她就是黛拉可瑪莉．崗德森布萊德。

就像前幾次那樣，臉上的表情變得虛無——唯獨那對雙眼發出燦爛的紅色光芒。

「可瑪莉小姐？這是……」

此時迦流羅驚訝地睜大眼睛，並站在她前方。

強烈的殺意震盪著大氣。

和魂種雖然沒有太大的特徵，但據說這種種族碰到「時間」就能發揮敏銳的感受性。他們不會試圖去支配花鳥風月，而是順應自然而活，追崇這樣的風雅心境。

也許她的那身樣貌也反映出這點。

只見可瑪莉輕輕揮手。

接著就有一股猛烈的魔力爆發開來，整個世界的時間都為之加速。人們發出悲鳴蹲倒在地，在這段期間內，草園已經轉變成一大片花田。

這樣的景象看起來很不真實。

人們都在感嘆，痴痴地看著這片美麗花園。

「好、好厲害……！太厲害了，崗德森布萊德閣下！」

新聞記者就像平常那樣，情緒激動地跳來跳去。

這可以說是千年難得一遇的至高烈核解放——【孤紅之恤】。透過和魂種的血液，才讓這種宛如奇蹟般的特異能力成真，它能夠讓世間萬物的時間加速、百花齊放，可謂是究極奧義。

渾身沐浴在飛散的花瓣中，可瑪莉慢慢靠近迦流羅。

迦流羅的心臟一直在跳動，對方輕輕握住她的手。那位身披櫻花和翡翠色彩的吸血姬黛拉可瑪莉・崗德森布萊德就如同花兒一般，臉上浮現楚楚可憐的微笑，她還開口對迦流羅這麼說。

「——迦流羅，我們要奪回夢想。」

追求強大就好比藝術。

從前有個人燒掉芙亞歐・梅特歐萊德的故鄉，那個人——尤琳・崗德森布萊德曾經用那壓倒性的力量奪走一切。

這是常有的事情。弱者會被強者蹂躪，那不過是隨處可見的定理。

因此，芙亞歐才要變強。

她要讓所有人都畏懼自己、敬畏自己，成為那樣孤高的存在。

否則她的心就無法恢復安寧。

「——就是這吧。」

偷偷潛入東都的芙亞歐直接來到天津本家。

魔核就在當代大神的宅邸裡——也就是被天津或玲霓其中一家的本家管理。目前的大神來自天津家。那麼魔核應該就保管在這個宅邸中。

芙亞歐毫不客氣地拉開拉門，入侵這棟建築物。之前來襲擊天津・迦流羅的奶奶時，她曾經來過這裡，所以不會迷路。東都各處的居民為了防範恐怖分子來襲，鬧出好大的騷動。辛苦你們啦——臉上浮現冷酷的笑容，芙亞歐在走廊上前進。

她還在轉角那邊碰巧遇到一個人。

對方是身上穿著日式圍裙的少女，大概是在天津家工作的女使之類的。

她反射性低頭，嘴裡說了聲「不好意思」——在看清眼前這個人的面貌後，少女便發出慘叫聲，當場跌坐在地上。

「咿、咿咿咿咿咿咿咿!?恐怖分子!?」

「對，我就是恐怖分子芙亞歐·梅特歐萊德。」

少女光顧著讓嘴巴開開張張，身體卻無法動彈，似乎是因為恐懼過度軟腳了。

芙亞歐慢慢拔出刀子，目擊者必須收拾掉——

「要怪就怪妳自己運氣不好——那麼，妳已經做好送死的覺悟了嗎？」

「請、請原諒我，我、我……還不想死……」

「…………」

芙亞歐覺得對方是發自內心在懇求她，不是隨口說說——感覺上也沒有要讓她輕忽大意，再藉機攻擊她——這名少女是真的不想死。

「妳不想死是嗎？」

「很抱歉。很抱歉……」

少女已經失去自我，變成只懂得道歉的機器。

——既然如此，那就沒辦法了。

芙亞歐不發一語，將刀子收回刀鞘中。接著把地板踩得嘎吱作響，從少女身旁通過。背後那個人頓時改用困惑的目光看她。

妳撿回一命，應該要感到開心才對。

在這個世界上，不懂生命有多貴重的人太多了。

殺掉還沒做好死亡覺悟的人，那樣對她的人生是種褻瀆。從前那些殘忍的傢伙曾經來襲擊芙亞歐的故鄉，她會變得跟那幫人一樣。所以芙亞歐不管遇到什麼樣的對手，都會問對方「是否做好覺悟」。沒有殺掉約翰・海爾達正是基於這點。她也因此沒有給予天津・迦流羅的奶奶致命一擊。這都是為了對得起自己的堅持。

「是這裡吧。」

從好幾個房間前直接通過，芙亞歐進入客廳。她東張西望觀察四周。上級長官有給她一些情報，聽說魔核是魔力的根源，但卻沒有任何魔力反應。為了不讓敵對者找到——好比是逆月，已經做過偽裝處理了。就算乍看之下很破爛，也不容小覷。

最後芙亞歐終於找到了。

那樣東西就安放在客廳的角落。

據說是古代名匠千柿衛門所做，還是時價百億日圓的祕寶。

不，就連標上百億日圓的價格都是種侮辱，那可是至高無上的大祕寶。

看起來表面上好像有點裂痕，一定是她多心了。

「——就讓你成為我的糧食吧，天照樂土的魔核。」

只要能夠拿到這樣東西，要成為全世界最強的人一點都不難——胸口浮現些許期待感，迦流羅慢慢將手伸過去，緊接著——

「妳在做什麼？」

「!?」

由於她感應到一股危險氣息，當下立刻轉過頭。

不知道是什麼時候來的，有個穿著和服的男人就站在拉門門口。這張臉芙亞歐見過。上司有說要她對這號人物「多加留意」——他是逆月的幹部「朔月」成員之一。

「非法入侵可是犯罪行為，妳的父母親都沒教妳嗎？」

嘶嗡。

「——哎呀呀！這位不是天津・覺明大人嗎！魔核就在這裡喔，是逆月無論如何都要得到的東西呢！」

「是沒錯。身為逆月的成員，魔核自然是要弄到手的……那麼，妳找到的魔核就是這個壺？」

「正是，要跟『弒神之惡』報告才行。」

芙亞歐緩緩凝聚魔力，可以明顯看出這個男人早就在這裡埋伏了。自從看到六國新聞的實況轉播後，他早就做好準備了吧——但這樣也好。

障礙越大，達成目的時的感動就越強烈。

就是為了這點，芙亞歐才會刻意放話，說她「接下來要前往東都」。

「——哼，警覺性不用這麼高。」

「什麼？我想跟您好好相處啊？」

「我想也是，畢竟我們待在同一個組織裡。好好相處才是上策——可是每個人都會有自己的看法和主張，跟某些人就是水火不容。」

嘴裡一面說著，天津覺明還目不轉睛地觀察芙亞歐。

真奇怪，他好像沒有要發動攻擊的意思，還是說他早就發動某種魔法了？——即便感到狐疑，芙亞歐還是將手放在刀柄上。這時天津覺明似乎察覺些什麼，隨即將臉龐抬起。他的目光正對著天花板。

「好像沒有我出場的餘地了。」

「……你不是來阻止我的？」

「沒這回事。我來這邊是想要坐貴賓席觀賞一番。」

「觀賞……？」

「還有特利瓦飼養的動物是什麼樣子的，我也很好奇。不過有必要的話，我確實是會出手阻止。但那好像是我杞人憂天了。就妳這點程度，不可能有辦法同時對付兩種烈核解放。」

話說到這邊，天津覺明轉過身準備離去。

芙亞歐覺得心中不是很痛快，張口對他說了句「請留步」。

「這話是什麼意思呢？再說您怎麼會過來這裡。」

「我來是為了確認這段時間的結局。」

「莫名其妙！您該不會是睡傻了吧！」

「或許是吧。」

呵呵呵——天津覺明笑了。

他原本是想直接離開客廳的，可是突然間又想起一件事，這才停下腳步。

「噢對了，話說回來。花梨那傢伙似乎在最後一刻展現她的氣魄呢。」

「……您這是在說什麼呢？」

「拷問他人應該要更加慎重。妳被花梨騙了——那種寒酸的壺怎麼可能是天照樂土的魔核？」

「——!?」

這衝擊性的事實撞擊著芙亞歐的腦袋，就在那瞬間。

她感應到一股極為強大的魔力。

紅色的花瓣輕飄飄地飄落。那景色看起來實在太美了，在那短短一瞬間，芙亞歐的注意力都被吸引過去。這顏色未免也太漂亮了吧，她不由得想抓取那抹紅——

就在下一刻，伴隨足以把耳朵震壞的轟然巨響，天花板掉了下來。

芙亞歐驚訝地睜大眼睛，展開迴避行動。可是她趕不上。屋頂和柱子都被破壞掉，隨著重力下墜。就好像有個隕石甩過來——不，不是那樣。

那可是——巨大的樹木。

就在天津本家的上空，有兩名少女飄浮著。

其中一人是身上懷著翠綠色魔力的吸血姬——黛拉可瑪莉・崗德森布萊德，另外一個是抱住她外加雙眼圓睜的和風將軍——天津・迦流羅。

「我、我家怎麼變成這樣——————!?」

「沒問題，之後再重建就好。」

「問題是這個嗎!?」

迦流羅除了吐槽，她還在眺望眼下的一番景象。

話到天津本家的宅邸，早已被可瑪莉丟出去的超巨大樹木深深插穿。屋頂和柱子也都被破壞掉，看上去全都不見蹤影了。可瑪莉是有說過「敵人在那邊」——但也用不著做到這種地步吧。

在那翡翠色魔力和飛散的櫻花花瓣作用下，四周景象看上去一點都不像人世間會有的。

東都的人們全都深陷狂熱狀態，張口呼喊「可瑪莉！」「可瑪莉！」。

『各位請看！崗德森布萊德閣下丟出去的大樹將恐怖分子粉碎掉了！只能說她真的太厲害了！閣下是不是能夠就此拯救天照樂土!?保證讓人看得目不轉睛的戰鬥即將上演！』

就在地面上，身為新聞記者的梅露可正一頭熱地做起實況轉播。像是在呼應她，民眾都發出吼叫。四處吵雜不堪活像在辦慶典，全都亂糟糟的。

現在還辦什麼天舞祭。

「對喔。」——迦流羅轉念一想。

可瑪莉說得沒錯，她的家之後再重新建造就好。

眼下更重要的是打倒恐怖分子，守護天照樂土。

迦流羅俯瞰變成瓦礫山的天津本家。

如果是一般人，被那樣的攻擊打到，根本連一刻都撐不住——

就在這時。

從倒塌的大樹縫隙間，迦流羅看見一名狐狸少女如流星般飛出。

★

芙亞歐認為這個世界上存在兩種力量。

第一種純粹是蠻力。這種力量可以靠天資和努力獲得。世界上大多數的人都在追求這種華而不實的強大，為此奔波。

相對的，另一種是心靈的強大。擁有想要完成某件事的強韌意念，因此產生相應的意志力。其中最具代表性的就是烈核解放。擁有這股力量的人不管碰到什麼樣的逆境，都不會灰心喪志，他們多半擁有鋼鐵般的意志力。

在這兩者之中，後者顯得特別重要。

心靈有多強，烈核解放就有多強。烈核解放的強大反映出心靈強度。

人人都說這個世界上最強的烈核解放是【孤紅之恤】。

就算自己即將死去，還是懂得去顧慮他人，擁有無與倫比的善良心性——那也是一種精神力。

她肯定是能跟「弒神之惡」相提並論的最強吸血鬼。

對。一旦打倒黛拉可瑪莉·崗德森布萊德，芙亞歐就能夠成為名副其實的世界最強。

「——去死吧，黛拉可瑪莉。」

人們紛紛發出悲鳴。

因為看見芙亞歐從瓦礫堆中站了起來，感染到那份恐懼。

像他們那種弱者，不會有餘力去做思考。

芙亞歐透過浮游魔法高速飛翔，衝向黛拉可瑪莉。

周遭那些飄散的櫻花造就了不屬於人世的景色。

在逆月擁有的「烈核釋義」中，並沒有對【孤紅之恤】做過詳細的記載。只知道會根據吸血對象的種族變換來改變力量性質。

如果碰到吸血種，可以獲得爆發性的魔力。

碰到蒼玉種會獲得像冰一樣堅硬的肉體。

碰到翦劉種將能取得可以操控刀劍的力量。

這次她肯定吸了天津・迦流羅的血液，紛飛飄舞的花瓣究竟代表什麼呢？芙亞歐不明白。既然不明白——

「那就砍了再來確認看看吧！」

她讓力量流遍全身，將魔力賦予在刀身上。眼前的可瑪莉面無表情地飄浮。芙亞歐拿出要把點綴青空的櫻色全都斬除的氣魄，使出渾身解數橫砍過去——

「⁉」

但是刀卻沒辦法挪動更多。

神不知鬼不覺間，黛拉可瑪莉背後伸出像是植物藤蔓的東西，把刀尖捆住了。

這是能夠操控植物的烈核解放嗎？——就像這樣，芙亞歐透過平常會有的習慣分析，這時黛拉可瑪莉出拳頭重重打中芙亞歐的胸口。

就在那瞬間，芙亞歐的身體以極快的速度落往地面。

「咕——啊啊啊啊啊啊啊啊啊啊⁉」

她根本來不及釐清狀況。

被打中的地方痛到很可怕的地步，那陣衝擊超乎想像。不對，對於這樣的事態發展，她早就料想到了——【孤紅之恤】起碼能打出這樣的攻擊沒錯。

「吭唰————————！」一聲，芙亞歐的身體掉到賣面具的攤販上，發出好大的聲響。

人們紛紛發出哀鳴聲逃跑。

有人被連累壓在底下成了墊背，死了兩到三個人。

但那一點都不重要。雙眼瞪視那飄舞而下的紅色花瓣，芙亞歐慢慢站了起來。

雖然還沒弄到魔核就得跟對手決戰是她失算——但她可不一定會輸。

對方用游刃有餘的態度飄浮在半空中。

芙亞歐揚起嘴角。因為接下來即將展開令人血脈賁張的作戰，好久沒這樣了。

對——她強得過分。至今為止沒有人是芙亞歐・梅特歐萊德的對手，不知道從什麼時候開始，她就再也沒有這麼疼痛過。

「——呵、哈哈、哈哈哈哈哈哈哈！挺有一套的嘛？黛拉可瑪莉！」

「殺了妳。」

對方放出強烈的殺氣。

就在那瞬間，芙亞歐試圖離開現場。

可是有東西纏住她的腿，讓她跌倒。

那些從石板縫隙間急遽成長的植物根莖將她的腳踝捆住。

她心頭一涼。

手裡拿起刀劍試圖砍斷那些植物。可是植物延伸的速度實在太快了，讓她無法招架。於是她當機立斷發動火焰魔法，將一切燃燒殆盡的芙亞歐拿著刀劍退後好幾步。

接著她看見有無數的銳利枝條逼至眼前。

「這些——是在搞什麼鬼!?」

她盡可能用最快的速度揮動刀劍，將那些枝條打落。

在打落的同時，腦海中也在思考。黛拉可瑪莉的烈核解放能夠反映出各個種族的濃烈特徵。這次的特徵是透過和魂種之血實現的吧——那麼她應該就會保有那種種族的特徵。和魂種。和。自然。時間。

「唔!?」

等到芙亞歐發現的時候，一些枝條已經在側腹部畫了一下，有血液從那噴出。好痛。可是這份疼痛將會成為她殺掉敵人的原動力。

黛拉可瑪莉和天津・迦流羅正泰然自若地站在她前方。

這時黛拉可瑪莉突然丟出小石子。

下一刻——丟出來的小石子進入音速狀態，將芙亞歐的肩膀擊穿。

劇烈的痛楚炸裂開來。在不明所以的情況下，芙亞歐被人打飛出去，飛往她的背後。

在她飛出去的地方，已經長出巨大的樹木。這棵大樹讓人止不住抬頭仰望——那恐怕是銀杏樹吧——但樹木不是只有一直生長而已，還瞬間枯死。無法承受自身重量的樹幹發出討人厭的吱嘎聲，接著就「喀嘰」地斷了。

這下芙亞歐才看懂。

是時間。那傢伙讓時間加速了。

而且能夠操控局部的時間，是不同凡響的特異能力。黛拉可瑪莉小小的拳頭之所以能夠輕易將芙亞歐打飛，都是因為讓「毆打」這個動作加速的關係。而她可以用肉眼跟不上的速度丟出石頭，也是讓「投擲」這個動作加速使然。

這樣的招數——該如何應對。

現在才在想這個，做什麼都太慢了。

巨大的銀杏樹不把重力加速度當一回事，就這樣掉了下來。因為那個速度太快了，芙亞歐沒辦法完美閃躲。以驚人之勢掉落在東都之中的巨大樹木伴隨一陣「嘶轟————！」聲破壞無數建築物，同時橫倒在大街上。

「咕————啊啊啊啊啊、啊啊啊啊啊啊啊、可惡————！」

芙亞歐的尾巴被銀杏樹和地面夾碎，臀部那邊頓時出現劇烈疼痛。

她沒辦法動彈，無法逃離。其他人明明都可以尖叫著逃跑——自己的尾巴卻被壓住，害她無法逃離。逃離——？

怎麼會有這種想法。她可是覬覦最強寶座的孤高之狐。怎麼能為這點小事說喪氣話——

「芙亞歐，跟迦流羅道歉。」

她好像聽見死神的聲音。

在飄舞的紅色花瓣中，那名少女正佇立著，四周充斥翡翠色的魔力和濃密的殺氣。光只是待在這都快要將芙亞歐的精神力耗盡，有著如此強大的存在感。

不知不覺間，東都已經轉變成綠意盎然的大自然世界。

© riichu

到處都生著茂密的花草。從被破壞的住宅瓦礫縫隙間生出各式各樣的樹木，盤根錯節、成群而立，還有白色的蝴蝶從芙亞歐的鼻尖前方飛過。

「妳，做了壞事。」

「做了壞事——？」

芙亞歐四周開始長出帶刺的樹木，銳利的枝條對準她刺過來。眼下她正面臨生死危機——可是芙亞歐並沒有放棄。

「真可笑，我有做什麼嗎？」

「妳不把迦流羅的夢想、當一回事。」

這傢伙在說什麼啊。

又不是所有人的夢想都能夠實現。

幸福的背後，往往藏著不幸。如果有人實現夢想，某些人就得被迫放棄夢想，這樣的道理就連孩子都知道。

這時芙亞歐咬牙切齒地大叫。

「妳是不是恨我讓妳背黑鍋!?恨我燒掉風前亭!?恨我試圖殺掉上一任大神!?——那又怎樣！」

她重新握起刀劍。心明明很冷靜——說出來的話卻強烈且鮮明。

「妳對別人的夢想根本一無所知！我只是在追求我的夢想！我——要變得比任

何人都強，對他們還以顏色！我要改變這個腐敗的世界！還有——要對毀掉我故鄉的尤琳・崗德森布萊德報一箭之仇！」

就在那瞬間——

黛拉可瑪莉的動作停擺了。

芙亞歐沒有放過這個好機會。

她反手握住刀劍，拿刀刺自己的尾巴。鮮血噴濺出來，劇烈的痛楚撼動著腦髓。芙亞歐咬牙忍住了。對於被切斷的尾巴連看都不看一眼，而是拔腿衝了出去。

黛拉可瑪莉一臉大出意料的樣子。

「速度」這個概念在她身上已經不適用了，但她似乎沒辦法連精神面都加速。那芙亞歐就要趁她還沒從震驚中恢復，將她了結掉。

她發動初級光擊魔法・【魔彈】。

這只是在牽制對方，可是黛拉可瑪莉的迴避動作變得有點慢了。

嗶！

魔力形成的彈丸自她臉頰上劃過，讓鮮血流出。

芙亞歐暗自竊笑。她能感覺得到，黛拉可瑪莉的心亂了。

接著芙亞歐發動上級加速魔法・【疾風迅雷】。將所有的魔力轉變成速度，賭上性命打出接下來的一擊。她全身都能感覺到風從身旁吹過，奔跑在綠色的大地上。黛拉可瑪莉那呆愣的臉龐就在不遠處。

就此將她一刀兩斷吧——芙亞歐想到這便將刀子高高舉起，霎時間……

眼前的一切全都風雲變色。

「咦？」

她回過神才發現自己不知何時又變回被銀杏樹夾住且動彈不得的她。思考出現空白。芙亞歐不懂。原本應該被切斷的尾巴已經在神不知鬼不覺間恢復原樣——就好像她又變回幾秒鐘前的自己。

「我讓時間倒回去。」

這讓芙亞歐驚訝地抬頭，仰望說出這句話的人。

天津・迦流羅就站在哪，雙眼都發出紅色光芒。

是烈核解放——對了。

這個少女也是擁有不凡心靈的英雄。

芙亞歐立刻揮動刀子，對準天津・迦流羅砍過去。可是旁邊有樹枝飛過來粉碎刀刃，讓芙亞歐不由得放開刀柄。

「可惡……！」

她拚命朝著刀子伸手，可是身上突然出現劇烈的痛楚。

不知道是什麼時候的事情，黛拉可瑪莉已經將她的手背踩住了。

憐憫的紅色目光向下望著芙亞歐。

芙亞歐心中好像有什麼東西炸開的聲音。

「……妳就這麼、就這麼……強大嗎？我為了變強一直很努力……為了成為世界上最強的人，為了這個夢想不斷努力……可是妳卻——三兩下就將我的夢想踐踏殆盡是嗎？就像在捏碎螻蟻一樣，把別人的夢想……」

「那是我要說的話。」

「唔——」

紅色的花瓣稀稀落落地飄散了。

有那麼一陣子，芙亞歐一直呆呆地眺望這些景象。

迦流羅蹲了下來，跟她視線齊平。她也跟黛拉可瑪莉一樣，用憐憫的目光看著芙亞歐。這讓芙亞歐很不是滋味。

「或許妳也有妳的苦衷，可是妳對天照樂土做的事情不可饒恕。」

「……——」

「所以請妳做好覺悟，必須讓妳接受懲罰。」

「這個讓我來。」

將迦流羅推開，黛拉可瑪莉說了這麼一句話。

那駭人的殺氣讓芙亞歐的意識硬是清醒過來，她不能死在這種地方。不管要用什麼樣的手段，自己都必須活下去。為了踏上通往最強境界的階梯，她不能死在這種地方——對了。她還留有一手。

芙亞歐當機立斷發動烈核解放。

這原本並不是用來戰鬥的能力。

可是根據時間場合而定，那空前絕後的變身能力還能帶來莫大的效果。

在一聲「砰呼！」後，周遭被煙霧灌滿。

芙亞歐瞬間變成青髮女僕。

那是黛拉可瑪莉一直很看重，名字疑似叫做薇兒海絲的吸血鬼。

只要利用這種姿態，黛拉可瑪莉也許就會陷入猶豫——如此盤算的芙亞歐將薇兒海絲曾經做過的一舉一動從記憶深處挖掘出來，努力裝出很撒嬌的聲音，用來懇求對方。

「可瑪莉大小姐，請您再考慮一下，若是殺了我——」

「妳不是薇兒。」

這是必然的結局。

作戰計畫宣告失敗。

翠綠色的魔力擴散開來，時間也加速了。

過沒多久，足以覆蓋整座東都的巨大櫻花樹誕生了。它冒出葉子——開出花朵——最後死去，這棵櫻花樹撼動著大氣，逐漸傾倒。

慢慢地，那塊死亡聚集體緩緩地落了下來。

全身都沐浴在飄落的櫻花花瓣中，芙亞歐連動都沒辦法動，一直望著這片景象。

※

六國新聞　十月二十二日　早報

『東都騷動 天舞祭的獲勝者是天津・迦流羅女士

【東都——梅露可・堤亞、蒂歐・費列特】用來決定天照樂土下一任大神的選舉「天舞祭」已經在二十一日當天正式結束。玲霓・花梨五劍帝大將軍表明不再參選，天津・迦流羅五劍帝大將軍確定獲得勝利……（中間省略）……天舞祭終盤出現令人驚訝的發展。玲霓將軍的左右手芙亞歐・梅特歐萊德表明她是恐怖組織「逆月」的成員。從玲霓將軍口中問出魔核真相，還要襲擊東都。對此，天津將軍和黛拉可瑪莉・崗德森布萊德七紅天大將軍勇敢追擊。將東都的一部分變成樹海，同時還滅掉芙亞歐・梅特歐萊德……（中間省略）……除此之外，跟天津將軍有關的負面評價幾乎都是假的。因為唯一的消息出處來自名為東都新聞的情報恐怖分子，他們恬不知恥偽造假新聞。希望各位民眾要多加留意，不要被假冒新聞媒體人的壞蛋欺騙了。』

東都這邊受到可瑪莉的烈核解放影響，時間進展一度加快。

到處都長滿花草，變成真正的「花漾京城」。

甚至還讓夭仙鄉的詩人吟誦出「國破山河在」。的確，這些充滿自然風光的景色不免帶來一種蕭瑟氛圍，可是人們好像沒有特別為此擔憂，還是在過他們的日子。

這是因為恐怖分子已經走了。

新的大神也已經確立——來襲擊天照樂土的不法分子都已遭到肅清。

或許透過迦流羅的烈核解放，能夠讓東都景色恢復原樣。可是她不想隨便亂用這種能力。【逆卷之玉響】還有很多不明之處。搞不好要付出某種代價，這樣的可能性也不是沒有，於是迦流羅決定盡量不要大規模使用。

只是碰到必要關頭，她會毫無保留發動。

若是能夠拯救重要的人，迦流羅不管付出怎樣的代價都在所不惜。

「——祖母大人，您終於醒了。」

眼下迦流羅眼裡正浮現淚水，對著自己的奶奶微笑。

她的奶奶驚訝地睜大眼睛，接著往下看看自己的身體，再看看周遭，最後盯著迦流羅的臉——然後她似乎明白一切了，嘴裡隨即發出嘆息。

這裡是東都的醫院。他們來到安放迦流羅奶奶的房間。

奶奶直到現在都還沒醒來，於是迦流羅就對著她發動【逆卷之玉響】。要把時間倒回到奶奶被人襲擊之前。就是迦流羅跟可瑪莉一起看煙火的那個晚上。隨著時間逆流，奶奶的身體狀況也逐漸恢復，最後就像什麼事情都沒有發生過，睜開眼睛醒了過來。

「妳是不是用了烈核解放？」

「是，因為祖母大人都沒有好起來。我很擔心……」

「放著不管就會恢復了。我可是曾經被人稱作『地獄風車』。」

「說得也是……但是太好了，祖母大人平安無事。」

迦流羅都快哭出來了，是說她已經哭了。醫生有說繼續放著不管，奶奶將會撒手人寰。真的太好了。

嘴裡發出安心的嘆息，迦流羅在奶奶面前坐下。

奶奶惡狠狠地斜眼瞪她，那目光還是像刀刃一樣銳利。

「……事情經過我大致都清楚了。妳已經對自己應該要做的事情有自覺了吧。」

「不，還不至於到有自覺，只是想要努力試試看。那個……先別說這件事了，祖母大人您還好嗎？身體真的都不痛了？」

迦流羅在奶奶的身體上摸來摸去，想做個確認。迦流羅的奶奶一副嫌她煩的樣子，但還是隨便她摸——不過到頭來可能還是覺得太煩了吧。她的奶奶突然怒吼一聲「真煩人！」將迦流羅從身上扒開。一時間迦流羅不知道該怎麼辦才好，但是看到奶奶這麼有精神，就覺得應該不用擔心了。

奶奶要求她把先前發生過的事情都說明一次。迦流羅決定按照她的要求全說了。包括花梨陣營的芙亞歐·梅特歐萊德其實是逆月的成員。跟黛拉可瑪莉·崗德森布萊德一起同心協力作戰。發動烈核解放擊退恐怖分子——有的時候奶奶會做些回應，再來就是悶不吭聲聽完。

等到她聽完說明，她突然用力抓住迦流羅的手。

「……妳好像變得更壯一點。」

「變、變壯了？這是在誇獎嗎……」

「對，手和腳好像變得比較粗了，應該不是一天到晚吃點心的關係吧？」

「呀啊啊啊啊!?請不要揉來揉去！」

迦流羅反射性跳了起來，跟奶奶拉開距離。奶奶則是嘲弄地笑說「開玩笑的」，真沒想到這個人還會說笑話。小時候有些兒時陰影，迦流羅才會這麼提心吊膽，害怕這次是不是要被奶奶弄斷手。

「真、真是的。別看我這樣，我也是有在注意很多事情的。」

「抱歉啊——不過，看來妳是真的變強了。」

那讓迦流羅驚訝地看著奶奶的臉龐，沒想到奶奶顯得和顏悅色。

「那、那個，您的身體看起來好像已經沒事了，但頭腦沒問題吧？不對！我並沒有其他的意思，只是時間逆流會不會導致精神受到創傷……」

「我已經不要緊了，都治好了。反倒是妳能夠使用烈核解放，我看了還更吃驚。不，也不到驚訝的地步——大神那傢伙好像一開始就很肯定會有這樣的發展了。」

「是……雖然我聽不太懂就是了。」

「烈核解放是心靈力量。如果妳能夠自由運用，那大可為此感到自豪。這就代表在妳心中，已經做好某種覺悟了。」

將目光從迦流羅身上轉開，奶奶嘴裡補上這句話。

像是在逼自己拿出勇氣一樣，迦流羅的手用力緊握成拳。她已經下定決心了。有了可瑪莉的支持，跟她一起參加天舞祭，還跟恐怖分子作戰，一路走來迦流羅已經清楚知道自己該做些什麼了。

她望著奶奶的側臉，接著開口。

「我——想要當糕點師傅。」

「是嗎？」

「——不過。」

她站了起來。用充滿決心的目光俯瞰奶奶。

「我也想成為大神。因為花梨小姐把這些託付給我，要我從恐怖分子手中拯救國家。我想這個工作對我來說可能負擔太重了，或許會做到一半就不想做。但我還是想努力試試看，因為大家都對我抱持期待。」

只見奶奶「唉」地發出一聲嘆息。

「既然妳都下定決心了，那我也不會再多說什麼。妳就照自己的意思去辦吧。」

「這樣一點都不像祖母大人了。原本還以為您會說『別當糕點師傅了，專心做一件事！』……」

「其實我並不想強迫妳。想當糕點師父就去當吧，我原本就是這麼打算的。」

「啊？」

這簡直是晴天霹靂，剛剛奶奶對自己說什麼了？

「可是妳的覺悟還不夠。嘴巴上說要當糕點師傅，卻還在擔憂這個國家。若是懷著這樣的心態，往後絕對會後悔。我會再三要求妳『成為大神』，都是希望妳不要後悔……不，也許對妳來說，這就像是在強迫妳。」

「咦，可是——您總說我不當大神，國家會滅亡……」

「若是妳真的不想做，我就會出面收拾。」

目瞪口呆的迦流羅接著閉上嘴巴。

恐怕奶奶一直在試探她的心意吧。若是做出的覺悟不夠卻想要挑戰，那還不如別做——她一直以來都在強調這個。話說那天——也就是迦流羅跟可瑪莉一起挑戰奶奶的那天，這個人之所以會認可迦流羅，都是因為迦流羅展現出無論如何也要追求夢想的決心。

真是難以理解。奶奶就是這個樣子，才會被很多人誤解。

可是迦流羅的確感受到奶奶的心意了，奶奶有在用她的方式尊重迦流羅的感受。

「……謝謝您，祖母大人。」

「哼，妳就好好努力吧。」

「是，不管是風前亭還是大神，我都會努力經營和扮演。雖然沒什麼自信……」

「對這個國家有非分之想的人多到數不完，不是只有芙亞歐・梅特歐萊德那個小丫頭。妳已經做好跟那幫人戰鬥的覺悟了嗎？」

「聽您這麼說，我好像還沒做好……」

「這種時候就算是說謊，也該回句『做好了』！」

「是的我做好覺悟了！都已經做好了，請您不要生氣！」

她果然還是覺得這個人很可怕，迦流羅再次體認到奶奶的可怕之處。

「……好吧，雖然有點不可靠，但人民似乎都很喜歡妳，妳想必能做得非常稱職。除了鬼道眾，還有很多人都願意幫助妳。」

「那我也可以來找祖母大人幫忙嗎？」

「只能在走投無路的時候找我。」

「謝謝您。」這個時候迦流羅突然想起一件事情，「……我是不是也該找現任大神大人問些相關的事情。像是事務移交之類的，應該有很多事情要談……對了，請問大神大人現在在哪呢？好像有一陣子都沒看到她了。」

祖母的臉色出現些微變化。

但那可能是迦流羅多心了。她可是在這個世界上赫赫有名、豪放磊落的地獄風車，雖然只有短短一剎那，但她也不可能露出那麼悲傷的表情才對。

「……她已經功成身退了。」

「什麼？」

「我再找機會跟妳說。反正之後還會見面——別的事情更重要，那就是成為大神代表要管理魔核。剛好有這個機會，就交給妳吧。」

「是？」

迦流羅顯得一頭霧水。

沒把眼神呆愣的迦流羅當一回事，她奶奶慢條斯理地起身。靠近設置在病房牆壁上的置物櫃。拉開從下面數上來第三個抽屜——從裡頭取出一件令人眼熟的物體。

那是鈴鐺。

以前堂兄送給迦流羅的禮物。

可是已經有一個戴在迦流羅的右手上。一模一樣的東西居然有兩個。

「咦？這個是、那個……？我不是很明白……？」

「我先來針對妳手上的那個說明一下。」奶奶指著迦流羅掛在右手上的鈴鐺，嘴裡那麼說：「其實妳從小就擁有烈核解放，但是卻沒辦法控制，因為意志力還太薄弱的關係。若是一不小心讓時間逆流就麻煩了，所以才會先把這股力量封印起來。」

「但是……這個是兄長大人給我的……」

「覺明他早就看出來了，才會送那個東西給妳……不過目前這樣看來，封印烈核解放的機能好像壞掉了，是碰到太過龐大的魔力才會毀壞吧。」

迦流羅試著晃動手腕。叮鈴——清涼的音色在和室裡想起。

沒想到裡面藏了這麼大的祕密，迦流羅很驚訝。她原本只把這個當成是兄長給的重要物品……是說自己從很久以前開始就擁有烈核解放，卻一直都沒有發現，這也讓迦流羅感到訝異。那她的處境不就真的跟那個吸血姬一樣了？

都還處在混亂狀態中，奶奶又拿出另一個鈴鐺。

「然後這個是魔核。」

「啊？」

「這是天照樂土的魔核。正式名稱叫做『時習鈴』。不過妳戴的那個也叫做『時習鈴』。總而言之——妳的那個等同是仿冒的魔核。」

「不不不不!?我完全聽不懂！那、那個真的是魔核!?」

「對，這就像是天照樂土的命脈。」

「…………………」

奶奶不是會說謊的人。不對，她剛才好像有跟自己開過玩笑。總而言之——聽人這麼一說，她確實能夠感受到不可思議的力量。

成為大神就代表要成為魔核的管理者。

怎麼能收下這種東西！——迦流羅真的很想尖叫，可是大叫之後拒絕接收鈴鐺，那樣對所有人來說都等同背叛行為。

所以說，她就該負起責任守護。

迦流羅把魔核——「時習鈴」戴到左手試試。

叮鈴，美麗的音色震盪著耳膜。

收下這種東西也只會覺得困擾。雖然覺得困擾，又不能說出「我很困擾」。大神的工作可能會超乎想像吃力，但就當成是糕點師傅的副業，適當的努力吧。碰到沉重的壓力也能看開，這是迦流羅的優點——她自己是那麼想的。

「……妳總算願意去做了，花了好長的時間才能說服妳。」

「我並沒有被說服，我是自己想過才選擇走上這條路，但有可能走到一半就會辭職。」

「等到了那個時候，我再來說服妳吧。若是說服失敗就殺了妳。」

「這樣好像直接跳過四個階段了!?」

奶奶再次笑著說「開玩笑的」。

那恐怕不是在開玩笑吧。除了面帶苦笑，迦流羅還低頭看著左手的鈴鐺。

總之天舞祭到這邊就結束了。雖然跟當初的預定計畫有點出入，但迦流羅跟奶奶和解了，還成為大神，並且獲得繼續當糕點師傅的勇氣。

為她帶來這種結局的，自然是那個人。

就是那個全宇宙最強的吸血姬。

——她要好好跟她道謝。

☆

「可瑪莉大小姐。這次您總該承認了吧。」

「……………」

「就連新聞都刊載了。上面有可瑪莉大小姐背後飛著一堆櫻花花瓣，大顯身手的照片。」

「……………………………」

「您應該有印象才對吧？在吸食天津大人的血液之前，發生了一些事。話說當可瑪莉大小姐咬住天津大人脖子的那瞬間，我簡直氣炸了，差點氣死，這些先不管，可瑪莉大小姐在吸了血液之後，情勢確實立刻轉變。我想這點您應該是可以理解才對。」

「…………………………………………………」

這裡是醫院。在病床上。不知道為什麼，女僕一直用言語對我進攻。

這已經是每次都會發生的戲碼，醒來就會看到頭頂上方有陌生的天花板。雖然我早就預料到可能會這樣，但我好像是在吸了迦流羅的血後，瞬間失去意識。跟在夢想樂園吸完納莉亞血液的現象很像。

只不過——這次好像有點不同。

也不是那麼說，當然天照樂土東都變成很有大自然風味的自然樂園是我幹的，這點我是不相信啦，但我敢肯定身上確實出現某種變化。

有些景象一直記在腦海中。

那就是飄散飛舞的櫻花花瓣，還有不停翻攪的翠綠色魔力。

自從吸完迦流羅的血以後，我好像一直在作這樣的夢。

「……看您沒有一股腦否認，應該是想到什麼了吧。」

「我沒有想到什麼啦，只是在作夢罷了。」

「是不是烈核解放發動的次數越多，意識就會變得越清晰？還是烈核解放的性質改變了？或是成長了？是不是可瑪莉大小姐的心靈變強了——？」

薇兒嘴裡唸唸有詞，還陷入沉思。

冷靜下來來想一想，會覺得在吸取血液的瞬間就昏厥，這樣的吸血鬼好像太扯了。她的確是討厭血液，但有可能討厭到昏厥？

這樣會不會太弱了啊？或許需要驗證一下。

「薇兒，妳可以讓我吸血嗎？」

「不行。」

「為、為什麼啊——!?妳明明都讓佐久奈吸了！」

「不行就是不行。我會拒絕到這種地步就是最強的證據。可瑪莉大小姐一旦吸取血液就會發動烈核解放，變成狂戰士。」

「我就是為了確認才要吸呀！只是吸一下又不會怎樣！」

「就跟您說不行了——等等、夠了，請您快住手！」

我本來想要去咬薇兒的手腕，但是她用手按住我的額頭，制止我的行動。所以我就只有舔到而已。還差一點點就能吸到了說……！

雖然覺得很懊惱，但我的腦袋馬上就冷靜下來。

我這是在做什麼，這樣下去不就像個變態一樣嗎？

「可瑪莉大小姐的唾液沾到了，這個要如何處置才好？」

「擦、擦掉啦！我警告妳別舔唷！這是我遇過最噁心的事情！」

「那沒辦法了……」

心不甘情不願的薇兒擦擦手腕，那讓我覺得好害羞。我確實是想要確認自己吸完血液會怎麼樣，但眼下比起那個，還有更該優先處理的事項。

自從那天過後——也就是天照樂土差點被芙亞歐侵略的那天過後，我就一直被扔在醫院裡。都怪已經發生過好幾次的「全身魔力抽乾現象」（我開始在想這是不是跟吸食血液有什麼關聯）。總之我不能到外面去，也就是沒辦法跟迦流羅見面。

普洛海莉亞和莉歐娜有寄信過來問候我，裡面寫著「烈核解放真有看頭！」「下次戰爭我可是不會輸的！」。

不知道那個和風少女怎樣了。新聞上面寫了，在天舞祭中獲勝的迦流羅會成為下一任大神——但那可是六國新聞。不能太相信。

「對了薇兒，迦流羅還好嗎？」

「她說要同時擔任大神又經營風前亭，也不曉得哪邊才算副業。」

「這也讓人好奇呢。國家元首經營副業，好像有點可笑喔。」

「就是說啊。剛好她本人過來了，我們或許可以問問看。」

「咦——？」

就在那時，我聽見有人在房門上「咚咚」敲了幾聲。

薇兒自作主張回答「請進」，允許對方進入。我都還來不及吐槽，病房的門就已經唰啦唰啦地拉開，許久未見的和風少女出現在眼前。

她就是天津・迦流羅。我唯一的知己。

「——可瑪莉小姐，差不多有三天沒見了吧。妳的身體狀況如何？」

「迦流羅！妳才是，都還好嗎？」

「是，身體沒什麼大礙。」

迦流羅臉上帶著淡雅的微笑，朝我靠近。

然後還說「這個是探病用的禮物」，給我一個風前亭的紙袋。

「……咦？店鋪應該燒掉了吧。」

「是，可是只要有廚房，就能夠做些簡單的東西。」

真不愧是專家。於是我立刻把內容物拿出來看，一包葛粉饅頭出現在眼前。是我之前塞到迦流羅奶奶嘴巴裡的東西。真的很甜很好吃呢。

「我可以吃嗎？」

「請用。」

「謝謝！」

我剝開包裝吃起饅頭，真的好好吃。迦流羅做的點心是世界第一——我的心情也變好了，這時薇兒像是突然想起什麼似的，雙手交疊在胸前。

「——天津大人，您的奶奶還好嗎？雖說有【逆卷之玉響】應該沒什麼好擔憂的。」

「不用擔心，我已經用烈核解放讓時間倒回受傷之前。現在她生龍活虎，就像之前那些都是假的一樣。每天都被她怒吼也是種困擾。」

「是這樣啊!?妳的奶奶已經痊癒了啊……太好了……」

在吃饅頭的我佩服到都想脫帽致敬。

迦流羅擁有能夠讓時間回溯的能力。我被芙亞歐砍到的時候，她也是用這種力量治好我的。跟我這種廢物吸血鬼差好多。

「我晚點想要去見見她，都還沒跟她正式問候一下。」

「啊，這麼說來。把祖母大人的壺弄到出現裂痕的人，是不是可瑪莉小姐？」

這番話讓我大感驚慌。

不知道該不該裝傻蒙混過去——但光是在猶豫都顯得不夠坦蕩。

我手裡還拿著饅頭，同時跟迦流羅低頭道歉。

「對、對不起！我不是故意的！具體來說，那個會破掉都要怪薇兒，但是部下闖禍就等同上司失職！真的很抱歉……我什麼都願意做，能不能原諒我……？」

「不、不用啦。妳不用看得那麼重沒關係的——小春。」

「是。」

身上穿著黑色裝束的忍者突然如影子般出現在病房中。

這是迦流羅的頭號部下小春。光是登場的方式就夠令人驚嚇了，但是一看到她手上抱的巨大物體，我更是面臨二度驚嚇。

那是——之前形同被我弄壞的壺。

小春對我說了一句「請收下」，接著就把壺拿過來。

上面的裂痕消失了。簡直就跟新的一樣，整個亮晶晶的。

「這個……該不會是——」

「在修復天津本家的時候，我一起修好了。祖母大人說送給妳當紀念。但妳收到這樣的東西，應該不會覺得開心吧……若是能夠當成和好的象徵收下，那會是我的榮幸。」

「壺、壺啊啊啊啊啊……………！」

我好感動。並不是我很想要這個壺，而是迦流羅的奶奶原諒我了讓我好開心。這樣我就不用再被罪惡感折磨。每天晚上都作被壺壓爛的惡夢，現在再也不會了。但我還是預計要去找迦流羅的奶奶好好謝罪一番。

「太好了呢，就把這個壺拿來當成椅子用吧。」

「不能那樣用啦！這個要放在我的房間當裝飾品！壺～壺～♪」

我帶著暢快的心情撫摸那個壺。我好像開始懂得欣賞陶瓷的美好了。真不愧是甘柿衛門。價值百億日圓的壺就是特別美呢……嗯？先等一下？百億日圓？價值百億日圓的壺真的可以給我嗎？——我為此打了個寒顫。

這時迦流羅突然對我深深一鞠躬，還說了那麼一句話。

「可瑪莉小姐，這次……真的很感謝妳。」

「咦？怎麼了？」

「多虧有可瑪莉小姐，我才能夠實現夢想。雖然我原本是不打算當大神的……但現在已經不用再被家裡的事情干擾，可以繼續經營風前亭，都是因為有可瑪莉小姐支持我，才能走到這一步。」

「……………」

其實我真的不記得自己有做過什麼，那些都是迦流羅靠著自己的意志實現的。但不管我再怎麼強調這點，她都不會採納吧。

因為迦流羅是個謙虛的女孩。

「或許我當大神沒辦法當得太稱職，因為那是副業，不能太怠慢我製作糕點的主業。」

「原來那邊才是主業啊？迦流羅真了不起。」

「是，所以……那個，我想我可能會遇到很多困難，會給很多人添麻煩。等到那個時候，可能又要去拜託可瑪莉小姐幫忙。問這種話可能沒資格當大神，但是……我可以去找可瑪莉小姐幫忙嗎？妳接下來也願意繼續陪著我嗎？」

在說這些話的迦流羅顯得很害羞彆扭。

她大概是沒什麼自信吧，因為她原本就不打算當大神。

像我這種小角色，也許能做的真的不多。可是——若是這個少女需要我，我也會大方提供協助。

因為迦流羅是我的好朋友，是我的知己。

若是能夠齊心合力，對我們兩個來說都是好事。

「當然好。」

我握住她的手，竭盡全力綻放微笑。

「只要有我能做的，我都願意做。若是妳遇到麻煩，隨時都可以叫我過來。啊，沒遇到麻煩也可以叫我過來喔。我隨時都可以來找妳玩。」

「謝謝妳……！」

迦流羅的眼眶溼溼的，臉上還帶著微笑。我們兩個在那一小段時間裡什麼都沒說，而是互相看著彼此——接著迦流羅突然咳了幾聲，重新調整姿勢。在納悶發生什麼事的我望著她的臉看。

「只有我一個人實現夢想，這樣好像不公平呢。」

「咦？」

「我已經在天舞祭中優勝了，多虧有可瑪莉小姐的幫忙。所以——就像我們當初說好的那樣，我也想幫助可瑪莉小姐實現夢想。」

「咦？」

「來出版可瑪莉小姐寫的小說吧。我想一定會有許多人看完妳的故事深受感動。」

迦流羅臉上的笑意變深了，她開口說了這番話。

從窗戶吹進來的秋風讓她髮絲飄搖。

鈴鐺的「叮鈴」聲在此地迴盪著。

如此一來，我們兩個成功幫助彼此實現夢想。若是只有一個人，恐怕什麼都辦不到吧。是因為有我——再加上迦流羅——還有許許多多的夥伴，才能夠在現實中成就那樣的奇蹟。

接下來天照樂土會變成怎樣，我不曉得。

可是，現在就先讓我沉浸在幸福中吧。讓我品嘗夢想實現的興奮感受。因為我寫的小說要出成實體書了，會在書店之類的地方販賣喔。我看我先來把文章重新編排一下，如果要出成書本，在用字遣詞上就要講究正確性——懷著雀躍的心情，我一直在凝視迦流羅的笑臉。

「可瑪莉大小姐！不能在床鋪上跳來跳去！」

「這要人家不跳來跳去是不可能的！太好啦——————！我終於可以當小說家了——————！」

「但不保證一定會大賣。」

「那種事情怎樣都無所謂啦！」

有那麼一陣子，我的喜悅全寫在臉上，鬧出好大的動靜。

六國的秋意越來越深。再過不久，冬天就會造訪。

（完）

「請您小心，納莉亞大人！那個吸血鬼比黛拉可瑪莉還要危險。」

「不會有事啦，阿爾卡跟姆爾納特可是同盟國。」

「就算是那樣好了，我們還是不能放鬆警戒。我看那幫人大概只把翦劉種當成炸蝦的尾巴，一旦能夠趁虛而入就會把我們拿去吃掉！」

「好啦好啦……」

這個女僕也算是愛操心，摸摸她的頭，納莉亞離開等候室。

這裡是位在核領域的某座都市。

各國重要人士若是要展開機密會談，不時會利用這個古城。身為阿爾卡王國的總統，納莉亞・克寧格姆在吸血鬼接待員的帶領下，走在又長又大的走廊上。

前些日子有一封書信寄到總統府，寄信人就是姆爾納特帝國的皇帝。

上頭寫著——「給妳看有趣的東西，想看就過來」。

這封邀請函實在太可疑了。可是當今皇帝以前曾經和老師並肩作戰，既然對方都邀請了，她也不能無視。將堆積如山的總統工作下放給部下處理，納莉亞跑出阿爾卡王國。副總統對她此舉很有意見，之後再好好安撫他就行了吧。

「請往這邊。」

負責帶路的吸血鬼先是對她一鞠躬，接著就離開了。

這裡是古城的中庭。

有青翠的草坪，正中央還擺放了漂亮的椅子和桌子。在早晨日光的照耀下，悠悠閒閒拿著茶杯喝茶的人正是——姆爾納特帝國皇帝卡蕾・艾威西爾斯。一看到納莉亞，她就「喔喔！」地出聲，還露出微笑。

「歡迎妳來，納莉亞。抱歉要妳特地過來一趟。但也不是多重要的事情，妳就喝點茶放鬆一下吧。來吧來吧。」

對方那態度實在太友善了，讓納莉亞有點困惑。

總之她換上應酬式笑容，跟對方打招呼。

「謝謝您邀請我，我一直很期待能有個機會和艾威西爾斯陛下對談。我們來談談六國的未來展望吧。」

「太嚴肅了。在妳還這麼小的時候，朕就已經認識妳了。哎呀妳長大了呢，變漂亮了。之前六國大戰的時候，妳還跟可瑪莉一起大鬧特鬧呢。朕看了都有點眼眶泛淚了。沒想到尤琳的學生已經能夠像這樣獨當一面了。」

「是……」

納莉亞決定放棄思考。

看來對這個人殷勤問候是不需要的吧。對方免除國與國之間交涉時會有的艱澀社交詞彙，要她不用太拘束。若是碰上夭仙鄉或白極聯邦，事情就不是這樣了。

這時納莉亞看向坐在皇帝對面的某個人。

那是一位穿著東方特色和服的貴人。最引人注目的莫過於臉上貼了一張巨大符咒，把真正的樣貌遮住。她——天照樂土的大神就像前些日子在宴會會場見到的那樣，嘴邊有著優雅的微笑，坐姿很端莊。

「妳好。」

對方突然跟她打招呼。

納莉亞不由得挺直背脊。

「您、您好。」

「好的，妳好。請入座吧。抱歉這樣催促妳，只是我的時間有點緊迫。」

在對方的催促下，納莉亞坐到椅子上。

右邊是皇帝，左邊有大神，她對這種情況不是很理解。皇帝送過來的書信寫到「大神也會參加」，就只有這樣。這次來究竟是要談什麼呢？是我們這三個國家要締結同盟嗎？還是要來商討恐怖分子對策？——納莉亞正在東想西想，皇帝就說了一句「那接下來——」，還將茶杯放下，率先起頭。

「既然納莉亞也來了，我們就趕快來切入正題吧。但不用那麼緊張，接下來並不是要研擬什麼作戰計畫。而是對於天照樂土和天舞祭，大神好像有點事情想跟我們說。」

「天照樂土？這是怎麼一回事？為什麼要找我這個阿爾卡領袖來聽。」

「大概是因為妳算下一世代的領導人之一吧。不過朕對於內情也不是很了解——大神啊，可以為我們詳細說明一下嗎？」

納莉亞改看大神，符咒後方的那雙眼睛正在望著她。

「——那我就來解釋一下。這件事情還沒跟納莉亞小姐提過，但今日的會談其實是我企劃的。因為有點事情想跟妳們報告。」

「要報告是嗎？」

「是……前些日子天照樂土舉辦了天舞祭，納莉亞小姐妳並沒有實際待在現場，我想妳應該不清楚詳細情況，但是事情是如何發展的，想必妳已經聽說了吧？」

「天舞祭因為恐怖分子的關係，被搞得亂糟糟的對吧。多虧迦流羅和可瑪莉聯手才擊破逆月的刺客，最後平安收場，聽說是這樣。」

「是的，迦流羅也因此成功獲得人民大力支持。雖然天舞祭弄得一團亂，但獲勝者已經確定是迦流羅了。大家都認為她很適合擔任下一任大神。還有——那也是我一直期盼的。」

意思是說大神原本就特別偏好天津・迦流羅是嗎？

的確，大神這個地位對玲霓・花梨來說好像負擔太重。

這時納莉亞嗅到一絲危險氣息。這麼說來——在舉辦天舞祭的期間，據說芙亞歐・梅特歐萊德還假裝成大神，藉著權力胡作非為。

「我有點事情想請教。」

納莉亞一直望著大神。

「東都被恐怖分子蹂躪的這段期間，妳都跑去哪了？聽人家說，妳好像失蹤了。妳貴為天照樂土的大神，總不至於被恐怖分子趕下王位吧。」

「芙亞歐・梅特歐萊德小姐來襲擊我的事情是真的。事情就發生在宴會上，等到對外宣布要召開天舞祭後，馬上就出事了。那隻狐狸還真是沉不住氣——這些姑且先不談。我是故意裝作『被殺掉』，從公開場合消失的。」

納莉亞沒聽懂。

「接著芙亞歐就假扮成我的樣子，任意行使大神的權力，也就是要讓局勢變得有利於玲霓・花梨陣營。這些我也早就料想到了。」

「妳在說什麼？意思是說妳放任恐怖分子胡作非為……？」

「這傢伙說的事情都是真的，納莉亞。她拜託朕，在宴會會場監視芙亞歐・梅特歐萊德。而那個女人也真的把大神叫到會場隱密處，出手攻擊她。朕都看得清清楚楚。」

照這話說來，這兩個人從一開始就發現那隻狐狸是敵人了嗎？

可是她們為什麼非得那麼做？芙亞歐只會帶來破壞和混亂，有很多人會感到恐懼、受傷，甚至死亡。多虧可瑪莉和迦流羅發動烈核解放，才能將傷亡壓到最低，可是——

不對，等等，難道說這個人——

「烈核解放是心靈力量，覺悟不夠的人就不會有那股力量。若是繼續受到祖母逼迫，最後還是會無疾而終。需要給迦流羅關鍵性的試煉。」

納莉亞無言了。大神——只是為了讓迦流羅產生使命感，才放任芙亞歐胡作非為。可是這樣的賭注未免太大了。若有什麼閃失，天照樂土很有可能就會被恐怖分子毀掉。

「我說妳這個人，不惜做到那種地步，也要讓迦流羅成為大神嗎？」

「是，若是交給花梨小姐，天照樂土會滅亡。這是既定的命運。」

「既定命運？說那種話就好像能看見未來一樣。」

「並不是能夠預知未來，而是實際上見過。」

話說到這邊，大神伸手抓住蓋住自己臉龐的符咒。

啪唰。

伴隨一陣廉價的聲響，那個符咒被扯掉了。從她手指離開的符咒乘著秋風飛往不知名的地方。緊接著納莉亞就看見讓人驚訝的東西，就連皇帝都顯露出有些吃驚的表情。

因為大神藏在符咒底下的面貌——

就跟天津・迦流羅長得一模一樣。

「咦？迦流羅……？怎麼會——」

「我是從兩年後的未來世界過來的天津・迦流羅。」

這下納莉亞連聲音都發不出來了，原本還以為是她的姊姊之類的。

可是大神的臉型跟迦流羅非常相似，與其說是相似——還不如說更像迦流羅長大以後的樣貌。她根本就是迦流羅本人。如今仔細想想，連聲音都很像，舉手投足也有很高的相似度。那不就真的是——

「我的烈核解放是【逆卷之玉響】。我想納莉亞小姐應該也知道了，簡單講就是能夠讓時間逆流的特異能力。在兩年後的未來，我讓自己以外的所有時間都回溯了，倒轉大概十二年。來到當今的時間點後，這才來到距今十年前的這個世界。」

「這麼做是為了什麼……」

「為了六國。」

大神——二十七歲的天津・迦流羅一臉懷念，開始娓娓道來。

「在我還活著的時候，玲霓・花梨成為大神，因為我沒有在天舞祭中獲勝。明明藉助可瑪莉小姐的力量，最後卻還是任性地說『我不想當大神』，然後辭退了。但這是最壞的選擇。花梨小姐並不是當君王的料。芙亞歐・梅特歐萊德和其他恐怖分子滲透進國家中樞，魔核遭到破壞，天照樂土轉眼間滅亡。落到逆月手中的天照樂土，後來不停跟其他國家宣戰。就這樣，如泥淖般的戰爭揭開序幕。當然那已經不存在任何規則了，單純只是殺來殺去而已。她們自然也用上神具，而且還理所當然地覬覦其他國家的魔核。到處都堆滿屍體，四處全是紅色的血海，而且我很珍惜的人也都陸陸續續喪命。看到這些，我有了痛切的體認。這種時候還當什麼糕點師傅，我應該要來當大神才對。我明明還有隱藏的力量——具備讓烈核解放覺醒的資質，我這是在做什麼？在這個世界被戰爭毀掉之後，我的【逆卷之玉響】才覺醒，但是一切都太遲了，所以我才讓時間倒回來。來到什麼都還沒開始的時代——就是迦流羅還沒長大成人的時代。」

納莉亞默默地聽著。

然後她發現一點，那就是大神身上的魔力好像在流失。

「我跟奶奶說了這些事情。這樣下去國家會滅亡——當時曾對她那麼說。奶奶很快就把我的話聽進去了。不需要透過天舞祭，直接讓位給我當大神，還說她會公布一些政策，以免國家滅亡。後來我就打下很多基礎，用來維護世界和平。另一方面，奶奶開始教育這個時代的迦流羅。跟之前的放任主義截然不同，施行嚴格的教育。因為我們必須讓迦流羅成為適合當大神的人，必須讓她有身為『武士』的自覺——可是命運是非常棘手的。就跟我一樣，迦流羅有了想要當糕點師傅的夢想。這是必然——或者只是因為迦流羅的意志力太強了？奶奶會對迦流羅那麼嚴格，都是因為越來越擔心國家會滅亡吧。為了讓迦流羅獲勝，我從十年前就開始盡力做各種安排，去削減玲霓家的力量，還送間諜去逆月那邊。至於最近——更是讓迦流羅去姆爾納特帝國那邊當使者，讓她去跟黛拉可瑪莉・崗德森布萊德接觸。其實我原本是想讓那兩個人更早變成朋友……但也不知道這是命運使然，還是必然的發展，一直找不到合適的機會。可瑪莉小姐長年來都關在家裡，來到這個時代，我才知道這件事情——啊啊對了，這個時代的迦流羅直到現在都不知道大神就是她自己。若不是知道自己有特別的力量，她一定會變得太樂觀，在各方面都不夠積極。那樣就不能獲得真正的烈核解放。所以我也事先跟奶奶叮嚀，要她別把我的真實身分說出去——總而言之，事情就是這樣，為了讓迦流羅能夠成為大神，我用了很多策略。這些策略也開花結果了。迦流羅能夠在比我更早的時間點上學會控制她的烈核解放，還在天舞祭中優勝，贏得大神的地位。甚至還讓花梨小姐承認自己輸了，情況都變得很理想。噢對了對了，若是我硬把大神的寶座讓給迦流羅，花梨小姐是不會接受的，滅亡的危機也不會消失。」

大神的身體好像越來越透明了。

從身上流出來的魔力在她四周發出陣陣光芒。

「太長了，真的是好長一段時間。這下我的策略已經全部達成了，不只是讓迦流羅成為大神。這個時代——跟我從前經歷過青春的那個時代相比，不是我在自誇，多虧有我，這時代變得和平許多……因為就算六國大戰結束，阿爾卡也沒有滅亡。」

納莉亞當下心頭一驚。大神臉上有著微笑，嘴裡繼續訴說。

「接下來只要讓六國齊心合力，打倒恐怖分子就行了。只剩下這些事情要做，之後的事情就拜託各位了。因為我已經沒有足夠的時間。」

「妳……這該不會是烈核解放的代價吧？」

「是的。【逆卷之玉響】是破天荒的特異能力。雖然能夠獲得讓時間逆流的強大力量，卻得獻出自己的靈魂。」

「那還真是不尋常，否則或許能跟【孤紅之恤】匹敵也說不定。」

「這個時代的迦流羅已經用了五次的【逆卷之玉響】。還要看回溯的時間長短而定，但是使用過度大概會變得跟我一樣吧。因為靈魂是有限度的——麻煩跟迦流羅說『不要隨便亂用』，雖然我也有先留下手書給她。」

皇帝這時一臉苦澀地回應「原來事情是這樣」。

「拿來修復壺和家裡的房子，只能說是一大損失。話說朕還很在意一些事情。妳的那股能力跟目前天津・迦流羅擁有的是一樣的嗎？目前迦流羅的力量不是只能讓部分時間回溯嗎？假如真的是這樣，那這個時代同時存在兩個迦流羅不就——」

「烈核解放是會成長的。能力的細項並非永遠都會是一樣的。可瑪莉小姐的能力不也是這樣嗎？」

「嗯……」

皇帝將手放在下巴上，陷入沉默。

可是納莉亞卻沒空為迦流羅的能力細項深入細想。

因為大神整個人已經變成半透明狀態了。用來構成身體的要素轉換成魔力，溶解在空氣中。就好像幻覺即將消失一樣——她好像要升天了。

納莉亞忘我地站了起來。

假如這個人說的都是真的。那天津・迦流羅的人生又算什麼？她不像這個時代的迦流羅，沒有實現夢想，也沒有過上和平的生活。而是受戰亂波及，親朋好友都喪命了，這才發動烈核解放回到十二年前。往後的十年間，她成為大神一路打點，全都是為了不讓天照樂土毀滅。

「那妳——」納莉亞接著開口。「妳——這樣就滿足了？」

「是的，因為我已經改變世界了，覺得很滿足。」

大神臉上的笑容也開始變得不真切。

「而且這十年來，雖然過得很辛苦，但我能夠見到原本再也無緣相見的人，覺得很開心。光是這樣就值得了。」

「這……或許那麼說是沒錯。」

「請妳一定要多多珍惜朋友，然後你們要同心協力對抗強大又邪惡的敵人。噢對了——妳還要好好看住可瑪莉小姐。在我的時代裡，那個吸血姬是已經逝去的人。」

——請你們多保重。

最後那句話隨風而逝，幾乎聽不見了。

大神的身影就此溶解在空氣中，最終消失不見。後續只剩下她身上散發出來的魔力。可是隨著時間流逝，那些微弱的光輝也看不見了。

納莉亞和皇帝默默無語了好一陣子，一直看著大神原本待的地方。

© riichu

好痛，所有的部位都很痛。身體各處都在陣陣抽痛。

但她還是要好好品嘗撿回一命的喜悅。照理說她原本會沒命才對——被那樣的一記攻擊打中還能夠生還，這反而該說是奇蹟。

「——呵，呵呵呵，她是對我手下留情了嗎？可恨的傢伙。」

在東都的小巷子裡。

有著狐狸耳朵和尾巴的少女——芙亞歐・梅特歐萊德避開他人耳目，蹲坐在地面上。她全身上下傷痕累累。感覺並沒有受魔核效果的影響，讓她的傷口復原。這是理所當然的。芙亞歐的故鄉不是天照樂土，而是拉貝利克王國。

可是事到如今，她也不想去獸人王國了。

這次是她戰敗，誤判了對手的實力，她才會敗在這個關鍵點上。這些疼痛都會成為讓她贏得下一次勝利的食糧。也是讓她能夠努力下去的精神糧食。如今就好好品嘗這份令人愉悅的疼痛吧——想到這邊，芙亞歐慢慢閉上眼睛。

黛拉可瑪莉・崗德森布萊德。

從前尤琳・崗德森布萊德毀掉芙亞歐的故鄉，那個人是她的女兒。之前芙亞歐跟那個吸血鬼並沒有個人恩怨。父母親犯下的罪孽還要讓孩子來承擔，這樣未免太荒唐了。可是——如今芙亞歐卻對她恨之入骨。

因為對方把她殺個落花流水。

她可不能一直當人家的手下敗將。

若是持續被人看輕，芙亞歐會覺得很不是滋味。

「給我等著，黛拉可瑪莉。下次我一定會迷惑妳的心智，把妳殺了——」

「哎呀，原來妳在這種地方。」

這時芙亞歐突然聽見一個聲音。

她轉頭張望。就在巷子的暗處，有個男人佇立在那。

芙亞歐下意識「嘖」了一聲。對方是個蒼玉種男人，還是芙亞歐的上司，同時也是逆月的幹部「朔月」之一，名字叫做特利瓦。他一副很傻眼的樣子，並動身靠近芙亞歐。

「真讓人困擾，既然受傷了就要說啊。若是妳的身體出什麼閃失，到時候該怎麼辦？」

芙亞歐又「嘖」了一次，還把臉轉開。她無視特利瓦的命令，最後以失敗收場，害她面子掛不住。也許這次的問題不是丟了臉就能解決的，據說逆月不會放過失敗者。

「哎呀看看，若是丟著不管會化膿喔。我們去天照樂土分部吧。」

「哼——都這個樣子了還在說什麼？你是過來殺我的吧。」

芙亞歐起身將手放在刀柄上。

可是特利瓦卻笑著揮揮手說「怎麼可能」。

「若是割捨優秀的人才，組織可是會瓦解的。只是失敗一次，不至於對評價造成影響。若一定要我罵幾句——那我倒是希望妳可以多多定期聯絡。」

「…………」

「總而言之，妳的安全是獲得保障的。就算公主大人有意把芙亞歐妳處分掉，我也會直接去找她陳情制止。那位大人心地善良，我看應該是不用擔心。」

「逆月這樣不會太心慈手軟嗎？」

「都怪公主大人太心慈手軟了，當然我也對部下很好。天津覺明看上去很冷酷，骨子裡卻仁慈到不行。還有那個蘿妮・柯尼沃斯，根本可以說是縱容了。」

「那樣不就不夠狠了。」

這個集團就像是一個明亮的大家庭。逆月就是這樣的組織，「弒神之惡」好像說過這種話。先不管這個——既然組織沒有要把芙亞歐處分掉的意思，那樣正好。她就暫時再以逆月成員的身分活動，順便做好殺掉黛拉可瑪莉的準備好了。

這時特利瓦不知從哪邊變出消毒藥水，拿來灑在芙亞歐身上，都滲進去了，好痛。這個人是不是沒有人性啊，不要灑得那麼隨便啦——雖然芙亞歐有很多話想抱怨，但她還是忍住了，並沒有說出來。

「芙亞歐的故鄉是拉貝利克王國對吧。只要返鄉應該就能馬上治好，但我們是逆月。若是想依賴魔核，就不能當部下的榜樣。」

「哼——疼痛能夠讓人成長。之前我若是受傷了，馬上就會跑出核領域，讓恢復作用停止。在我的人生中，從來沒有被魔核關照過。」

「那不可能。小時候如果有擦傷之類的，應該都在妳不知情的情況下受魔核治療過。」

「那才是不可能發生的事情。直到幾年前，我才讓魔核把我記錄下來。被『弒神之惡』撿到的時候，她對我說『為了以防萬一，妳把血液獻出去吧』，我才把血液放到拉貝利克的魔泉裡面。」

「嗯？」

「我的故鄉在拉貝利克是超級偏鄉，村子裡沒有人知道魔核這種東西。我想這個村落大概不受政府管轄，雖然現在已經沒了。」

「……………原來世間還有這麼稀奇的事啊。」

只見特利瓦興致盎然地呢喃。

可是他很快就改變話題。

「話說回來，公主大人對芙亞歐這次做的事情讚不絕口。」

「有什麼好稱讚的，弄到最後還是不知道魔核是什麼吧。」

「雖然是這樣，她卻有機會看見黛拉可瑪莉・崗德森布萊德嶄新的一面，好像非常開心。而且妳還讓東都的街道大肆毀壞對吧，我看那裡的都市機能大概會麻痺一陣子。這個好像也算得上是功勞。」

「搞什麼……那又沒什麼意義，大部分都是黛拉可瑪莉做的。」

「可是創造這個契機的人是芙亞歐妳。這可是妳做出來的成績，應該要感到高興才對——然後公主大人對妳的功績多加賞賜，據說要任命妳當第四個朔月。」

消毒工作結束了。邊忍受那種痛楚，芙亞歐隨之起身。

魔核是邪惡的東西。忘了該恐懼死亡的人變得越來越愚蠢，也忘了該以疼痛和恐懼為原動力進化。怪不得弒神之惡會這麼厭惡那樣東西，芙亞歐似乎能夠明白這種心情。

「——你是說朔月？我對那種東西又不感興趣。」

「有沒有興趣倒不是問題，反正妳都已經是朔月了。」

「那些真的跟我無關，一點關係都沒有。」

特利瓦臉上笑咪咪的。

他八成又像平常那樣，在想些有的沒的。雖然芙亞歐不是很喜歡這傢伙凶惡狠毒的思維，但既然能夠有逆月這個組織撐腰，那聽從他們的安排也不是壞事。

接著特利瓦突然說了一句「請用」，還把饅頭拿給她。

芙亞歐不禁抬頭看他的臉。

「這是在幹麼。」

「是賄賂。」

「……哦。」

於是芙亞歐把那東西先搶過來再說，張嘴直接咬了上去。

好甜，好美味，或許特利瓦是真的對部下不錯。換成其他的朔月，才不會裝親切拿食物給部下吃——應該吧。

「這個是天津・迦流羅做的點心。從風前亭來的。」

「是還不錯啦。」

「對啊還不錯。我想公主大人也會樂得收下，就花光手上所有的錢，把放在店裡賣的東西全都買下來了。總金額大概有三十萬日圓。」

「你在耍白痴啊？」

「並沒有。這也算是我個人對天津・迦流羅給出的最大聲援。她為了自己的夢想……為了國家奮鬥，恐怕還想同時擔任大神又當糕點師傅吧。真是太耀眼了。為她帶來這種耀眼未來的人就是黛拉可瑪莉・崗德森布萊德，沒有第二個人了。」

眼前這個男人的氣息好像有點變了。

紅色眼睛出現凶狠的殺意。

「她很礙事。」

「我來解決她吧。」

特利瓦在這時發出嘆息。

「……妳明明就擁有變身能力，做事卻過於直接。其實用更迂迴的手段行動也是不錯的。」

這次我用的手段已經夠迂迴了——芙亞歐心想。

特利瓦接著從懷中拿出一張照片。

他讓芙亞歐看那張照片，臉上還露出邪惡的笑容。

「崗德森布萊德本人太強了，因此我們可以先從周遭的人下手。首先就找這個少女開刀，我想那應該是最好的辦法——妳覺得如何？芙亞歐。」

「…………」

原來如此。

原來呀原來。

怎麼做或許真的可以讓黛拉可瑪莉・崗德森布萊德淪陷也說不定，搞不好能讓那個最強吸血鬼吃鱉。

嘶嗡。

「——這個點子真是太棒了！我彷彿看到那傢伙一臉絕望的樣子！那我們就趕快來做準備吧！沒什麼好擔憂的。本人芙亞歐·梅特歐萊德一定會把事情辦妥！」

芙亞歐笑了，特利瓦也在笑。

就這樣，那些恐怖分子開始暗中展開行動。

天照樂土被一位吸血姬拯救。

可是這次輪到她身陷危機。

蒼玉種男子手裡拿著的照片照到一名少女。

她是黛拉可瑪莉·崗德森布萊德的心腹，也是她最大的弱點。

那個人就是青髮女僕——薇兒海絲。

後記

大家好。我是小林湖底。

非常感謝各位購買《家裡蹲吸血姬的鬱悶》第四集。

這一集的主軸應該算是夢想和時間吧？總之故事內容包括主角被捲入危險的事件中，嘴巴上說不要，到頭來還是願意努力。跟前面那幾集大同小異。若是迦流羅和可瑪莉能夠在有限的時間中找到樂趣，探索要如何面對她們的夢想，那也是種幸福。

最近時間流逝的速度變得很快，害我很困擾。

一覺醒來後，不知不覺間太陽下山的時間又到了。可是我什麼都還沒做。是不是跟防範新冠病毒要在家隔離的次數增加也有關聯？總而言之，這樣下去很容易演變成「一回過神才發現快到截稿日」，於是我才想擬定每日計畫，腳踏實地把稿子寫完（宣言）。若是情況真的不妙，我回頭看這個後記就會想到「對喔我做過這種宣言……」到時候就能繼續努力。很抱歉。其實是我想不到後記要寫什麼。

現在家裡蹲吸血姬也出到第四集了。

登場角色越來越多，變得更加熱鬧。這位可瑪莉也經歷了各式各樣的戰鬥而有所成長。我想敵人那邊也差不多要認真起來應付了吧。希望各位也一定要對後面的集數繼續追看下去，那我會很高興的（最近頁數莫名其妙就變多了，我正在嘗試能否用物理手段稍微將篇幅壓縮得更短一點）。

再來是遲來的致謝。

給負責繪製插畫的りいちゅ大人，每次都能把那麼多的角色畫得又帥氣又可愛，真的非常感謝。還有負責裝訂的柊椋大人，這次也一樣將家裡蹲吸血姬的魅力鮮活地表現出來，真是萬分感激。再來是責任編輯杉浦よてん大人，抱歉原稿遲交了。然後是各位讀者，你們選擇拿起這本書，我簡直是感激涕零。家裡蹲吸血姬能夠有今天都是各位的功勞。

那我們下次見。

小林湖底

國家圖書館出版品預行編目資料

家裡蹲吸血姬的鬱悶 / 小林湖底作；楊佳慧翻譯．-- 1版．-- 臺北市：城邦文化事業股份有限公司尖端出版：英屬蓋曼群島商家庭傳媒股份有限公司城邦分公司發行，2023.02-
冊；　公分
譯自：ひきこまり吸血姫の悶々
ISBN 978-626-338-779-9（第 4 冊：平裝）

861.57　　　111016585

浮文字
家裡蹲吸血姬的鬱悶4
（原名：ひきこまり吸血姫の悶々4）

著　　者／小林湖底　　繪　　者／りいちゅ　　譯　　者／楊佳慧
執 行 長／陳君平　　美術總監／沙雲佩　　國際版權／黃令歡、高子甯、賴瑜妗
榮譽發行人／黃鎮隆　　美術編輯／陳聖義　　文字校對／施亞蒨
協　　理／洪琇菁　　執行編輯／石書豪　　內文排版／謝青秀

出　　版／城邦文化事業股份有限公司 尖端出版
台北市中山區民生東路二段一四一號十樓
電話：（〇二）二五〇〇—七六〇〇
傳真：（〇二）二五〇〇—二六八三
E-mail: 7novels@mail2.spp.com.tw
發　　行／英屬蓋曼群島商家庭傳媒股份有限公司城邦分公司　尖端出版
台北市中山區民生東路二段一四一號十樓
電話：（〇二）二五〇〇—七六〇〇（代表號）
傳真：（〇二）二五〇〇—一九七九
中彰投以北經銷／楨彥有限公司（含宜花東）
電話：（〇二）八九一九—三三六九
傳真：（〇二）八九一四—五五二四
雲嘉經銷／智豐圖書有限公司　嘉義公司
（嘉義公司）　電話：（〇五）二三三—三八五二
傳真：（〇五）二三三—三八六三
（高雄公司）　電話：（〇七）三七三—〇〇七九
傳真：（〇七）三七三—〇〇八七
南部經銷／智豐圖書有限公司　高雄公司
電話：（〇七）三七三—〇〇七九
傳真：（〇七）三七三—〇〇八七
香港經銷／一代匯集
香港九龍旺角塘尾道六十四號龍駒企業大廈十樓 B&D 室
電話：（八五二）二七八三—八一〇二
傳真：（八五二）二五八二—一五二九
新馬經銷／城邦（馬新）出版集團 Cite（M）Sdn. Bhd.
E-mail: cite@cite.com.my
法律顧問／王子文律師　元禾法律事務所
台北市羅斯福路三段三十七號十五樓
二〇二三年二月一版一刷
二〇二四年一月一版三刷

■中文版■

郵購注意事項：
1.填妥劃撥單資料：帳號：50003021戶名：英屬蓋曼群島商家庭傳媒(股)公司城邦分公司。2.通信欄內註明訂購書名與冊數。3.劃撥金額低於500元，請加附掛號郵資50元。如劃撥日起 10～14日，仍未收到書時，請洽劃撥組。劃撥專線TEL：(03)312-4212 ・ FAX：(03)322-4621。E-mail：marketing@spp.com.tw